조선의
마지막 황후

윤비

서충원 장편소설

청어

윤비
– 조선의 마지막 황후

서충원 지음

발 행 처·도서출판 **청어**
발 행 인·이영철
영 업·이동호
홍 보·최윤영
기 획·천성래 ∣ 이용희
편 집·방세화
디 자 인·김바라 ∣ 서경아
제작부장·공병한
인 쇄·두리터

등 록·1999년 5월 3일
(제321-3210000251001999000063호)

1판 1쇄 인쇄·2016년 2월 10일
1판 2쇄 인쇄·2016년 11월 30일

주소·서울특별시 서초구 효령로55길 45-8
대표전화·02-586-0477
팩시밀리·02-586-0478

홈페이지·www.chungeobook.com
E-mail·ppi20@hanmail.net
ISBN·979-11-5860-386-1 (03810)

이 도서의 국립중앙도서관 출판시도서목록(CIP)은 서지정보유통지원시스템 홈페이지
(http://seoji.nl.go.kr)와 국가자료공동목록시스템(http://www.nl.go.kr/kolisnet)에서 이용
하실 수 있습니다.(CIP제어번호: CIP2016000686)

조 선 의
마 지 막 황 후

윤비

세월이 흐르니 달라져 보이는 게 있는가 보다. 내가 바라보는 역사관도 그랬다. 그다지 관심을 갖지 않았던 것에서, 역사는 어느 날 문득 반가운 손님이 되어 내 앞에 나타났다.

내가 어렸을 적 윤비는 분명 살아있었다. 역사의 측면에서 본다면 50년의 세월은 결코 짧지만은, 그렇다고 길다고도 말할 수 없다.

애초에 나는 이 소설을 쓸 생각은 없었다. 그저 역사에 관한 책들을 읽어 가면 그뿐이었다. 그러다 우연히도 욕심을 내게 되었고, 누구를 써 볼까, 하며 고심은 하지 않아도 되었다. 어느 날부턴가 나는 한 번도 본 적 없는 윤비의 일거수일투족을 그려내고 있었다. 자연스런 귀결이었다. 이처럼 문학은 운명이 아니고서는 무어라 말하기 어렵다는 생각이 든다. 나의 젊은 시절 내 영혼을 뒤흔든 전혜린도 그랬고, 그 이후 친일을 빼고는 버릴 게 없는 춘원 이광수도 내 마음 한편에 자리했다.

쓰는 동안 그때마다 부족한 내용들을 보충하느라 쓰고, 공부하기를 반복했다. 4년에 가까운 세월이 되고서야 그런대로 윤비의 실체가 보이는 듯했다. 그래도 나는 이 기간 동안 대체로 행복했다. 무엇에 빠져든다는 즐거움은 그 어느 것에도 비할 바가 못 된다는 것을, 시간이 흐른 지금에서야 유일했던 순간임을 기억한다.

이제는 모두 독자의 몫이 되었다. 윤비는 하나의 살아있는 실체였다. 윤비가 걸어온 길을 우리는 속속들이 알지 못한다. 이 책은 윤비가 걸어온 험난한 여정의 길이기도 하다.

윤비는 낙선재에 살았어야 했다. 하지만 왕비는 궁궐을 떠나서는 안 된다는 궁궐의 법도를 깼다. 스스로가 아닌 타의에 의해 돛대도 없이 떠다니는 몸이 되었다. 그렇기에 그 회한이 한으로 남아 평생을 굴욕과 비운 속에서 햇빛 한번 제대로 볼 수 없었음을 그 누가 알까.

나는 소설을 쓰기 전에 유릉에 잠들어 있는 윤비의 무덤을 찾아가서 그 앞에 고개를 숙여 당신의 삶을 그려보겠다고 다짐을 했다. 하지만 그때만 해도 솔직히 소설을 쓸 수 있을지 자신이 서지 않았다. 10년 전쯤만 썼더라면 싶었다. 세상에는 윤비를 직접 만나본 사람을 볼 수 없었다. 그래도 다행히 평생 동안 윤비를 곁에서 모셨던 김명길 상궁이 쓴 『낙선재 주변』이라는 책을 구할 수 있어서 얼마나 다행인가. 나는 그 금쪽같은 책을 여러 번 반복해서 읽었다.

어디 그뿐인가. 김용숙의 『조선조 궁중풍속 연구』와 춘원의 『민족개조론』과 구한말의 실생활을 이해하는 데 많은 도움을 준 『나·소년편』, 김을한의 『인간 이은』 등의 많은 책들은 이 소설의 자양분이 되어주었다.

애당초 이 소설을 쓰기 위해서는 역사서적 300권쯤은 읽고 난 뒤에 쓰고 싶었으나, 겨우 절반쯤에 머무르게 된 것이 못내 아쉬움으로 남는다. 그리고 그 책들을 통해서 얻은 지식은 밑바탕은 되었을망정 이 소설의 활력소는 되어주지 못했다. 사실과 상상을 넘나들어야 하는 소설에는 사실 그대로를 그릴 수 없었음을 일러둔다.

그동안 여러 차례 드나들던 창덕궁의 후원과 낙선재. 어느 곳 하나 윤비의 눈길이 비껴간 곳이 있을까 싶다. 그곳엔 지금 윤비도, 덕혜옹주도, 영친왕도 있지 않다. 휑한 바람만이 주인을 잃은 낙선재 주변을 맴돌 뿐이다.

이 책이 윤비에게 있어 누가 된다면, 모두 용서하라고 윤비 앞에 큰절 한번 올리고 싶다.
'마마! 이 소인 큰절 한번 받으시옵소서…….'

청어출판사와의 인연에 깊이 감사한다. 저자를 20년 전쯤 어느 모임에서 한 번 보았다고 대번에 기억해내는, 놀라운 기억력을 갖고 있는 이영철 사장님께 고마움을 전하며, 아울러 편집자 여러분의 수고에도 경의를 표한다.

서충원

목 차

거기엔 황후가 살고 있다

〈연합신문〉은 다음과 같이 전했다.

영친왕이 윤대비를 못 잊어 하듯이, 윤대비 또한 영친왕을 걱정하고 있다. 지금엔 정든 창덕궁 낙선재에도 들어가지 못하고 정릉의 깊은 산 속인 인수재에서 우거하며 고독한 생애를 보내고 있다. 다만 멀리 있는 영친왕을 그리워하며 생전에 다시 한 번 만나기를 소원하면서 까마득한 옛 추억에 잠겨 있는 것이다.

주위에는 함께 늙어가는 김씨, 유씨, 박씨, 세 상궁이 있을 뿐 아무도 찾아오는 사람도 없다. 이미 세상을 떠난 시아버지 고종황제의 손길을 받을 수 없다.

김을한 기자의 말은 틀리지 않았다. 동란 이후, 사람들은 자신의 처지를 추스르기도 쉽지 않았다. 그런 와중에, 사람들에게 일국의 왕비를 걱정하는 것은 어쩌면 사치인지도 모른다.

전쟁으로 집을 떠났던 사람들은 다시 자기 집으로 찾아들었다. 새들도 밤이면 집을 찾아든다. 윤비는 평범한 사람이 아니었다. 평범함이 안락을 가져다준다는 사실을 이승만은 가르쳐주었다.

지금 윤비의 집은 세상 그 어디에도 있지 않다. 하늘은 멀쩡했지만, 윤비는 하늘이 내려앉은 것 같은 심정을 애써 누르려 하고 있다.

"세상에 이건 너무한 거 아닌가?"

윤비의 사정을 안타까워하는 사내들이 있었다. 그들은 그런 사실을 알고 부아가 치밀어 더 이상 참을 수가 없었다.

"가만히 있는 게 더 고통이오."

그중 맏형 되는 사내가 말했다.

"이건 무슨 단죄도 아니고 뭐란 말인가. 잘못한 게 있어야 귀양을 보내든가 하는 일이거늘……."

다른 한 사내의 불만 섞인 음성이 모두의 귀를 울린다.

"그런데 우리가 무슨 힘이……."

걱정은 절실함으로 다가온다. 모두는 젊었다. 무슨 일이든 못할 것도 없어 보인다.

"암튼 우리 함께 뭉칩시다. 안 될 게 뭐 있겠소. 한번 쳐들어갑시다."

다른 한 사내가 앉음새를 고쳐 앉으며 힘주어 말한다. 목덜미에 힘줄이 보였다. 모두는 손뼉은 치지 않았지만, 내심 진지하게 받아들이는 눈치였다. 확고한 음성이 모두에게 힘을 주고 있다.

"좋소. 그러면 내 뒤를 따르시오."

맏형 되는 사내의 표정에서 의연함이 엿보였다.

"헌데, 거긴 초병이 있을 터인데 만일 총이라도 소지하는 날엔 어쩔 것이오."

순간 모두는 누가 총을 들이댄 듯 조용했다. 틀린 말은 아닐 성싶었다. 전쟁이 얼마 지나지 않은 지금, 총의 난무를 불러올 수 있음을 모르는 바 아니었다.

"그렇다면 우리도 총을 소지하면 되지 않소?"

처음에 말을 꺼낸 사내가 한마디 거든다.

"그건 안 됩니다. 선비의 자손들은 그렇게 해오지 않았습니다. 불의와 행위엔 절제가 필요한 줄 압니다."

아까부터 가만히 앉아있던 사내가 말했다. 그는 좀 마른 편이었다.

"그럼 빈손으로라도 경무대는 못 들어갈망정 우리 그렇게 합시다. 인수재가 멀어야 얼마나 멀겠소. 얘기 나온 김에 날짜는 내일로 일단 정함이 어떨까 하오. 우리라도 이렇게 하지 않으면 황후께서는 언제 그곳을 벗어날지 그 누구도 모를 것이오."

맏형의 말이 끝나자 다섯 명의 사내들은 고개를 끄덕인다.

얼마쯤을 걸었을까. 길옆으로 나무들이 즐비하게 늘어서 있었고, 길은 끝이 없어보였다. 사내들의 발걸음이 더욱 빨라지고 있다.

해가 저물기 시작하자 산속은 빠르게 어두운 색조로 변해가고 있었다. 잡목들 사이로 이따금 들리던 새들의 울음소리도 들리지 않고 있다. 어둠은 새들에게도 두려운 존재인 모양이었다. 자기 집을 찾아든 새들은 밤을 맞을 채비를 한다. 타향에 있는 윤비는 지금 무엇을 하고 있을까. 사내들의 발길은 사뭇 긴장되었다. 사내들의 발걸음은 가볍지만은 않았다.

어둠의 잠식이 더 짙어져 갔다. 길의 끝은 닫혀 있었다. 바로 앞엔 철망으로 엮어 만든 문이 사내들을 가로막고 섰다.

사내들은 순간 몸을 낮추며 주변의 동태를 살핀다. 어둠을 더듬자 바로 앞에 작은 초소가 겨우 잡힌다. 불빛대신 하늘엔 손톱을 깎아낸 모양을 한 성급한 초승달이 떠 있다. 밤을 비추기에는 턱없이 부족한 달빛이었다.

한 사내가 앞으로 다가가 문을 흔든다. 나머지 사내들은 얼른 옆으로 몸을 숨긴다.

"계십니까?"

철망은 음성을 가로막지 못했다. 순간 작은 불빛이 소리의 방향을 비춘다.

"누굴 찾아왔습니까?"

불빛의 근원지에서 초병의 음성이 들려왔다.

"하루만 좀 묵을 수 없겠습니까? 돌아다니다 길을 잃었소."

밖의 사내가 시치미를 떼고 점잖은 척 말한다.

"혼자입니까?"

"그렇소."

"그런데 여긴 아무나 들어올 수 없는 곳입니다."

안쪽 초병의 말은 단호했다.

"너무 늦었잖소. 사정 좀 봐 주시오."

사정하는 표정을 어둠이 가렸다.

"안 된다고 했잖소."

"뭐가 안 된단 말이오."

밖의 사내가 문을 두어 번 흔들며 말했다. 그 소리에 초소 안에 있던 다른 한 초병이 문을 열고 나온다.

"뭘 그리 시끄럽소?"

한 초병의 투덜거림이 안에서 들려왔다.

"어서 굴러 와서는 문을 흔들어 댑니다."

부하로 보이는 사내가 방금 나온 초병에게 말했다.

"굴러오다니. 난 걸어서 왔소이다. 그러지 맙시다."

"하여튼 되돌아가시오."

"못 갑니다. 난 황후를 모시러 왔소."

밖의 사내가 본색을 드러낸다.

"뭣이!"

안쪽 초병이 허리춤에서 뭔가를 꺼내들었다. 권총이었다. 불빛의 그림자가 손을 내민 모형을 그려냈다.

그때였다. 이미 철망이 가닿지 않은 곳을 통해 안으로 들어간 다른 사내의 몸짓이 날랬다. 어둠은 살아있는 윤곽을 다 덮지는 못했다. 순간 총은 바닥으로 뒹군다. 날쌘 동작 하나가 총을 집어 들었다. 손목에 전해져 오는 목직한 무게의 촉감이 좋았다. 그 사내는 어둠을 향해 방아쇠를 당겼다. 어둠속에서 아무것도 들리지 않았다. 사내는 냅다 빈총을 멀리 팔매질 했다. 빈총은 숲속에 숨었다.

"지금 뭔 소리가 들리지 않았느냐?"

"예, 마마. 소인도 듣기는 했지만 누가 이곳에 올 사람이 있겠사옵니까?"

"소인, 한번 나가봄이……."

박 상궁이 일어서려 한다.

"그냥 있거라. 별일이 있겠느냐."

박 상궁은 일어서려다 말고 그냥 있는다.

엷은 등불 하나. 윤비를 위시해서 저녁상을 물리고 상궁들은 조용히 앉아있었다. 누구도 이곳에서는 선뜻 지껄이려 들지 않았다. 되레 고독함은 사람을 깨우려 들지 않는다. 어쩌면 그것이 다행인지도 몰랐다. 말과 행동을 줄이는 것 또한 마음을 비우는 데는 그만이었다.

저만치에서 발자국 소리가 어둠을 깨운다. 김 상궁이 얼른 밖으로 나선다. 희미한 불빛에 그림자 몇 개가 정지해 있다. 불빛의 번짐이 사람들을 더듬었다. 사내들이었다. 사내들 사이에서 굵직한 음성이 전해져 왔다.

"마마를 모시러 온 사람들입니다."

그 소리가 윤비에게 작게나마 들려왔다. 사내들이 몇 걸음 불빛 앞으로 다가왔다.

"게, 누구더냐?"

"예, 마마."

김 상궁의 차분한 음성이 문지방을 넘었다. 신발을 벗은 사내들이 마루에 올라선다. 맞은편엔 윤비가 낮은 등불 아래 홀로 앉아있다. 등불이 쓸쓸해 보였다. 아직 꺼지지 않은 등불처럼 윤비도 상궁들을 곁에 두고 오롯이 앉아있다.

"마마, 절 받으시옵소서……."

사내들이 일렬로 서서 마룻바닥에 엎드린다. 모처럼 마루가 비좁아보였다.

절을 마친 젊은이들은 모로 앉아있다. 그저 스무 살을 갓 넘긴 젊은이들로 보였다.

"그래, 그대들은 어디서 온 누구인가?"

윤비의 음색이 궁궐에서 그랬던 것처럼 사람의 마음을 압도하고 있다.

"예, 마마. 저희들은 경북 예천에서 온 유생들의 자손들이옵니다. 마마의 애처로운 모습을 차마 볼 수가 없었사옵니다."

"난 애처롭지 않소. 그냥 있을 뿐이오."

윤비가 앉았던 몸을 곧추세우며 당당한 모습을 잃지 않으려 한다.

"그대들은 여기 온 목적이 무엇인가?"

모두는 나무람이 아니길 바랐다.

"뜻이 있으면 길이 있을 거라 믿으며, 그 길을 열고 싶어 왔사옵니다."

한 사내의 음성에서 굳건한 믿음이 드러나 보인다.

"그래서 어쩌겠다는 건가?"

"마마, 여긴 너무 외진 곳으로, 사람의 손길이 닿지 않은, 아주 깊은 산속입니다. 마마께옵서 이곳에 계셔서는 아니 되는 줄 아옵니다. 저희 부친도 매우 안타까워했습니다. 부디 저희들과 함께 밖으로……."

한 사내의 말이 끝나자 모두들 고개를 더 숙인다.

"그래, 그대들의 충정은 이해되나 사람은 기다릴 줄 알아야 하느니라."

윤비도 사실 말은 그렇게 해놓고 자신도 조금은 답답한 마음 없지 않았다. 인간이란 어쩌면 인내하며 사는 게 아닌가 하는 마음을 가져보려 하지만, 그것 또한 쉽지 않다는 것을 몸소 겪고 있는 윤비이기도 하다.

"마마, 세상은 바뀌려 들지 않고 있사옵니다. 일제의 앞잡이들이 그대로 나라를 이끌고 있사옵니다. 그러하오니 세상에 소망을 품기 어려울 줄로 압니다. 지금 이승만은 건재하옵니다."

사내의 말은 틀리지 않았다. 윤비는 말을 더 이상 잇지 않고 있다.

"마마, 무례함을 용서하시옵소서……."

덩치가 큰 사내 하나가 윤비 앞으로 다가간다. 상궁들의 눈이 그 젊은이의 행동을 주시하고 있다. 이윽고 사내는 등을 윤비 앞에 드러내 보인다.

"마마, 여길 벗어나야 하옵니다. 소인 등에 업히시옵소서……."

사내가 몸을 더 숙여 보인다. 사내의 등이 윤비를 마른 풀잎처럼 가볍게 들어 올릴 태세였다.

"한번 생각은 해 보겠는데, 어찌 이런 생각을……."

윤비의 마음이 조금은 누그러진 듯 했다.

"밤이 깊어가니 오늘은 여기서 우선 잠을 청하고 내일 날이 밝아지면 또 그때……."

"마마, 황공하옵니다."

자신들의 의지를 들어준 것 같은 착각에 빠져들고 싶은 밤이었다. 황후의 위엄과 기강을 엿보러 온 게 아니라는 사실 하나를 사내들은 가슴에 안고 마루를 내려온다.

밖은 아까보다 더 훤해진 느낌이 들었다. 별들의 탓인지도 몰랐다. 그새 밤하늘의 별들은 무수히 떴다.

그 아래, 여섯 사내들이 잠을 청한다. 별들은 그저 묵묵히 지상을 내려다보고 있다.

윤비가 떨고 있다

해가 밀려났다. 밤의 끝이건만 해는 아무런 흔적도 남기지 못했다.

비가 내린다. 밤새 별을 지워내려 애쓴 탓이다. 빗방울은 소리와 함께 기왓장을 따라 흘러내린다.

저만치 우산을 받쳐 든 한 여인이 다소곳한 걸음으로 다가오고 있다. 아무나 들어올 수 없는 낙선재(樂善齋). 윤비는 그곳에서 조선왕조 500년의 역사를 지켜보고 있다.

대청마루에서 서성거리던 김 상궁은 종종걸음으로 댓돌 아래로 내려선다. 비를 피해 여인이 들어서자 서로 두 손을 맞잡는다. 일순 김 상궁의 낯빛에 고난의 흔적이 다시금 떠오르는 듯했다.

"누가 왔느냐?"

인기척을 들은 윤비의 음성이 떨어지는 빗소리를 잠시 삼킨다.

"예, 마마. 향숙이 대령하옵니다."

"어서 들라 해라."

낙선재의 동쪽 옆으로 자리 잡은 석복헌(錫福軒). 그 안엔 아직도 왕가의 예의와, 격식과 궁궐 문화의 숨결이 오롯이 숨 쉬고 있다. 예전만큼의 화려함은 아니지만, 보고 배우고 익혀온 풍습만은 고스란히 이어져 내려오고 있다.

향숙은 예를 갖추고 고개를 숙인다. 특별한 배려였다. 인연의 배려였다. 역사를, 궁궐을 사랑했던 한 소녀의 껴안음이었다.

향숙은 인사를 끝내고 윤비와 모로 앉는다. 향숙이 앉은 바로 앞엔 밖으로 향한 창문 틈이 서로 입을 다문 채 바깥의 산만함을 막아주고 있다.

"올해 몇 살 됐는고?"

"예, 스물여덟이옵니다. 마마."

"음, 벌써 세월이 열두 해나 흘렀구나."

윤비의 눈엔 앳된 소녀의 모습만이 그려진다.

"그래, 부모님은 안녕하신가?"

"예, 마마의 은덕으로 집안이 두루 평안하옵니다."

"음, 다행이로다. 아버님께 전하거라. 동란에 신세 많이 졌다고……."

"황공하옵니다. 꼭 전하겠사옵니다. 마마."

"그때, 역사를 좋아한다 하지 않았던가?"

어느새 향숙을 바라보고 있는 윤비의 입가에 여간해서 드러나지 않던 엷은 미소가 번지고 있다.

"예, 마마. 깊이 전공하지는 못했사오나, 지금도 관심을 늘 잃지 않고 있사옵니다."

상궁을 통해서 들었던 적이 있었다. 조그만 게 이것저것 다 물어온다, 라고 언젠가 말했었다. 세월은 변해도 그 본성에서 생겨난 욕구는 쉬 변하지 않는다.

"이제 가끔 와서 김 상궁과 함께 낙선재를 둘러도 보고 해야지. 궁궐도 드나들어야 공부가 되고, 또 선조들에 대한 예의가 되는 법이거늘……. 옛날 같으면 어림도 없겠지만서도……."

"예, 마마. 그렇지 않아도 궁궐에 들어서니 가슴이 벅차서 겨우 진정했사옵니다."

"음, 진작 들리지 않고,……. 허긴 내 집인 이곳을 다시 찾은 지도 얼마 되지 않았지만……."

이제껏 들어올 수 없었다. 모진 세월, 그 풍랑 속에서 흔들리고 찢기고 겨우 깜박거리는 등대 불빛 하나, 쉽지 않게 이곳에 다시 찾아왔다. 보금자리 잃은 새의 날갯짓은 늘 위태로웠다. 윤비는 잠시 눈을 지그시 감는다.

그 날도 비는 지금처럼 멎을 줄 모르고 쉼 없이 내리고 있었다. 밤새 총 소리와 대포 소리가 빗줄기를 가른다. 어디선가 휭, 하며 하늘을 찢는 소리와 함께 펑, 하고 터지는 포성이 사람들을 놀라게 한다. 그 소리는 그칠 줄 모르고 새벽녘까지 이어진다. 모두들 뜬눈으로 밤을 새우다시피 했다. 뭐가 뭔지 도통 정신이 없는 밤이었다. 김 상궁은 날이 새자 잠시 포성이 뜸해지는 틈을 타서 주위를 살피며 궁궐을 나선다.

골목 저만치에 아낙 두엇이 짐보따리 꾸리고 아기를 업은 모습으로 피란을 가고 있다. 산 아래 골목길에서 총을 멘 병사 서넛이 모자에 풀을 잔뜩 꽂고 힘없는 몰골로 터덜터덜 내려오고 있다. 그 모습이 영 마뜩찮아 보인다. 대포 소리에 밀린 병사들임이 분명해 보인다.

학교로 보이는 저편 깃대 위에 말로만 듣던 인공국기(人共國旗)가 바람에 펄럭이고 있다. 김 상궁은 그쯤에서 잰걸음으로 궁궐로 든다.

"마마, 이대로 가만히 있어서는 안 될 것이옵니다."

밖에서 돌아온 김 상궁이 가슴을 겨우 진정하며 윤비 앞에 머리를 조아린 채 아뢰고 있다.

윤비는 잠시 상념에 잠긴다. 이제껏 기쁨의 순간보다 고난의
길이 더 많았음을 옆에 있는 김 상궁은 잘 알고 있다. 표류하
는 선박처럼 윤비는 그저 떠밀려 갈 수밖에 없음을 안다. 그러
나 지금 윤비 곁엔 아무도 있지 않다. 너무도 오래도록 살아온
느낌이 든다. 순종 승하 이후 20여 년을 혼자서 살아왔다. 시
부(媤父)인 고종도, 영친왕도, 덕혜옹주마저도 지금은 곁에 있
지 않다. 이역만리 떨어져 고통을 참아내려 애쓰는 모습이 눈
앞에 그려진다.

저벅저벅. 여태껏 들어보지 못한 발자국 소리. 한 번도 본 적
없는 사람들. 세 상궁은 굳은 듯이 꼼짝 않고 서 있다. 다만 이
제껏 숙여왔던 고개를 쳐들고 있을 뿐이다. 두려움이 온몸으
로 밀려온다. 어디선가 호랑이의 얼굴을 본 듯 했다.

1950년 6월 28일, 그날의 아침을 잊지 못한다.

"연극하고 있소? 왜 이렇게들 서 있냐 말이오. 다 뭣 하는
사람들이오?"

군복을 입고 총을 멘 사내 서넛이 군화를 신은 채 마루에 올
라서며 행패를 부린다. 예전 같으면 얼씬도 못할 궁궐이 인민
군에 의해 허물어지고 있다.

"예, 저희들은 그저 궁궐에서 허드렛일이나 하는 사람입니
다."

김 상궁의 낯빛에 겁먹은 표정이 역력히 묻어있다. 인민군은 눈을 째리며 상궁들을 쳐다본다. 상궁들은 어쩔 줄 몰라 한다. 밀물처럼 인민군의 발자국 소리에 따라 뒷걸음질치고 있을 따름이다.

"누가 왕비란 말이오?"

인민군들은 휘 둘러보며 윤비 앞에 멎는다.

"당신이구먼."

정좌한 채 한 점 흐트러짐 없이 꼼짝 않고 앉아 있는 윤비를 내려다보고 있다. 상궁들은 이래서는 안 되겠다는 생각이 미쳤는지 얼른 서 있는 인민군 앞으로 다가가 매달리다시피 애원한다.

"이분은 병환으로 밖에도 나가지 못하십니다."

얼굴이 유독 하얀 윤비는 영락없는 환자처럼 보였다. 상궁들은 자신의 몸을 바쳐서라도 평생의 주인인 윤비를 모셔야 했다.

상궁들은 인민군의 태도에 어쩌지 못하고 있음이 무엇보다 안타깝다. 그들은 급기야 다락에 보관해 둔 진주를 비롯한 여러 가지 패물들을 찾아낸다. 그것들은 바로 윤비 앞에서 인민군들의 발과 총의 개머리판에 짓이겨져 바닥에 나뒹군다.

윤비는 그만 눈을 질끈 감는다. 궁궐에 들어온 후, 일제의 온갖 핍박과 질시와 굴욕의 세월 앞에서도 꿋꿋이 이겨냈다. 그 굴욕의 시간 앞에 또 다른 풍랑이 밀려오고 있다.

고난의 길은 영원한 듯했으나, 해방이라는 반가운 손님이 종지부를 찍게 했다. 그리고 5년의 세월. 한 핏줄 한 형제가 철책에 가로막혀 언제고 물길이 트이길 바랐지만, 결국 그들은 먼저 무기를 끄집어냈다. 같은 얼굴, 같은 말, 거기서 두려움을 느껴야 할 이유는 무엇인가.

인민군들은 할 일을 다 했다는 듯 더 이상 윤비를 괴롭히지 않고 낙선재를 벗어나 인정전 쪽으로 갔다. 궁궐은 넓고 다닐 곳은 한정되지 않았다. 그들은 궁궐 안에 자리를 잡고 나무마다 소나 돼지를 매어놓고 매일 한 마리씩 잡아먹고는 했다. 그것은 누가 보기에도 몹쓸 참극에 다름 아니었으나, 누구든 다시금 되돌릴 수 없는 사태임을 직감해야 했다.

"마마, 어찌하옵니까? 아무래도 이곳을 빠져나가야 할 것 같사옵니다."

김 상궁이 머리를 조아리며 윤비의 분부만을 기다리고 있다.

"좀 더 지켜봐야지. 여기가 어딘가. 바로 내 집 아니던가."

"마마, 하오나 벌써 5일이 지났사옵니다. 밖은 난리입니다. 사람들이 죽임을 당하고 있다 하옵니다."

"그래, 무작정 어디로 간단 말인가?"

"나가서 우리 군인들을 만나 부탁을 해봐야 되는 줄 아옵니다. 마마."

"어디 기별이라도 온 데 없느냐?"

"예, 마마, 없사옵니다."

"별도리가 없다, 이 말 아니냐?"

"네, 그렇사옵니다. 마마."

윤비는 스스로 판단을 내려야 할 때가 왔음을 느낀다. 늑장을 부리다가 어떻게 될지 알 수 없다. 왕비라고 해서 삶을 장담할 수는 없었다. 상궁들은 분주하게 움직이기 시작했다. 실상 챙길 것도 많지는 않았다. 상궁들은 옆구리에 한 보자기씩 끼고 갈 수 있을 만큼만 챙긴다.

윤비의 양쪽으로 상궁들이 손을 꼭 잡고 뛰는 가슴을 억누르며 잰걸음을 한다. 모두들 살아야 했다. 세상 훨훨 날 수 있는 새들이 무엇보다 부러웠다.

부산의 구포(龜浦). 그곳에도 밤은 여지없이 깊어왔다. 차디찬 밤하늘엔 별들이 몇 점 떠 있다.

몇 개월을 버티지 못하고 윤비는 이곳까지 밀려왔다. 1·4후퇴는 윤비를 부산으로까지 몰아가게 했다. 그래도 돌이켜 보면 운현궁에 살 때가 행복했다. 그땐 윤비의 시백모(媤伯母)가 되는 흥친왕비(주: 고종의 형님인 이재면의 부인)가 살던 곳이어서 깍듯한 대우를 받으며 지냈었다.

김 상궁은 지금 곁에 있지 않다. 겁이 많은 김 상궁은 미군이 내준 비행기를 함께 탈 수 없음이 무엇보다 안타까웠다. 그래도 곁에 두 상궁이 있어서 다행이었다. 한때 80여 명의 궁녀들이 윤비를 받들고 모셔왔다. 이제 그 시절이 다시 돌아오지 않는다. 다 지나간 시절로밖에 기억되지 않고 있다.

조선의 마지막 임금인 순종의 나이 32살에 윤비는 겨우 13살이었다. 윤비는 그때 300여 명의 후보처녀들 중에서 세자비로 간택되었다. 조선왕조 500년의 마지막 왕비 순정효황후(純貞孝皇后) 윤비. 그 윤비가 난생처음 타지에서 둥지 잃은 새처럼 떨고 있다. 아니, 혼자가 아니라 온 백성이 공포와 추위 속에서 생명만을 부지하려 몸부림치고 있다.

윤비는 한 시민의 배려로 둥지 하나를 찾았다. 작은 집. 낙선재는 잊어야 했다. 궁궐 중에서 수수하다고 할 수 있는 낙선재는 지금 별천지에 지어진 사치품으로밖에 보이지 않는다. 초가지붕은 그래도 마당에 서면 보이곤 하던 어렸을 적을 떠올리게 해주어, 세월을 얼마쯤 되돌린 느낌을 갖게 했다.

"저 아이의 눈빛이 보통 아이들과 다른 것 같구나."

"안집 아이인데 엊그제 이런 말을 하지 않사옵니까. 마마와

언제 말 한마디라도 해보는 게 소원이라나요. 맹랑한 아이가
아닐 수 없사옵니다. 하오나 심성은 곱사옵니다. 마마."

사실 누가 감히 황후인 윤비 앞에 설 수 있겠는가. 그 앞에
서는 것도 궁궐의 예의를 알아야 한다. 그것은 하나의 풍습과
도 같았다. 선조들로부터 이어져 내려온 풍습과 예절은 끊기지
않고 그대로 이어가는 것 또한 후손들의 몫이다.

윤비는 아이의 순수한 마음을 받아들인다. 순수한 마음속
에는 한 가닥의 밝은 빛과 꿈을 꾸게도 한다.

"추운데 밖에 있는 성 상궁도 안으로 들라 해라."

문밖에서 서 있는 성옥연(成玉蓮) 상궁은 세 명의 상궁 중에
서 가장 나이가 적다. 지금 윤비 곁에 있는 박창복(朴昌福) 상
궁에 이어 막내인 셈이다. 윤비의 직속 상궁 중의 좌상격인 김
명길(金命吉) 상궁은 지금 이곳을 향해 오고 있다.

타향에서의 겨울은 더 춥게 느껴진다. 윤비는 추위를 몹시
도 탔다. 사람은 거칠수록 한데서 견디는 힘을 더 가지게 마
련이다.

박 상궁은 거친 일도 마다하지 않으려 한다. 엊그제는 안집
아이와 산에 올랐다. 보통 아이가 아니었다. 땔감도 많지 않은
데 윤비의 침방만을 따뜻하게 불을 지핀다는 것도 왠지 눈치
가 보였다. 아이는 보기와 달리 나무를 한두 번 해본 솜씨가 아

니었다. 뒷산은 그다지 가파르지 않아서 좋았다. 얼마쯤 오르자 성글게 박혀있던 나무들은 물러나고, 대신 숲이 울창하게 앞을 가로막았다. 박 상궁은 낫질은 제대로 하지 못했다. 그저 나무가 썩어가는 등걸만을 주워담았다.

"이름이 향숙이라고 했지?"

"네, 그런데 상궁님은 언제부터 궁녀가 되었나요?"

박 상궁은 향숙을 잠시 바라본다. 박 상궁도 향숙이와 같은 또래였던 때가 있었다.

"나이가 지금의 네 나이쯤 됐을까 그랬지. 왜, 궁녀라도 되고 싶어서 그러니?"

박 상궁은 조금 웃어 보이며 지나가는 말처럼 건넨다. 궁녀라는 말은 이제 지나간 옛 시절로밖에 각인되지 않고 있다. 그래서 궁녀들의 가슴엔 시원하면서도 왠지 모를 쓸쓸한 바람이 가슴 한구석에서 불어오곤 한다. 궁녀는 아무나가 될 수 없다. 한 번 들어오면 빠져나갈 수 있는 통로가 있지 않다. 그래서 모든 걸 한숨지으며 참고 견뎌내야 했다. 모진 고통은 서서히, 그리고 길게 찾아들었다.

향숙은 낫질을 이어갔다. 바지런을 떠는 뒷모습은 미래를 어둡게 하지 않는다.

"나도 시골에 살아봤지만 여자가 어디 산에 오르는 게 쉬운 일이니?"

"아버지는 하지 말라는데 어디 보고만 있을 수 있나요. 그리고 저희 집에 계신 마마를 어찌 춥게 해서야……."

박 상궁은 기특해 한다. 이럴 때는 상궁이 누구인지 헷갈릴 것만 같다. 궁녀를 다시금 뽑는 거라면 선택의 여지가 없다. 이젠 그런 일이 다시는 없어 보인다.

조선의 마지막 궁녀는 나뭇가지를 훑는 찬바람과도 같았다.

"상궁님, 물어 볼 게 있는데……."

향숙은 나뭇가지를 자르다 말고 바로 아래에 있는 박 상궁을 뒤돌아보며 말한다.

"나한테 뭘 물을 게 있다고."

"그래도 궁궐에서 보고 들은 게 있을 테니까요."

박 상궁은 쿡, 하며 속웃음을 짓는다. 마치 어른들의 말을 흉내라도 내는 것처럼 의견차 게 들렸기 때문이었다. 찬바람은 잠시 향숙의 이마를 훑고 지나간다. 그럴수록 향숙의 볼은 더욱 붉게 물든다. 박 상궁의 눈이 향숙의 입에 머물러 있다.

"저는 역사 시간이 기다려지곤 해요. 그런데 그게 사실인가 싶기도 해요. 너무 무섭기도 해요. 그러면서도 한편으론 감명 깊었다고나 할까요. 얼마 전에 한중록을 읽었어요. 한동안 책 속의 장면들이 머릿속에서 떠나질 않고 있어요. 영조, 사도세자, 그리고 혜경궁 홍씨……. 그토록 기구한 운명이 세상에 있을까 싶어서요. 아무튼 사도세자가 너무 가엾고 불쌍해요."

역사를 읽는 감수성이 다른 아이들 보다 조숙해 보인다.

"음, 난 잘은 모르지만 그게 소설로 꾸며진 게 아니라는 건 분명해. 이렇듯 궁궐은 그리 만만한 곳이 아니라는 거야. 그 속에선 꿈을 꾸는 것 자체가 어쩌면 허상인지도 모르지. 오로지 현실에의 충실뿐이지. 그걸 미덕으로 알고 살 수밖에. 나중에 김 상궁이 도착하거든 물어보려무나. 나보다 더 잘 알 테니까."

향숙은 하던 낫질을 멈추고 제법 진지한 표정을 짓는다.

"언제 궁궐에 가 볼 수 있을까요? 저도 한번 따라가서 보고 싶어요. 저의 작은 소망을 버릴 순 없어요."

전쟁의 끝은 아무도 예측할 수 없다. 마치 끝 간 데 없는 어둠과도 같아 보인다.

"궁궐 속엔 인간이 있잖니? 권위와 화려함의 상징인 임금을 둘러싸고 벌어지는 온갖 모략과 암투가 있게 마련이고 보면, 거기에 따른 눈물과 비극의 역사는 언제고 존재하게 되고…… 아무튼 인간사가 그렇듯, 순탄치만은 않은 곳이란다."

비어있는 궁궐. 궁궐이 사람을 찾고 있다. 궁궐은 눈요기로 지어진 것이 아니다. 사람의 숨결이 살아있어야 했다.

어느덧 해는 기울어 가고 있었다. 나무를 잔뜩 해가지고 내려오자, 김 상궁은 며칠 만에 겨우 도착했다. 사람들은 콩나물시루와도 같은 덮개 없는 화물 열차를 타려고 모두들 아우성이었다. 하지만 그것은 생명을 내건, 어찌 보면 무모하기까지 한 어쩔 수 없는 선택이었다.

저 멀리서 포성이 들려온다. 간헐적으로 들려올 때도 있었으나, 어떤 때는 몇 시간이고 퍼붓는 대포 소리가 윤비가 있는 이곳까지 들려온다. 아마도 낙동강 전선 어디쯤에서 결투가 벌어지고 있는 모양이었다.

"모두들 무사했으면 좋으련만……."

저녁상을 물린 윤비는 두 손을 모아 눈을 감은 채 허공에 대고 빌고 있다. 윤비는 지금 아무런 힘이 없다. 지금은 세상이 너무도 달라져 있음을 윤비 스스로 알고 있다.

그래도 윤비는 윤비였다. 몇 시간을 한 점 흐트러짐 없이 꼿꼿이 앉아 있곤 했다. 한 나라의, 여성의, 최고의 권위는 한꺼번에 무너지지 않는다는 것을 마치 보여주기라도 하듯이.

윤비는 매일 아침 옷을 제대로 갈아입지 못하고 있다. 낙선재의 시절은 불과 몇 달 되지 않았지만, 아침 기수(이부자리)에서 나오면 소매가 짧고 허리까지 내려오는 세수의대를 입었던 때를 떠올린다. 지금은 그 절차조차 환경의 지배를 받는다.

향숙은 어느 날부터, 아침이면 하루도 빠짐없이 상궁에게서 배운 대로 예를 갖추고 윤비 앞에 '마마, 침수 안녕히 하우셨습니까?'라고 하며, 머리를 조아리곤 한다. 그럴 때면, 영락없이 궁녀와도 같아보였다.

윤비는 옷에도 신경이 간다. 예전처럼 단정한 옷매무새라고는 말할 수 없다. 오늘도 어제 입었던 의대(겉옷)와 족건(겉버선)을 그대로 걸치고 있다. 전쟁은 그 어느 것 하나 제대로 할 수 없게 만들어 놓았다.

원래 왕비는 진솔의대 만을 입는다. 평소에 윤비는 송화색 소고의에 12폭(명주) 감치마를 입었으며, 옷 외에 겉족건도 진솔만을 입었기 때문에 매일 한 켤레씩 대령해야 함은 물론이다. 그렇기에 손수 꿰매곤 하던 침방나인들의 고충이 이만저만이 아니었음을 알고도 남음이 있다.

그 화려함. 흰색 은조사 소고의에 남치마를 입고 거기에다 비취옥쌍조잠, 향갑 노리개나 호리병 노리개로 치장을 하곤 하던 화려함은 이제 가고 없다. 화려해야 할 윤비는 오히려 화려함 앞에 발목을 잡힐 수도 있음을 모르지 않는다. 격에 맞지 않는 시국 앞에서는 어느 누구도 돋보이지 않는다. 인간이기에 분수가 있는 법이다.

그래도 이웃은 윤비를 위해 수고를 아끼지 않았다. 모두들 어려운 처지에 놓였건만 때마다 이것저것 먹을 것을 가져오는 것을 보며, 김 상궁은 그래도 조금의 위안을 느낀다. 게다가 향숙이는 짬짬이 고구마와 같은 등속들을 쪄서 나르곤 했다.

어느 늦은 봄날이었던가. 한 번은 낯모르는 사내가 집으로 들이닥친 적이 있었다. 다짜고짜로 향숙의 멱살을 부여잡고 소리치고 있었다. 간신히 상궁들의 만류로 진정되긴 했지만, 향숙은 그래도 굽힐 줄 몰랐다. 어젯밤에 따온 딸기가 문제였다. 향숙은 날이 어둑해지자 들판의 딸기 밭으로 갔다. 뛰는 가슴을 억누르며 바구니에 딸기를 가득 땄다. 달빛은 은은하게 내려와 앉았고, 향숙은 빨갛게 익은 딸기를 골라 따냈다. 딸기는 윤비 마마의 입맛을 돋우기에 충분했다. 그것뿐이었다. 그때 주인의 얼굴이 보이지 않았다. 그저 달빛만을 즐기고 있었다는 표현이 옳은지도 몰랐다.

밖에서 들리는 빗소리가 아까보다 한결 잦아들었다. 밖은 보이지 않았지만 빗소리는 바늘 구멍만한 틈새라도 비집고 들어올 태세여서 방 안에 가만히 앉아만 있어도 어느 정도 가늠이 되었다.

숙였던 고개를 조금 들자 향숙의 눈에 윤비의 모습이 얼핏 잡힌다. 향숙으로서는 보는 것, 느끼는 것, 행하는 것 또한 역사의 한 단면 앞에 나선 것 같아 순간 자신이 아닌 다른 사람이 되어 있는 듯한 느낌마저 들었다. 사실 어렸을 적 막연하게 생각했던 궁궐의 모습과 이렇게 실지로 보는 것은 어딘가 모르게 달라보였다. 보다 실체감 있게 다가왔다.

지금의 윤비는 전란 때의 윤비가 아닌 그 이전의 모습이 되어 낙선재의 석복헌을 지키고 있다. 이렇게 되기까지는 칠 년이라는 세월이 걸렸다. 거기서 전란과는 또 다른 고통을 맛보았다. 그것이 업보가 아니길 바랐다.

궁궐의 문은 열려 있다. 낙선재는 지금 윤비만이 쓸쓸한 궁궐을 그저 지켜내고 있다. 궁궐 속에서 그 많았던 사람들은 지금 윤비 곁을 떠난 지 오래였다. 낙선재만큼은 아무나 들어 올수 없는 곳이 되어버린 지금, 윤비마저 세상을 등지는 날엔 이곳 또한 어떻게 될지 알 수 없다. 세월이 세상을 바꾸어 놓았듯이곳 또한 세상의 눈빛을 막을 도리는 없어 보인다.

"마마, 좀 시끄럽지 않으세요?"

어느새 말투가 어렸을 적 한 소녀였던 시절의 귀염성 어린 음성이 되었다. 한때의 친밀함이 말투마저 어리광을 부리려 든다.

"음, 그래. 세상이 그럴진대 어떡하겠니? 세상의 것들을 이젠 다 내려놓으려 한다."

궁궐을 구경하러 오는 사람들의, 가까이서 멀리서 들려오는 말소리에 이젠 어느 정도 익숙해졌다. 너무 조용하다 싶을 때면 오히려 가끔은 밖을 내다볼 때가 있었다. 정릉에서의 감옥 같았던 시절이 그렇게 만들었는지도 모른다는 생각이 들었다.

"그래도 궁궐은 모름지기 그래선 안 될 것 같아서 여쭙사옵니다."

오히려 윤비가 할 말을 향숙이 대신하는 꼴이 되어버렸다.

"그렇게 생각할 게 아니다. 때론 내가 갇혀 있다는 느낌마저 들 때가 있곤 하지."

정작 말은 그렇게 했음에도 그 뒤 끝에 눈곱만큼의 미련이 왜 없겠는가 싶기도 했다. 예전의 궁궐은 세상 사람들로 시끄럽지 않았다.

궁궐의 철조망은 사라졌지만 그 중에서 낙선재는 보이지 않는 철망을 걷어내지 않았다. 하지만 눈치를 보며 살게 되었다. 후원마저도 사람들이 밀려오지 않을 때 윤비는 홀로 걷곤 한다. 이젠 순종의 기억마저 윤비 곁에서 떠나 있을 때가 많아졌다. 후원은 윤비와 순종의 놀이터와도 같은 곳이기도 했다.

"마마, 저의 작은 소망 하나 받아줄 수 있겠사옵니까?"

향숙은 작은 씨앗 하나를 궁궐에 뿌리려 하고 있다.

"그게 뭐란 말이냐. 어서 말해보아라. 향숙이가 내게 할 말이 있는 모양이구나."

"언젠가 기회가 주어진다면 이곳에서 궁궐에 들어선 사람들을 안내하면서 궁궐의 문화와 역사에 대해서 얘기해주고 싶습니다."

향숙은 조심스레 입을 뗀다. 어느 것 하나 허투루 말할 수 없는 것은 사실이었지만, 그래도 윤비는 향숙의 그 어떤 얘기든 달갑게 받아주리라는 믿음을 갖고 싶었다. 윤비는 조금 뜸을 들인 후에 향숙의 얼굴을 바라본다.

"잘 해야 하느니라. 역사를 섣불리 대해서도 아니 되며, 선조께서 살아온 시대 상황을 잘 이해해야 하느니라. 공부도 열심히 해야 하고······."

향숙은 궁궐의 마지막 자존심 하나를 지키려 온갖 고초를 겪었던 윤비, 그 윤비가 고난을 이겨내며 이렇게 궁궐을 지키고 있다는 것만으로도 스스로 고개가 숙여졌다.

"그래, 모처럼 왔으니 김 상궁 하고 잠시 궁궐도 구경하고 또 장래희망이 그러하니 열심히 묻고 배우거라."

"예, 잘 알겠사옵니다, 마마."

향숙은 윤비 곁에서 다소 떨림마저 억누르고 있었지만 그 순간이 퍽이나 의미 있었던 시간이었음을 아쉬워한다. 높은 산을 오를 때 아름답고, 거기서 얻어지는 감흥을 향숙은 한 아름 안고 한 걸음 한 걸음 댓돌을 내려온다.

저만치의 하늘은 어느새 물기를 거둔 채 훤한 색조로 바뀌고 있었다.

후원 풍경

"이렇게 나오니 세상이 얼마나 좋소?"

"예, 마마. 소인도 더없이 좋사옵니다."

"저 나는 새들도 가만히 있지 않고 왜 이리저리 날아다니는
지 알 것 같소."

순종의 눈에는 모처럼 고개를 숙인 궁녀들조차 보이지 않고
있다. 바로 앞에 있던 새들은 순종이 다가오자 폴짝 뛰어올라
나뭇가지에 앉는다. 걸어 갈수록 새들은 매양 그런 추세여서
새들과의 간격을 더 이상 좁힐 수 없게 만들어 놓는다.

후원의 숲은 조용했다. 이따금 들려오는 새들의 울음소리
는 한적함을 달래주는 선율과도 같았다. 언뜻 보면 산속에 묻
힌 듯도 싶었으나, 저만치 담장 너머엔 민가들이 낮게 잠들어

있다. 궁궐이 아닌, 세상이라는 바다는 드넓었다. 거긴 아무나
가 갈 수 있는 곳이지만 순종과 윤비는 좀처럼 나서지 않는다.

심신을 달래는 것은 사람들을 피하는 것이라는 걸 순종과
윤비는 차츰 알아갔다. 일제는 임금을 맘 편하게 두려하지 않
는다. 놀라움과, 긴장과 사건을 만드는 재주를 가진 그들을 당
해낼 재간은 없는 듯이 보였다. 자유로이 담장을 넘는 새들은
어쩌면 순종임금의 부러움의 대상인지도 몰랐다. 그들이 미워
도 담장을 넘어갈 수는 없었다.

순종은 느린 고양이의 걸음처럼 천천히 걷고 있다. 늘 그래
왔다. 여태껏 운동은 고사하고 빠른 걸음 한번 해보지 않은
순종이었다. 뛰는 임금은 상상이 안 되었다. 체력은 하늘이 보
장해 주지 않는다. 길섶의 풀들은 아직 자라나 있지 않았다.

"고요한 나라. 이 숲속처럼 고요한 날이 앞으로 있겠소?"

순종이 숲속에 눈을 주며 말한다. 숲은 아직 잡목들 사이
로 어두운 색조를 띤 채 나무들은 제각기 숨 쉴 채비를 하고
있다.

"마마. 그래도 오늘처럼 이렇게 걷다보면……."

윤비는 희망을 잃지 않으려 애쓰고 있다.

길섶에서 몇 발자국 안으로 들여놓으면 낙엽을 헤집고 비죽
돋아나고 있는 작은 생명들의 움틈을 볼 수 있다. 순종은 곧

룡포를 구겨가며 그것들의 자리다툼하며 세상에 드러내는 모습을 가만히 앉아 보고 있다. 세상의 괴로움이란 눈곱만큼도 없어 보이는 이 작은 미물 속에서 순종은 어느 것 하나라도 건지고 싶었다. 굴욕을 먹고 사는 인간보다 떳떳하고 꺼릴게 없어 보이는 것들에게 찬사를 보내고 싶은 마음이 새싹처럼 치미는 것이었다.

호령하고 명령하는 것들로부터 잠시 내려놓고, 봄볕을 맞고 있는 순종은 이렇듯 개미 한 마리라도 밟을까 노심초사하며 자연의 이치에 대한 감사를 만물들을 통해서 얻고 있다. 추스르는 것에는 필연 도약을 꿈꾸고 있다지만, 지금 순종의 힘으로는 나뭇가지 하나 꺾을 권한마저 주어져 있지 않은 듯이 보인다.

하늘 아래 그 어디에도 없는 단 하나뿐인 아내 윤비. 아낌없이 무엇이든 주고 싶은 마음이 왜 없었겠는가 싶다. 순종보다 스무 살이나 아래지만 귀애의 손길은 어느 선왕에 뒤지고 싶지 않았다. 하지만 윤비는 세월이 갈수록 허한 속내를 드러내지 못한 채 삭이고 있다.

"마마, 좀 있으면 꽃들이 보란 듯이 피어나겠지요? 이 나라 이 땅은 억압에 눌려 있지만 꽃들은 아무렇지도 않게 향내를 뿜어내며 벌들을 유혹하고……."

윤비는 아무렇지도 않게 내뱉던 말들을 그쯤에서 접는다. 괜스레 자신을 비유해서 하는 말이 된듯싶었기 때문이었다. 벌들을 유혹하는 꽃이 되고 싶지 않아서였다. 왕비는 왕비로서의 자태를 잃어서는 안 되었다.

후원의 나무들은 제법 아름드리로 커갔다. 그 육중함은 순종 임금과도 잘 어울리는 것 같았다. 오래 묵은 것은 곧 임금으로 하여금 업신여김을 당할 일이 없어 보인다. 늘 존중되는 것은 윗대였다. 오래 버티고 있는 저 나무들은 선왕들을 내려다보며 자랐고, 그것들은 후대인 순종 임금의 척후병처럼 꿋꿋이 지켜주고 있다.

순종이 가던 길을 잠시 멈춘다. 허리를 꿋꿋이 세우며 숨을 한번 길게 내쉰다. 좀체 걷는 것에 인색했던 순종이었다. 아니, 선대왕들도 크게 다르지 않았을 게다. 하지만 병약한 순종이었기에 걷는 것조차 힘들어 보였고, 그 곁을 따르는 윤비마저 걸음을 늦추어야 했다.

"자주 후원에 나오셔야 하옵니다. 이겨내시는 것만이 옥체를 보호하는 길이옵니다. 좋은 음식은 그때뿐이옵니다. 산책만큼 온몸의 활력소는 없사옵니다."

나이 어린 윤비는 마치 어머니라도 된 듯 조심스럽게 타이르듯 하고 있다. 순종은 그저 묵묵히 듣고만 있다. 해준 게 없다.

이제껏 제대로 한번 보듬어 안기 힘들었던 순종이 아니었던가. 그 누구에게도 말할 수 없는 부부의 벽을, 이 좋은 대낮을 견뎌내고 굳건히 다지고 하는 것이 참 부부의 길이라고 애써 맘을 돌리는 윤비는 왕비로서 손색이 없어 보인다.

순종은 슬며시 윤비의 손을 잡는다. 그 손길이 따뜻했다. 어린아이처럼 고운 손길 같았지만, 그것은 한 남자의 커다란 손이었다.

윤비는 슬며시 고개를 들어 용안을 바라보고 있다. 한 여자의 눈길은 사뭇 사랑스럽고 부드러운 것이었다. 그토록 윤비를 귀애하던 순종은 친구와도 같은, 오누이와도 같은 눈길로 내려다보고 있다. 순종은 윤비의 잡은 손을 슬쩍 힘을 주고 있다. 정겨움의 표시였다. 더 이상 어쩔 수 없는 운명 앞에 순종마저도 어쩌지 못하고 있을 뿐이었다. 윤비의 눈엔 메말랐던 눈물이 촉촉이 맺힌다.

"소인이 가지고 있는 모든 것이 어떤 때는 하늘이 내려준 복이라고는 믿을 수 없는……. 하여튼 미안한 감정이 솟아오르는 구려……."

"……."

윤비는 그저 귀를 열고 있을 뿐이다. 순리의 배반은 윤비라고 해서 할 수 있는 일이 아니었다. 하지만 때로는 여자이고 싶을 때가 없지 않았다. 꽃봉오리처럼 솟아나려는 애정의 씨앗을 움트게도 하고 싶었다. 사랑은 죽고, 권위에만 머무른다는 게 여자의 전부가 아니었다. 사랑이란 것을 알 기회도, 갖고 싶다고 해서 얻어지는 게 아니라는 걸, 윤비는 몇 해를 겪어왔다.

"성치 않은 몸을 어머니께서 보고 있지 않음이 오히려 효도가 아닌가 하오."

어떻게 낳고 키운 순종이었던가.

어머니인 민비는 온갖 치성을 드려 순종을 낳았고, 이토록 장성하도록 키워놓았다. 더 이상 키울 수 없었을 때 민비는 세상을 등졌다.

칼. 칼을 보면 유독 치가 떨렸다. 순종은 언젠가 한번 소주방에 들렀다가 그날 밤잠을 이루지 못한 기억을 가지고 있다. 온몸을 바쳐 아들을 아끼려 했던 민비. 하지만 순종은 어머니를 온몸을 바쳐 지켜주지 못했다. 일제와 칼이라는 소리만 들어도 분함이 앞을 가린다. 분함은 하늘만을 바라본다고 해결되는 게 아니란 걸 스스로 알게 되었다. 하지만 순종은 가만히 앉아 하늘을 보는 게 살아가는 유일한 통로처럼 보였다.

"내 육신이기는 하나, 왜 이렇게 됐는지, 어떤 연유인지 조금 잡히지 않는 것은 아니지만 아마도 일제라는 배경을 어떻게 빼놓을 수 있겠소. 게다가 상왕과 함께 청목제에서 멋도 모르고 많이 마신, 독이 든 커피 때문에 아무래도 몸을 더 망가뜨리게 되고 보니……."

사실이건 핑계이건 윤비는 당사자가 아니다. 다만 남편인 순종을, 믿음만을 좇을 뿐인 거였다. 여태껏 서로의 심경을 터놓고 얘기하지 않았지만, 그렇더라도 윤비는 한 여성의 육감으로 아무 것도 모를 리 없다. 여성의 육감은 남성의 그것과 같지 않다는 걸 윤비는 안다.

윤비는 자신이 늙었다고 생각하지 않았다. 영혼 속에, 간지럽지만 엄연한 사랑이라는 이름으로, 과실이 그러하듯 씨앗 하나를 맺을 수 있기를 꿈꿔오지 않을 수 없었다. 윤비는 그것 때문에 살아온 것은 아니지만, 왕비로서는 후사를 본다는 것이 얼마나 소중한 것인가를 누가 가르쳐주지 않아도 알 수 있었다. 그런 바람은 선대의 모든 왕비들의 하나같은 소망이기도 했다.

사람들이 오고 갈 수 있을 만한 산 속의 길은 평지와는 사뭇 달랐다. 내리막은 조심을 하면 되었지만 오르막은 쉬운 게 아니었다. 매일 산책을 하는 것도 아니고 보면 그래도 힘든 만큼 남편인 순종과 동행하는 것에 만족하고 있다.

아무나가 허락 없이 걸을 수 없는 후원의 길. 이 길은 숙종 임금께서 장희빈을 데리고 산책할까, 아니면 인현황후와 산책

할까를 고민하던 길인 것을 생각하면, 순종은 어떤 연유로든 의미를 주기에 충분한 길임을 알고 있다. 지금에 와서 길이길이 후대의 임금에게 물려 줄 수 없는 길이 되어버린 것에 안타까움만이 남을 뿐이다.

아직 나무는 잎새를 매달지 않고 있다. 하지만 땅속에선 뭇 생명들의 반란을 막을 길 없다. 이따금 보라색과 연분홍의 성미 급한 연약한 식물들이 만지면 부서질 것 같은 작은 종 같은 모양의 꽃들을 피워 올리고 있다.

"저것 좀 보아요. 저토록 보잘 것 없는 것 같지만 거기엔 밥풀보다도 작은 꽃이 얼굴을 내밀고 있지 않소. 이젠 봄이로소이다."

순종은 곤룡포를 여미며 발치 아래에, 마치 밟기라도 할까 봐서 작은 바람에도 파르르 떨고 있는 작은 꽃에 눈을 주고 있다.

"어머, 정말로 언제 봄이 왔을까요? 오늘 나오길 참 잘 했나 보옵니다."

야생 꽃은 생글생글 윤비의 눈과 마주친다. 그것들은 꽃을 피우고 열매를 맺고 씨앗을 땅에 떨어뜨려 종족을 보존한다. 때론 벌과 나비가 날아와 앉으니 가만히 앉아 꽃만을 피우면 되는 꽃들이 무엇보다 부러운 것임을 윤비는 작디작은 자연의 미물을 통해서 얻고 있다.

그러면서 한편으로 이 작은 영민한 식물들에게 찬사를 보내지 않을 수 없게 만들고 있다. 분명 저것들은 자칫 늦게 꽃을 피웠다가는 키 큰 풀숲에 가려져 자신의 존재를 알릴 수 없음에 저렇게 다른 것들보다 서둘러 피어나는 게 아닐까 싶기도 했다.

저만치 새들의 날음이 보인다. 크고 작은 새들은 소리 내어 울기도 하면서 작은 나무와 큰 나무를 번갈아 널뛰듯이 가볍게 옮겨 앉고 있다. 나무에 앉은 어떤 새는 날갯죽지를 들고 머리를 파묻고는 부리로 몸을 단장하고 있다. 날아다니고 움직이는 것뿐만 아니라 모양과 깔끔함이 함께 공존한다는 것을, 저것들은 무언으로 인간에게 보여줌으로써 세상의, 우주의 한 부분임을 일깨워 주고 있다.

"비둘기가 부부 사이가 좋다고는 하나 산엔 잘 보이지가 않소. 누가 잡지는 않을 테고……."

"가끔 울음소리가 괴팍하게 들리곤 해서 소인은 싫사옵니다."

윤비는 돌연 부부 사이라는 말이 나오자 잘라 말하고 있다. 사이가 좋다고 모든 게 만사는 아니거늘, 윤비는 그런 다짐을 언젠가 했던 적이 있음을 지금 은연중에 표출하고 만다.

그것은 어떤 면으로 보나 사실이었다. 비둘기가 우는 소리
도, 다정하다는 것도 윤비로서는 때론 마땅치 않은 것이었다.
새들은 사랑을 노래할 때 운답니다, 라고 윤비는 말을 꺼내려
다 그만 삼키고 만다. 윤비는 사랑 노래를 부를 수 없었다. 뭇
새들처럼 한가하게 사랑 타령을 할 수 없는 것임을 윤비는 알
고 있다. 다리 부러진 새도 치유하고 나면 다시 새 보금자리를
찾듯 순종 임금에게도 새로운 희망의 씨앗의 날이 있기를 기
다려도 좋은 것인지, 하늘에 대고 두 손을 모은 적이 있었다.

윤비는 저만치 자리다툼하듯 움직이고 있는 새들이 눈에 들
어왔다. 곁에 있는 순종도 그것들의 예사롭지 않은 움직임에
눈길이 갔다. 이어 그것들은 다정하다고 말할 수 없는 격동의
움직임 끝에 짝짓기를 해내고 만다. 윤비는 그만 소리 칠 뻔했
다. 어디 임금 앞에서, 라고.

새들의 움직임은 순식간이었다. 수놈이 암컷 위에 사뿐히
올라앉는 모습. 그리고 자연스레 꼬리를 들어주던 암컷의 새.
구애의 몸짓 위에 필연으로 오는 행위 앞에 윤비는 순간 어쩔
줄 모르고 있다. 따사로운 바람도 일지 않았건만 윤비의 낯빛
이 빨갛게 달아올라 있다. 윤비는 여태껏 저 하찮은 암컷 새가
되어 본 적이 없다. 아니, 그렇게 될 수 없었다. 아무나가 부를
수 있는 사랑 노래는 윤비를 비껴갔다. 한 여성으로서 가장 큰

권한을 손에 쥐고서도 미물들도 가질 수 있는 흔하디흔한, 생성되는 그 모든 종족에게서 얻을 수 있는 그들의 작은 기쁨마저 윤비에게 있지 않음은 세상 누구에게 하소연 할 수 없었다.

순종은 슬그머니 자리를 박차고 일어선다. 후원의 길은 열려 있었고 그 어느 누구도 임금 앞에 무릎 꿇는 이 없어서 좋았다. 자연은 이토록 아첨이나 다른 인간이라는 불순물이 끼어들지 않아서 좋았다. 때론 임금도 혼자 있고 싶을 때가 있는 법이다.

"마마, 저기 좀……."

그때 곁에 있던 윤비가 순종의 혼자 있지 않음을 알려주고 있다.

"오! 작지만 저 소담하게 핀 꽃이 무슨 꽃이란 말이오? 필시 산수유는 아닌 것 같고……."

수많은 눈썹들이 모여서 작은 구슬과도 같은 모양으로 영롱하게 피어난 노란 꽃은 홀로 온몸을 드러내고 있다.

"마마, 언젠가 김 상궁한테서 들어서 알고 있사옵니다. 이것이 생강나무라고 하옵니다."

"생강? 그 독하고 고약한……."

속이 좋지 않은 순종은 자극성이 있거나, 딱딱한 음식은 부실한 이빨로 씹을 수 없었다. 깍두기도 따로 삶아서 담가 먹고는 했던 순종이었다.

"네, 마마. 이 꽃을 짓뭉개서 코에 대었다가 혼난 적이 있사옵니다."

"오, 그래요? 그렇다면 이 꽃을 한 움큼 따다가 이등박문의 콧구멍에 콱."

"마마, 누가 듣사옵니다."

윤비는 깜짝 놀라 주위를 두리번거린다. 밤 말은 쥐가 듣고 낮말은 새가 듣는다는데, 다행히 날아가는 새 한 마리 보이지 않고 있다. 아이들의 이야기를 듣는 것을 좋아하는 어진 임금 순종. 윤비가 아니더라도 순종이 한 말은 조선의 누가 들어도 틀린 말이 아닐 성싶었다.

언제나 정당한 척, 당당한 척하며 강압과 계략으로 순종 앞에 맞서려 했던 이등박문. 그는 왜 조선에 오지 않을 수 없었는가. 술수를 앞세우며 무릎 꿇고 머리를 조아리는 척하는 그 이면에는 항상 독이 있음을 순종은 보아오지 않았는가. 허락하지 않으면 안 되게 만드는, 추락하는 것에 아무런 날개를 달 수 없게 만드는 재주를 가진 그들.

이등박문은 그 추운 날 영친왕 앞에 다가와 무릎 꿇고 절을 하며 일본으로 갈 수밖에 없노라고, 한복을 벗기고 군복으로 손수 옷을 갈아입힌 후, 형왕인 순종에게 문안을 드리러 왔었다. 그 어린 아우를 지켜주지 못하고 보내야 했던 순종. 그때 눈물을 보였던 아우인 영친왕. 1907년의 겨울은 영친왕도 순종에게도 기억하기 싫은 해가 되었다. 이렇듯 일제 앞엔 언제고 기쁨 한 점 박혀 있지 않다.

이등박문은 지금 조선에 있지 않다. 대신 바다를 건너 그 어린 영친왕은 인간의, 나라의 담보로 앞이 캄캄한 나날을 보내고 있다. 그때 아버지 고종은 식음을 전폐하다시피 했다. 세상이 달라져도 아버지와 아들을 바다를 두고 갈라놓은 자 누구더란 말인가. 이등박문이 영친왕의 손을 잡고 육지를 떠나던 날, 조선에선 어느 누구도 옷자락 하나 건들지 못했다.

"마마, 이 생강 꽃의 색깔이 소고의 색과 다르지 않으니 그래도 귀한 꽃이 아닌가 생각되옵니다."

"과인도 그런 생각을 했소이다."

화려하지 않은 색채의 옷을 입은 윤비는 자연의 꽃들에게 잠식당하기 십상이었다. 평상복은 그만큼 수수했다. 하지만 어젯밤 윤비는 지금과는 달리 화려한 색상의 옷을 입을 수 있었다. 지밀 노 상궁이 일러 주던 말이 불쑥 떠오른다.

오늘은 양전마마 한 온돌에서 침소 하십시오, 라고 마치 불침번을 알리듯 다가와 기별했다. 그런 날은 으레 지밀상궁이 미리 일진을 보아서 기별하는 것이라서 왕비라고 해도 거역할수는 없는 것이었다. 날짜도 길일로서 대개 뱀날이나 호랑이날이 아닌 날을 골라잡는다. 이런 날을 택해 두 분은 한 달에 한 번 꼴로 같이 합방한다.

그것은 예로부터 내려오는 하나의 예의에 따른 공식적인 행사로 보아야 옳다. 이때 왕비의 복색은 낮의 권위적인 매무새와는 달리 분홍색 소고의(저고리)에 남치마를 입고 분홍 저고리 밑에는 미색이나 보라색 속저고리를 받쳐 입고, 또 그 밑에 셔츠 대용으로 적삼을 입는 것으로 마무리한다.

사실 이런 날이면 윤비의 돋보임에 방해가 되는, 자칫 순종의 눈에 들어올까 봐 젊은 나인이나 30, 40대 상궁들은 침실 근처에 가지도 못할 뿐더러, 허락된 사람이 아니고는 그 누구도 얼씬할 수 없다. 기껏 허락된 사람이라고는 여성으로서 매력이 저만치 물러난 노 상궁 2명이 고작인 것을 가만하면, 윤비로서도 더 이상 바랄 것은 있지 않다. 하지만 겉치레와 달리 둘만이 아는 사실은 세상에 그 누구도 알 길이 없다.

윤비의 귓가에 밤이 깊을수록 소쩍새의 울음소리가 처량하도록 커져 온다. 그것은 세상 누구에게도 하소연할 성질의 것은 이미 아니었다. 그럴 때면, 인연, 연분, 그 모든 것들의 반란이 스멀스멀 온몸으로 파고든다.

세상은, 세상은 만들어 가는 것이 아닌, 주어진 것에서 덧붙일 수 없다는, 어릴 적에 알 수 없었던 미묘한 감정들이 때론 윤비의 가슴을 적시고 있다. 비등점에 가 닿을 수 없는 사랑이라는 이름으로.

　궁궐은 순종임금을 가두어 놓고 있다. 건각들은 근정전처럼 높은 천정과 넓은 공간을 가졌음에도 사뭇 마음의 트임을 주지 못하고 있다. 어찌 보면 순종에게 궁궐은 도시와도 같은 것인지도 모른다. 일제의 발길이 닿지 않은 곳이 그 어디인가. 그나마 다행인 것은 후원이 있고, 거기엔 새들과 나무와 작은 미물들이 있어서 언제고 순종의 마음의 가시를 뽑아낼 수 있는 하나의 정화의 그릇이 되었다. 그럴 때면 순종은 후원 하나를 마련해 준 것에 선조께 은근한 고마움마저 드는 것이었다.
　어느새 초록빛이 아닌 것은 순종과 그 곁을 따르고 있는 윤비 말고는 보이지 않고 있다. 고개를 들면 소나무 끝에 매달린 송화가 그새 윤비가 입고 있는 소고의 색깔을 닮아가고 있었다. 그 아래 줄을 긋듯 몇 가닥의 칡순은 발목을 붙들 만큼 억세게 자라지 못하고 오히려 사람의 발길에 부딪치면 툭, 하고 분질러질 만큼 부드럽고 연한 솜털을 달고 어디론가 자리를 넓혀가고 있었다.
　온갖 것들의 반란은 참으로 숲속의 향연 그 자체인데, 그 자태를 보아주는 것은 고작 나무와 나무 사이를 오가는 새들이 전부인 것처럼 보인다. 이렇듯 제법 우거져 가는 후원의 나무들은 호강을 하고 있다.

후원을 나서면 어디랄 것 없이 나무들이 적잖이 있는 것처럼 보이지만 사실은 달랐다. 저 멀리 보이는 산은 누구의 돌봄도 없이 비바람에 살을 깎인 채 멀뚱히 서있다. 나무들이 자라는가 싶으면 여지없이 누군가의 손길이 와서 기어코 분지르고 만다. 사람이 우선 불을 때고 사는 게 우선이었다.

그런 산들이 오히려 아이들에게는 좋은지도 몰랐다. 마땅한 놀이터가 있지 않을 때의 산은 좋은 놀이터가 되어주었다. 그나마 거기엔 먹을 것이 있었다. 버찌며 오디를 따먹는 즐거움은 어느 것에도 비할 바가 아니었다.

거기에 비하면 들판은 산과는 달랐다. 지독한 풀들은 흙만 보면 생명력을 어김없이 발휘해서 길의 둑이나 개천에 소를 몰고나가 풀을 뜯기는 아이들의 모양을 볼 수 있어서 좋았다. 하지만 언뜻 보면 평온한 들판과 산들은 그러나 인간에게 풍요로움을 주기에는 아직 멀었다. 움막 같은 초가에 누더기 옷을 입고 나오는 아이들의 모습을 불쌍히 여기는 눈길이 없다는 게 문제였다.

나라를 잃은 순종은 일제와 자신의 몸을 추스르기에도 벅찬 삶인 것은 궁녀들도 알고 있다. 세상은 넓었지만 사실 임금인 순종은 갇혀 지내기 일쑤였다. 기껏해야 일 년에 한 번 선조의 묘를 찾을 때나 궁궐의 문을 나서면 그만이었다.

원래 순종은 산책보다도 시계를 좋아했었다. 시침의 정확성에 놀라 무료할 때면, 그놈 참 신기 하도다, 하며 상궁들의 표정을 한 번씩 훑어보는 게 취미였다. 그러던 것이 식물을 가만히 들여다보는 것으로 바뀌었다가, 나중엔 속이 좋지 않아 이완용이 권했던 옥구(주: 지금의 당구)를 취원정에 올라 치고는 했다. 그럴 적마다 신기하게도 건강이 나아지는 것 같아 운동의 중요성을 차츰 알아갔다.

새들은 숲에서 자신의 목소리를 뽐내다가 잠시 쉬면 숲은 금세 고요했다.

"꽥, 끽."

바로 윤비의 발치에서 멀지않은, 도랑과도 같이 약간 들어간 곳에서 질러대는 소리에 윤비는 순간 놀랐다. 윤비는 얼른 한 발 물러서서 소리의 근원지를 찾고 있다. 곁에 있던 순종도 윤비의 놀람에 눈은 밝지 않지만 무슨 일인가 궁금한 듯 윤비 곁으로 한발 다가간다.

"어머, 저것 좀 봐요. 불쌍도 하지."

윤비의 눈에 비친 것은 뱀과 개구리였다. 그새 개구리는 뱀의 넉넉하지 못한 아가리에서 옴짝달싹도 못한 채 거구로 처박혀 있었다. 개구리의 뒷다리는 발버둥 칠 기회마저 놓치기라도 한 듯 처량한 몰골로 저 깊숙한 뱀의 내장 속으로 빨려 들어갈 게 뻔해 보인다.

언젠가도 궁궐에 뱀이 들어서 혼났던 적이 있고는 했다. 그때 궁녀들은 나 몰라라 놀라며 도망치고는 했지만, 노 상궁들은 길고 징그러운 뱀을 마다않고 조심스레 다루고는 했다. 뱀을 함부로 대하지 않는 것은 누가 가르쳐 준 것이 아니었다. 긴 세월을 사는 동안 윗대 상궁들이 그렇게 대했기에 시늙의 상궁들도 달라지지 않고 그대로 전해져온 하나의 풍습과도 같은 것이 되어버렸다.

한번은 궁녀 하나가 뱀의 출현에 무슨 맘이 들었는지 몽둥이로 몹시도 두들겨 패서 피가 흐르는 것을 막대기에 반이 접힌 채로 덤불속으로 던져버린 날, 바로 저녁에 그 궁녀의 어머니가 죽었다는 전갈을 받고는 모두들 뱀을 본 것보다 몇 배 놀랐던 적이 있었다. 그런 일이 있은 뒤로는 누구든 뱀에게 다가서려 하지 않았다. 뱀은 금기와도 같았고 겁 없음은 결국 화를 부르게 된다는 것을 직접 목격한 것이었다.

원래 궁궐에서는 장어와 같은 음식을 먹지 않는다. 왕의 상징인 용의 형상과 닮았기에 그럴 수밖에 없다. 그러기는 뱀도 다르지 않다. 금기를 깨는 것은 궁궐 밖의 일인 것을 누구든 알아야 했다.

 작은 언덕길이 지나자 윤비는 보폭을 줄인다. 길옆으로 나무들은 자리다툼하듯 하늘을 향해 박혀 있다.

 "마마, 다리 아픈데 잠깐 쉬어가심이⋯⋯."

 마침 몇 걸음 앞에 아무나 쉴 수 있도록 만든 길쭉한 나무 의자가 길옆으로 놓여있다. 윤비는 순종 곁에 가만히 앉는다.

 "저 떠가는 구름이 너무 멋지지 않소?"

 평탄한 날 없이 살아온 조선의 왕인 순종의 삶과는 너무 다른 풍경을 하늘은 그려냈다. 붓과 종이도 없이 하늘 스스로 온 누리에, 섬세한 짜임의 새털구름도, 때론 뭉게뭉게 큰 덩이의 양떼구름도 누구든 볼 수 있도록 걸어놓았다.

 "마마, 고개 아프시겠사옵니다. 그만, 소인에게 기대어 실컷 보심이⋯⋯."

 윤비는 의자에 걸친 당신의 다리를 순종의 베개로 내어줄 태세였다. 순종은 그제야 들었던 고개를 내린다. 윤비의 다리는 순종의 베개가 되었다. 아무도 보는 이 없어 좋았다. 순종은 마치 어린애처럼, 아니, 정겨운 연인과도 같이 윤비의 얼굴을 하늘을 배경으로 눈에 담는다. 귀애해주고 싶었던 모습이, 하늘보다도 더 끔찍이 아껴줘야 할 윤비가 오늘따라 더 정겹게 다가왔다.

순종은 대낮에 견딜 수 있었다. 대낮에 견딜 수 있는 사랑이야말로 진정한 사랑이다, 라고 말해주려는 듯 슬며시 눈빛을 윤비의 눈에 맞춘다. 윤비는 못이기는 척 수줍은 웃음 하나를 지어 보인다. 그러면서 부끄러운 듯, 민망한 듯 고개를 슬쩍 돌린다. 순종은 젖을 먹다 슬며시 젖꼭지를 돌린 어미를 원망하듯 아쉬운 눈길을 어쩔 수 없이 하늘에 주고 있다. 언제나처럼 하늘은 구름 한 점 품은 채 가는 발길 그대로 놔주고 있다.

문득 순종은 저 흘러가는 구름이 되고 싶다는 생각이 들었다. 그리고 일제는 하늘에게서 배워야 한다는, 그래서 조선이라는 구름을 흘러가는 대로 내버려 두는 것만이 한 폭의 자유로운 그림이 될 수 있다고 믿는다. 불현듯 순종은 술수와 억압을 가지고 태어난 인간들이 몹시도 싫었다. 그 속에는 분노와 울분과 되갚아야 한다는 다툼만이 존재하는 인간의 몹쓸 내면이 싫었다. 우리끼리만 살 수 있었으면 싶었지만, 하늘은 그것들을 허락하지 않았다. 어떻게 살아야 좋을지 하늘은 가르쳐주지 않고 있다.

"과인 귀가 가렵소."

"누군가가 부르기라도 한단 말입니까?"

"아니오. 지금 생각하니 귀지를 파낸 지가……."

은근슬쩍 윤비에게 정겨움의 표현으로 말은 꺼냈으면서도,

실상 한편으로는 조선의 왕인 순종은 한갓지게 귓속이나 파낼 여유가 있지 않았다. 윤비는 한쪽 손을 아래로 뻗어 좀 빳빳한 풀의 대궁을 뽑아든다. 풀의 대궁은 아쉬운 대로 귀이개가 되었다.

"마마, 옆으로 조금……."

순종은 어린아이가 되었다. 윤비가 시키는 대로 귓속을 내맡긴다. 귓속. 귓속에는 온갖 야유와 억압을 막으려 애쓰던 그모든 일제의 함성들이 차곡차곡 쌓여있다. 귓속을 뚫지 못한 그 어둠 속에 모든 몹쓸 말들은 갇혀있다. 못들은 체하던, 딴청을 부려보던 지나간 말들의 찌꺼기가 켜켜이 벽을 이루어 꼼짝 않고 마치 그것들의 집인 양 터를 잡고 있다.

햇살 한 점 나무 그늘의 어룽진 틈으로 순종의 용안에 스며든다. 간질간질, 스멀스멀. 조선의 왕, 빛바랜 조선의 왕, 고단함을 윤비의 몸에 묻는다. 순종은 햇살 하나에 졸음을 맡긴다.

하늘에서 실타래 하나가 살며시 내려와 윤비의 손에 잡힌다. 윤비는 실타래를 풀고 있다. 순종은 그 실을 따라 바람결에 실려 하늘 높이 날고 있다.

"내 아들아, 너무 힘들고 고단해서 어쩌나. 그래도 굳건히 살아있는 것만으로도 참 대견하구나. 그래 우리 아들 세상을 못

살았다고 할 순 없지."

이마에 칼자국이 선명한 순종의 어머니 민비. 일제는 어머니의 이마에 훈장 하나를 달아놓았다. 영원히 지워지지 않을, 일제의 핍박에서 조금이라도 비켜서려 했다가 하인도 받지 않을 무자비한 칼의 휘둘림을 감당할 수 없었다. 그 자국은 조선의 업신여김의, 하찮은 것임의, 하나의 징표가 되었다.

"어마마마……."

순종은 어머니를 불러놓고 아무런 말이 없다. 어머니의 모습을 볼 면목이 없기 때문이기도 하지만, 그렇다고 당장 어떻게 달라질 것도 없어 보이는 현실 앞에, 밝은 낯을 보여드릴 수 없음이 그저 안타까울 따름인 것이었다. 후사의 어려움은 민비도 겪어보았다. 아들인 순종을 위해 온 나라에 치성을 드리던 산이 어디 한둘이었던가.

"내가 천지신명께 매일 빌고 있으니 너무 걱정 말아요. 다 잘 될 것이오."

어머니 민비는 잠시 환한 웃음을 지어 보인다.

"하오나……."

"뭐란 말이오?"

"아뢰옵기 황공하오나 이미…… 세자가 정해졌사옵니다."

"지금 뭐라 했소? 세자라니, 왕세자가 누구란 말이오!"

민비는 버럭 화를 낸다. 한 잔의 술도 엎질러지면 다시 담지 못한다.

"영친왕이 황태자가 되었사옵니다."

"영친왕이라니?"

"엄 상궁의 소생이옵니다."

민비는 그만 두 손으로 얼굴을 감싼다. 애당초 믿었던 상궁은 아니었다. 일찍이 조대비(익종비) 밑에서 있었던 것이, 고종의 부름을 받아 지밀상궁으로 들어온 여자였다. 그 때도 고종을 향한 애정을 눈치 챈 민비는 엄 상궁을 불러 호통을 친 뒤 궁궐 밖으로 쫓아내었다. 그러던 것이 어찌하여 궁궐에 다시 들어왔단 말인가. 민비는 자신의 주검 앞에 발버둥 쳐보고 싶었다.

"어이구, 내 못 볼 것을 보고야 말았구나. 기어이 고것이 일을 저지르고 말았다니. 내가 죽으니 다시 궁궐에 들었구나. 이 못된 지고……."

"어마마마, 너무 상심 마시옵소서. 소인 엄 상궁하고 아직 말 한번 건넨 적 없사옵니다. 소인이 먼저 말을 하지 않으니 그도 할 말을 못하고 지내옵니다."

그것은 사실과 다르지 않다. 상궁 출신이었기에 상왕의 부인이라 하더라도 감히 왕인 순종에게 말을 먼저 걸 수가 없게 되어 있다. 엄 상궁이 아무리 왕족과 정승도 함부로 범접할 수 없는 곳에 계신 왕비, 동궁(東宮)을 모시는 지밀상궁이라지만, 어쨌든 상궁 신분이었던 것이 하루아침에 왕과의 대등한 위치에 서기가 쉽지 않았다. 그것은 궁궐의 질서였으며 하나의 예절이었다. 게다가 자식인 영친왕으로부터 어마마마란 소리를 들을 수 없었다. 그냥 어머니, 라고 불러야 했다. 그러기는 덕혜옹주도 마찬가지였다. 이렇듯 상궁으로 머물렀던 자리는 세상이 다하도록 지워지지 않는다.

"그래, 잘했소. 제대로 된 자식이라고 볼 수 없지. 안 그러오?"

실상 말은 그렇게 했음에도 궁궐에는 적자, 서자를 가리지 않는다.

"소인, 폐백도 생략했사옵니다."

"폐백이 무슨 놈에 폐백이란 말이오. 잘했소."

"마마, 하오나 그 어린 것을 이등박문이 일본으로 끌고 갔사옵니다."

"그래, 잘 됐다. 영영 안 왔음 좋겠다."

민비는 한시름 놓은 듯 편안한 낯빛을 보이고 있다.

"그게 아니옵니다. 어찌 보면 불쌍한 것도 사실이려니와 부왕께옵서 몹시도 애타게 찾으시옵니다."

"그런 걱정일랑 접어두시오. 뭐든 정도를 벗어나면 어찌 되는지를 하늘이 보여준 거라오."

궁궐 법도에 따라 상궁 출신은 품계를 떠나 어디까지나 출신과 신분의 한계를 벗어날 수가 없었다.

민비는 시샘 섞인 감정이 없지 않았지만, 임금인 고종은 달랐다. 예쁘고 맘에 드는 궁녀를 내버려 둘 수 없었다. 궁녀들은 밤이면 고종의 부름에 따라 베개를 들고 대기해야 했음은 물론이다. 궁녀들로서는 손해날 게 그다지 없어 보인다. 빈(嬪)으로의 승격은 못할지라도 당호라도 하나 얻는다는데 그게 어딘가. 그러다 원자는 아니더라도 아기라도 걸려드는 날엔……. 덕혜옹주의 탄생도 그런 것이었으며, 그것은 또한 고종의 시름과 무관하지 않다. 이렇듯 민비의 주검은 고종으로 하여금 영친왕을 탄생시켰으며, 그 뒤 영친왕의 생모인 엄비의 주검은 덕혜옹주라는 고명딸을 낳게 했다. 이렇듯 고종은 시대의 흐름에 따라 슬픔을 달랬다. 민비의 오래도록 살지 못함은, 또 다른 왕족의 자손들을 번창시키며 왕조의 피를 물려받을 수 있었다.

"아들아, 아들은 아버지를 닮지 말아라. 여자들의 시샘을 생각해야 하느니라."

민비는 다 큰 자식 앞에 타이르듯 한다. 순종은 그만 힘이 빠진다. 그러면서도 아버지를 닮아 보았으면 싶은 욕구가 퐁퐁 피어올랐다. 맑은 햇살 아래 한 궁녀를 한 떨기 꽃처럼 바라보고 싶지 않았다. 좀 어두운 구석일지라도, 밤의 그 깊숙한 한 자락에 묻혀 불같은 욕망이라는 사랑 하나 품고 싶었다. 그것을 위해 살아가지 않더라도 그것 또한 남자에게 꼭 필요한 요건임엔 틀림없어 보인다.

"그래, 요즘엔 어찌 지내오? 괴롭힘을 당하지 않나 해서 물어본 것이오."

새삼스런 말은 아니었다. 민비가 살아있을 적 고종도 맘 편히 지낸 적이 없었기에 하는 말이었다.

"근래에 들어서는 그래도 목에 걸린 가시 하나를 뺀 것 같사옵니다. 마마."

"그게 무슨 말이오?"

민비는 자식으로부터 기대하지 않았던 말을 듣고는 잠깐의 안도감과 함께 궁금해졌다.

"이등박문이란 자가 총에 맞아 죽었사옵니다."

"이등박문!"

민비는 이름을 불러놓고 놀란다. 이등은 민비의 주검과도 무관하지 않다. 그의 지시가 없고서야 조선이 놀랄 만한 일을 아무나 할 수 없다. 이등이란 존재는 조선의 편에서 본다면 태어나지 말았어야 할 존재임엔 틀림없다. 조선의 어느 누구도 이등의 등장으로 인하여 그 피해에서 벗어날 자 그 누구도 없어 보인다. 후에 일제는 금수도 이름을 쉽게 바꾸지 않거늘, 그들은 이른바 소화 13년에 들어 창씨개명까지 했던, 지독히도 조선을 향해 못살게 굴었던 것을 누구든 잊지 않고 있다.

"그러면 총을 겨눈 자 그 누구더란 말이오?"

민비는 체기가 뚫리듯 사뭇 속 시원한 기분이 되어 방아쇠의 주인공이 궁금해지는 것이었다. 그러면서 세상은 영원할 것 같던, 그 암울함은 가시고 왠지 모를 밝은 빛 한 점 궁궐에 찾아들 것 같은 예감 하나가 민비 곁에, 아니 순종 곁에 맴돌기를 바라고 있다.

"방아쇠를 당긴 자 조선의 안중근이라는 의협심이 강하고 아주 용맹한 사나이라 하옵니다."

"안중근! 오, 장하도다. 우리 조선에도 그리 훌륭한 인물이 있었다니, 그 얼마나 다행한 일이오. 내 죽음의 부활과도 같은 존재라 아니할 수 없소이다."

민비로서는 원흉과도 같은 존재의 제거는 아들인 순종도 대신할 수 없는 의로운 일임엔 분명하다. 순종으로서는 안중근 앞에 고맙소, 라는 말을 수백 번 하고 싶었지만 아직도 순종은 눈치를 보아야 하는 현실 앞에 놓여 있음을 직시해야 했다.

민비는 순종의 명령도 아니면서 한 의인의 조선을 위한 충성과 사명감으로 불타오르는 멋진 한 사람, 한 번도 본 적 없는 안중근에게 고마움을 느끼지 않을 수 없었다. 민비는 이제껏 치 떨리던 분한 세월 어디쯤 왔느냐고 누군가가 물어 온다면, 그 끝은 보이지 않는다고 말해주고 싶었다.

안중근에 대한 고마움은 순종으로서도 겉으로 드러낼 수 없었다. 어머니 민비의 비명횡사에 따른 원한을 대신 갚아준, 은인과도 같은 존재의 탄생은 아무나가 될 수 없는 것이었다.

순종은 어머니의 주검을 바로 옆에서 같이 겪어야 했던 불운의 임금인 것에 늘 괴로움과 자신의 죄책감에 사로잡혀 왔다 해도 과언은 아니었다. 그만큼 자식으로서, 건장한 왕세자로서 아무 것도 해준 게 없다. 어머니 앞을 막아주지 못한 자식으로서의 회한의 눈물을 수없이 뿌리는 것만으로 모든 게 해결되지 않았다. 그 슬픔 한 조각 덜어줄 사람 이제껏 아무도 있지 않았다.

어머니를 잃은 슬픔을 어떻게 견뎌왔는지 모른다. 참으로 더디게 흘러갔던 시간들이었다. 세월을 셈할 여유마저 있지 않았다. 그 슬픔의 끝은 참으로 요원해 보였다. 몇 달 동안 뿌린 눈물로는 어림도 없다는 것을 곁을 지키던 상궁들조차도 모를 리 없다. 칼을 휘두를 때 순종 또한 당신의 목숨의 연명에 급급해야 했던 시간이었던 것을 생각하면 어머니 앞에 자식 된 도리로서 부끄러워 낯을 들어서는 아니 되는 줄 모르지 않는다.

"어마마마, 어디로 가는 것이옵니까?"

수증기가 뿜어져 나오는 저 산 속 어디론가 서서히 뒷걸음질 쳐가는 어머니 민비의 모습을 더 이상 볼 수 없을 것 같다. 순종은 숲에다 대고 소리쳤다.

"어마마마! 어마마마!"

누군가의 손길이 순종을 깨운다. 순종은 눈을 지그시 뜬다. 아까와 다르지 않게 하늘의 배경엔 윤비의 모습이 어머니를 대신해서 지켜주고 있다.

"놀라셨나 보옵니다. 마마."

"아, 어머니가 보고 싶었나 보오."

순종은 그제야 윤비가 내준 자리에서 몸을 일으킨다. 순종은 다시 윤비를 곁에 두고 산책을 이어갔다. 새들은 순종이 다가오는 만큼 물러났고, 나뭇가지에 높이 앉은 겁 없는 새들은 목청껏 지껄였다. 윤비는 순종 곁으로 다가가 새들이 알지 못하는 인간들만이 낼 수 있는 낭랑하고도 부드러움 섞인 목소리를 가만히 숲속에 전했다. 숲속은 있는 그대로를 받아주며 한가로이 부는 바람을 흘려보냈다.

피아노를 치는 윤비

"누구? 이석? 썩 물러가라고 해라."

발을 옮기려던 이석은 흠칫 놀랐다. 김 상궁을 통해서 들어야 했음에도, 이석은 자신의 귀를 의심할 여지가 없어 보인다.

그날은 그렇게 물러서야만 했다.

윤비의 격노한 음성이 아직도 이석의 머릿속에 가시지 않고 있다. 사실 이석을 호령할 수 있는 사람은 세상에 많지 않아 보인다. 아니, 어쩌면 윤비가 유일한 사람일는지도 모른다.

이석은 지난번에 왔던 기억을 떠올리며 낙선재를 향해 걷고 있다. 이석은 입이 열 개라도 할 말이 없어 보인다. 그러면서 한편으로는 윤비로 하여금 이석에게 가졌던 불쾌한 감정들이 수증기가 스멀스멀 피어오르듯 차츰 사라져 주기를 바라는 심정이 되었다.

　노래를 부르며 살아온 이석. 본인 스스로도 무슨 죄가 있을까 싶었다. 하지만 평범하지 않은 내력의 사람이 노래를 부르는 것에, 누구든 곱지 않은 시선이 있음을 미리 알아차렸어야 했는지도 모른다.

　조선왕조 500년 역사가 이어져 내려오는 동안에 누가 마이크를 잡고 대중가요를 부르며, 심지어 밤무대까지 드나드는 사람이 있을까 싶었다. 더구나 세상은 어떤 경유로든 뭇 사람들에게서 볼 수 있는 것들도 이석에게는 쉽게 묵인하거나 용서하려 들지 않았다. 밤이 늦었다고 담을 넘어서는 안 되었다. 황족의 체통은, 낮은 담과도 같이 눈에 보이는 높이에 있지 않다.

　"당장 왕족의 족보에서 빼 버리라고⋯⋯."

　윤비의 말은 틀리지 않았다.

　이석은 조용하던 매스컴의 단골이 되었다. 그러면서 차츰 방송국에서 자리를 잡아 갔다. 사람들은 이석의 등장을 다소 신기한 듯 바라보게 되었고, 그의 외모에 못지않은, 이야기를 끌고 가는 유려한 진행 솜씨 또한 뭇 사람들로 하여금 반하지 않을 수 없게 만들어 놓았다. 그는 대중과도 친한 듯이 보였다. 때론 세속의 거부를 느낄 때면 자존심을 낮추려 무던히도 애써 보았다.

고개를 들면 하늘이 보인다. 그 하늘이 노했다. 이석이라는 존재의 시작은 어디인가. 저 태조 임금이 말을 타고 광활한 갈대밭을 달리던 그 기상, 그 피의 내력을 잊었단 말인가.

백모인 윤비는 지금 아무나 가질 수 없는 엄격한 자세로, 그 기개를 잃지 않으려 낙선재를 지키고 있지 않은가. 조카인 이석 또한 윤비의 기대를 저버리지 않고 그나마 이어오는 왕족의 체통을 최대한 제대로 이어갔어야 옳았다.

불행의 시작은 이석에게 있지 않았다. 아버지는 같지만 어머니가 다른 아버지 의친왕은 민비의 눈에 곱게 들어올 리 만무했다. 호락호락 받아주거나 관대할 리 없는 민비의 그늘 아래서 목숨만을 연명해 온 것만으로도 어쩌면 다행인지도 몰랐다. 그런 의친왕은 형왕인 순종의 적수가 되지 못했다. 언젠가는, 언젠가는 하늘에서 용 한 마리가 내려와 자신의 가슴에 안길 것을 꿈꿔오지 않을 수 없었을 게다. 그 꿈은 아무나가 꿀 수 없는 것이기에, 그만큼 추락의 아픔도 클 수밖에 없었다. 게다가 일제라는 불청객은 의친왕에게 아무런 도움이 될 수 없었다.

허구한 날 피해 다니기 급급해야 했던 시절은 결국 아무도 도와주는 이 없는, 맨땅에서 건져낼 거라고는 외로움과 방황 말고는 그 어느 것도 꿈꿀 것은 없는 듯이 보였다. 세상의 벽은 마치 철문과도 같았다.

그 피의 내력은 의친왕에 그치지 않았다. 자식인 이석을 제대로 돌 볼 수 없음이었다. 당신의 빛나는 얼굴 뒤에 자식이라는 후광도 따라서 빛을 발할 수 있으련만, 세상은 그렇게 만만하고 호락호락하게 흘러가지 않았다. 민비가 세상을 등진 후에도, 고종은 엄비의 벽을 뿌리칠 수 없었다. 형왕인 순종에 가려져 빛을 잃게 되고, 게다가 영친왕의 탄생, 뒤이은, 20세나 아래인 영친왕에게 세자 책봉을 함으로서, 그나마 꿈꿔왔던 젊은 의친왕의 가슴은 그 모든 것이 한낱 물거품이 되었다. 이석의 그야말로 홀로서기와 같은 외로운 삶은 거기서 비롯되었다.

이석은 누구도 인정해주지 않는 그런 세상에 와 있음을 스스로 느껴야 했다. 이제 와서 세상이 너무도 달라져 있음을 누구의 탓이라고 둘러댈 수는 없었다. 세상은 유연하게 흐르며 자유의 물결이 억압을 잡아먹고 있었다.

저마다의 가슴엔 새로운 꿈들이 피어났고, 어느 고을에서나 여봐라, 하며 호령하던 시절이 가신 지 이미 오래였다.

이석은 걸음을 옮기며 저만치에 걸린 하늘을 본다. 하늘을 바탕으로 이글거리는 태양은 매일같이 어김없이 떠올라도 달라질 것은 그 어느 것도 없는 듯이 보였다.

이석은 궁궐을 바라보면서, 이제껏 그래왔던 것처럼 궁궐의 사람들은 궁궐을 떠나서 살기가 얼마나 힘든 것인가를 새삼 느끼게 해준다. 내 집처럼 살았던 궁궐의 낙선재. 낙선재를 떠나서 산 세월은 고난의 연속과도 다르지 않았던 것을 모르지 않는다. 이석은 잠시 남다른 감회에 젖는다.

이곳은 이석이라는 왕자를 키워낸 곳이기도 했다. 지금도 남아있는 몇 안 되는 궁녀들은 이석이 어렸을 적부터 궁궐을 지켜왔다. 그땐 궁녀들이 이석을 늘 따라다녔다. 궁녀들은 이석의 일거수일투족을 지켜보며, 왕자마마 이러시면 아니 되옵니다, 하며 이석 앞에 고개를 조아리곤 했다. 어린 이석이 조금만 뛸라치면 대번에 다가와, 왕자마마 이러시면 큰일 나옵니다, 노 상궁께서 아시면 어쩌려고, 하며 궁녀들은 놀라했다. 이젠 사소한 것 하나에도 누구의 도움을 받을 수 없게 되었다.

들었던 고개를 낮추자 인정전(仁政殿)이란 현판이 눈에 들어온다. 그곳을 지나 오른쪽으로 발길을 옮긴다. 그 한편에 낮게 내려앉은 아담한 건물 몇 채가 눈에 들어온다. 이윽고 장락문(長樂門)이라고 씌어져 있는 솟을대문을 지나자 본채의 건물들이 처마엔 오색단청을 하지 않은 채로 창호문과 어우러져 안정감을 주고 있다.

"어서 오십시오. 마마께옵서 기다리십니다."

김 상궁은 이석 앞에 허리를 굽혀 예를 갖춘다. 사실 이석은 먼저처럼 윤비 앞에 아무런 대꾸를 할 수 없었던 것을 떠올리며 조금은 두렵기까지 했다. 대중의 인기가 왕족의 체통을 갉아먹는 것을 윤비는 달가워 할 리 없었다.

그 젊고 아름다웠던 왕비의 모습도 세월을 비껴갈 수는 없었다. 왕이 없는 궁궐. 거기엔 그나마 꺼져가는 촛불을 이제껏 보듬어 안으며, 그 명맥만을 아스라이 지키고 있는 윤비가 있다.

"마마, 부르셨사옵니까?"

이석은 병풍을 배경으로 꼿꼿하게 앉아 있는 윤비 앞에 예를 갖추어 인사를 올린다.

"오느라고 애썼소. 거기 앉으시오."

이석은 잠깐 머뭇거리다 윤비 앞으로 한발 다가가 모로 앉는다.

사실 윤비는 이석을 볼 때마다 가슴 그 어딘가에서 찡해 옴을 느끼곤 했다. 의친왕이 왕족의 중심에서 얼마나 벗어나 있었는지 윤비는 보아왔다. 제대로 대접을 받지 못한 것이 얼마나 서러운 것이며, 하늘이 준 운명이라고 애써 돌려보려 하지만 그럴수록 슬픔은 배가되는 것이었다. 그 배경엔 정비인 민비의 벽이 너무 높았던 탓도 있었겠지만, 아버지 고종의 위엄 아래 자식으로서의 진정한 믿음 하나를 건져보려 애쓰려 했던 것을 누구에게도 말할 수 없음이었다.

"그간 옥체 평안하오신지요, 마마."

이석은 고개를 슬쩍 들어 윤비를 바라본다. 어려서부터 보아왔던 윤비였다.

"여기 올 시간도 없는 것 아니오?"

이석은 좋은 뜻으로 물어온 것인지, 아니면 조소의 뜻이 묻어 있는 것인지 얼핏 판단이 서지 않았다. 이석은 말 한 마디라도 실수하지 않으려 살얼음을 걷듯 긴장을 늦추지 않고 있다.

"노래를 부르는 게 그렇게도 좋단 말이오?"

"……그런 것이 아니오라……, 어찌 하다 보니 노래를……."

이석은 미리 꼬리를 내리려 한다.

"왕족이 가야 할 길에 그런 순서가 있다는 걸 누가 가르쳐 줬더란 말이오. 어서 말해보시오."

"……."

이석은 여태껏 살아오면서 지금처럼 세게 맞아본 적이 없다. 정신의 아픔은 육체를 지배한다는 걸 몸소 느끼고 있다. 차라리 정신 위에 육체가 머물러 있는 편이 나을 것 같았다.

텔레비전에서 말을 잘하곤 하던 이석은 그만 고개를 들어 물끄러미 창문을 응시하고 있다. 여름의 햇살이 따갑게 창문에 와 부딪치고, 거기서 파생된 엷은 햇살을 방바닥에 뿌려놓는다.

　이석은 궁궐에서 아무것도 이룰 수 없음을, 대중에게서 얻고 있다. 왕족은 궁궐을 벗어나서는 그 어느 것도 성취하기 어렵다는 걸 누가 가르쳐주지 않아도 스스로 알아냈다. 그것은 일찍이 세상의 것들과 타협하고 나섰다는 말과 다르지 않다.

　왕가의 신발마저 지금은 구두로 바뀐 지 이미 오래였다. 매스컴으로 전해져 오는 이석의 음성은 어딘가 모르게 당당하고도 웅장함을 드러내고 있다. 대중의 어필이 때론 아깝기까지 하다. 아니, 대중에 섞여서는 안 되는 피의 내력을 그는 배반하고 있다.

　"할아버지인 고종께서 용납했단 말이오?"

　그렇지 않아도 이석은 어젯밤 꿈속에서 할아버지인 고종을 보았다. 꿈속의 고종은 늘 불만족스러워 했다. 웃는 낯빛 뒤에 어딘가 모르게 그늘이 드리워져 있음을 볼 수 있었다. 이석은 꿈속에서 고종 곁에서 잠들 때도 있었다. 꿈결 속에서 이석은 관 속에 누워서 허우적거리다 갑갑해서 깨어난 적도 있었다. 그때 고종은 막 깨어난 이석의 등을 토닥거리며, 악몽을 꾸었구나, 하며 이석을 향해 편안한 눈길을 주었지만 꿈이 화들짝 달아나기 전, 고종의 이빨이 하나도 없음을 보고 놀랐던 적이 있었다. 곧 꿈은 현실 이면의 것이어서 얼마나 다행인지 몰랐던 적이 있다.

어떤 꿈에는, 고종은 목이 탄다고 얼른 감주라도 내놓으라고 성화를 해대곤 했다. 이석이 그것은 독이든 음식이라 절대로 드릴 수 없다고 버티자, 고종은 화를 벌컥 내며, 살아서 일제들에게 압박을 받으니 차라리 눈을 감는 게 편하다며 어서 너도 빨리 오라며 손짓했다. 그런 꿈을 깨고 난 뒤, 이석은 할아버지인 고종 임금의 비명횡사에 손을 불끈 쥔 적이 어디 한두 번이었던가.

고종은 과연 하늘이 준 운명을 다했다고 볼 수 있을까? 그렇다면 우연치고는 너무나 준비된 우연으로밖에 보아지지 않는다. 그들에게 있어 껄끄러운 상대의 제거는 그런 면에서 어쩌면 당연한 일이었는지도 모른다. 갑자기, 라고 하지만 그 당사자인 고종은 이미 눈을 감아버렸다. 이석은 집안일을 떠올릴 때면 한스러움이 앞을 가리곤 했다. 그런 이석으로서도 세상을 등지지 않고 이만큼 살아온 것도 어쩌면 다행인지도 몰랐다.

"마마, 어쩔 수 없었습니다."

이석은, 세상이…… 라는 말을 애써 삼키고 만다. 변명의 반향음은 침묵만도 못할 때가 있다. 모두들 그를 가수, 라고 비아냥거린다 해도, 스스로는 삶의 굴곡이라 여기고 싶었다. 삶의 한 방편에 선다는 것은 그만큼 아니꼬움 따위를 감내하는 것과 다르지 않다.

"종묘사직에 무슨 낯으로……."

말은 그렇게 했음에도 윤비 자신도 실은 살아온 무수한 세월을 삭제하고 살았으면 싶을 때가 없지 않았다.

"마마, 귀엽게 봐 주십시오."

이석의 어깨가 좁아져 있다. 말은 실상 그렇게 해놓고도 막상 어디라도 숨을 곳이 마땅치 않았다. 사실 지금의 삶의 구심점, 삶의 지축은 윤비에게서 생겨났다고 해도 과언은 아닐 성싶었다. 한시도 낙선재를, 왕족의 어른이신 윤비 마마를 잊은 적이 없었다.

"그래, 가수는 할 만하오? 텔레비전에도 나온다던데……. 사회는 아무나 하는 게 아닌데……."

이석은 한손을 올려 머리를 긁적거린다. 어떻게 알아냈을까. 낙선재에는 텔레비전이 있지 않았다. 아무래도 김 상궁 말고는 짐작이 안 간다.

"그래 무슨 노래를 불렀단 말이오?"

윤비의 낯빛에 일순 먹구름이 걷히고 있음을, 이석은 순간 바로 앞에서 당락이 바뀐 수험생이 되었다. 무관심에서 관심으로 바뀔 때 당사자는 힘이 나게 마련이다.

"'비둘기 집'이란 노래입니다."

이석의 음성이 마치 비둘기가 정겨운 사랑을 나누 듯 조금은 나긋한 음성이 되었다.

"그래, 부를 만 하오?"

"예, 마마. 그냥……."

조금은 쑥스러운 듯 윤비를 바로보지 못하고 있다.

"그래, 악보는 소지하고 있소?"

"예, 마마. 저기 가방에 있사옵니다."

이석은 고개를 돌려 밖 쪽을 바라본다.

"김 상궁, 이리 오너라."

윤비의 음성이 장지문 밖에 고개를 조아린 채 서 있는 김 상궁에게 전해진다. 김 상궁은 언제나처럼 뒤꿈치를 살짝 들고 허리를 굽힌 채 종종걸음으로 윤비 앞에 다가와 선다.

"수강재에 가서 피아노를 칠 준비를 하거라."

"예, 마마. 분부대로 하겠사옵니다."

사실 윤비는 순종 승하 이후, 피아노 의자에 앉아본 기억이 없다. 그만큼 세월은 수분 하나 없는 밭처럼 척박했다.

윤비를 배경으로 펼쳐진 병풍과 김 상궁의 뒷걸음이 서서히 멀어져 간다. 하지만 이석은 자신의 인기가 윤비의 마음마저 동요했으리라고는 여기고 싶지 않았다. 다만 이젠 윤비 앞에 떳떳이 다가갈 수 있다는, 구실이 생겼다는 것에 만족하고 싶었다.

아담한 옥체의 윤비가 율동 준비를 마친 어린아이처럼, 피아노 앞에 다소곳이 앉아있다. 이석은 어느새 가정교사가 되었다. 사실 윤비는 오래전부터 피아노를 쳐왔다. 영어와 일본어를 배울 무렵 어렵지 않게 신문물인 피아노를 접할 수 있었다. 곁에 있는 김 상궁은 윤비가 처음으로 피아노를 치던 날, 윤비의 작은 손가락이 건반을 두드릴 때마다 울려 퍼지는 피아노의 선율에 전율했다. 그럴 때면 자신도 몰래 한번 쳐보고 싶은 욕망이 퐁퐁 솟구치고는 했다.

피아노를 치는 윤비. 조선왕조 500년 이래에 처음으로 행하여지는, 시대의 변천에 순응하려 애쓰고 있는 윤비. 그 윤비가 지금 '비둘기 집'을 노래하고 있다.

이석은 윤비의 펼쳐 보인 악보에 눈을 주시하고 있다. 이석의 귀와 눈과 입이 잔칫날 같아 보인다. 이석에게 이런 날이 올 줄은 미처 몰랐다. 노래가 거의 끝나자 이석은 그만 눈시울이 붉어져 옴을 느낀다. 어느새 윤비도 노래 가사를 이기지 못하고 살포시 눈가에 비수가 어려 옴을 느끼고 있다.

윤비는 이제껏 장미꽃 넝쿨 우거진 그런 집을 지을 수 없었다. 남편인 순종은 가정을 제대로 이룰 수가 없었다. 아이가 없는 가정은 햇살처럼 밝은 웃음이 집안에 가득 맴돌기 어렵다. 장미꽃도 아이들을 위해 피워 올릴 때가 행복인 것을, 윤비는 겪어보지 못했다.

누구를 위한 노래인가. 아무나가 부르고 꿈꾸는 그런 집을 짓는다는데, 말릴 사람이 어디 있겠는가 싶었다.

대궐의 꽃과 작은 가정에서의 피워 올린 꽃은 분명 같지 않다. 계략과 술수가 숨 쉬는 궁궐에서의 꽃은 가식과도 같아 보일 때가 어디 한두 번이었던가. 사람들의 계략과 이간에 마음이 상할 때면 그 속음을 꽃으로 달래보려 무던히도 애쓰던 때가 있었음을 윤비는 여태껏 잊지 않고 있다. 세월이 가고 지금껏 남아 있는 회한일랑 이 '비둘기 집'을 부르며 떨쳐버리자고 윤비는 또 다시 건반을 두드리고, 또 두드리고 있다.

피아노에서 내려온 윤비는 지금의 낙선재를 이제 비둘기 집과도 같이 꾸며보자는 믿음을 이석과 함께 정겹게 나누었다. 이제 그런 믿음은 더 큰 울타리를 만들고, 그리고 얼마 남지 않은 세상을 서로의 믿음으로 끌고 가자고, 곁에 있는 이석의 손을 가만히 잡아끈다.

"저녁 들고 가시오. 같이 시원한 취운정에 올라 아래도 바라보고……."

"예, 마마. 황공하옵니다."

궁궐에서는 저녁 5시가 되면 으레 저녁을 먹는다. 수랏상은 아침 10시와, 저녁 5시, 두 차례만을 올리고, 2시쯤엔 간단한 간식으로 점심을 대신하곤 했다.

석양은 아직 물들 채비를 하고 있지 않다. 한여름의 해는 길었으나, 낙선재의 저녁 시간은 언제나처럼 다르지 않았다. 김 상궁과 박 상궁은 잠시 보이지 않고 있다. 궁녀의 숫자도 사양왕조를 대변이라도 하듯, 그 많던 궁녀는 지금 세상에 흩어졌다.

잠시 후, 상이 차려지기 시작했다. 상궁들은 알고 있다. 그때의 기억들이 눈에 선하다. 지금도 달라지지 않았지만, 두 분 마마도 각각 독상을 받고 나란히 앉아 수라를 드시곤 했다. 그럴 때면 소반상(곁상)을 비롯 3개의 상을 받아 상궁 두 명과 생각시인 소녀나인 한 명이 상머리에 앉아 멀리 있는 음식도 집어드리고, 가시도 발라드리며 석박지 무우를 찬(饌) 가위로 잘라드리곤 했던 기억은 지금껏 지워지지 않고 있다. 이때 생각시는 무릎을 꿇고 눈을 아래로 내리깔고 대기하고 있다가 혹시 모자라는 반찬이 있으면 재빨리 가져오곤 했다.

"많이 들고, 목청껏 노래도 해야 하지 않소."

한 많은 왕족의 세월이 눈 녹듯 밥상 위에서 모처럼 풀어지고 있다. 윤비는 앞으로 수라상을 얼마나 더 받을지 모른다. 격랑의 세월 속에서 윤비도 켜켜이 나이를 더해가는 나무 테처럼 세상을 많이 지켜왔다. 보듬어 안을 일보다 가슴 에이던 때가 더 많았다. 그럴 때마다 격분과 어찌할 수 없었던 왕가의 세태 속에서 그저 바라만 보아야 했던 세월이었음을 윤비는 지금껏 가슴에 묻어두고 있다.

이석은 어릴 때 한번 올랐던 낙선재 뒤편의 취운정을 다시금 오르고 싶었다. 그 소망이 윤비 앞에서 이루어질 수 있다는 것에 밥숟가락이 어디로 들어가는지 모를 지경이었다.

이곳 낙선재는 아무나가 들어올 수 없는 곳이기도 했다. 뒷산으로 알려진 취운정은 더욱 그러했다. 순종이 살았을 때 윤비와 함께 이곳에 올라 산책을 하던 곳이어서, 외로울 때면 틈틈이 찾아 맘을 달래곤 했다.

그래도 떠난 지 30여 년이 된 순종이 곁에 있을 때가 좋았다. 세상의 가림 막을 해주었던 때와는 달리 지금은 허허벌판인 것처럼 되었다.

낮게 내려앉은 낙선재를 뒤로하고 저편에 펼쳐진 궁궐의 모습이 눈앞에 펼쳐진다. 바로 아래에 내려다보이는 곳에서 동물들의 울음소리가 바람을 타고 날아왔다. 그것은 아우성을 치는 소리와도 같았고, 모든 걸 체념한 듯 한숨을 내뱉는 소리와도 같아보였다.

그것은 여러 해를 원하지 않는 곳에서 윤비가 살아야 했던,

정릉의 우거시절과 다르지 않아보였다.

이승만이 윤비를 그곳에다 몰아넣었던 것과 같이, 일제는 이곳에 실물 교육적 차원과, 백성위안이라는 명분을 내세워 그럴싸한 구경거리를 만들어놓았다. 조선왕조 500년의 역사는 그렇게 그들의 계략에 언제고 흔들렸으며, 궁궐의 존엄성과 질서 따위는 아랑곳 하지 않았다.

"마마, 세상은 어둡지만 필연 이곳에도 좋은 날이 올 것입니다."

곁에 앉은 이석이 발밑 저만치에 낮게 앉아있는 전각들을 내려다보며 말했다.

"이렇게 살다가 하늘이 부르면……."

윤비가 하늘 저만치 흘러가는 흰 구름 몇 점을 바라보며 푸념 섞인 투로 말한다. 하늘엔 순종이 있다. 둘은 좋았던 그렇지 않았던 하늘이 맺어준 부부였다. 윤비는 이곳에 오를 때면 순종임금과의 지난날이 새록새록 솟아났다. 가족에서 피어나는 애틋한 대화보다는, 고난 섞인 대화가 많았음을 기억하고 있다. 그 끝에 일제라는 벽이 언제고 도사리고 있었다. 어느 날이었던가. 순종이 몹시도 안타까워하던 모습이 눈에 어린다. 윤비는 기억의 저편에 머물러 있던 한 가닥의 실타래를 풀어낸다.

"마마께오서는 요즈음 용안이 안 좋으셨나이다."

윤비가 조심스레 입을 연다.

"너무 걱정 마오. 다 어찌 되겠지요."

"그래도 너무 힘들어 하시는 것 같아서 그렇사옵니다."

순종 임금의 아픔은 윤비의 아픔이요, 윤비의 아픔 또한 순종의 아픔인 것이, 임금의 부부 사이라고 해서 크게 다를 리 없다.

"덕수궁에 계신 태황제께서 너무 힘들어 하심이⋯⋯."

순종의 어버이에 대한 효성의 지극함은 나이 어린 생각시들도 잘 알고 있다.

"그러면 어쩌려고 그러시는지요?"

"어떻게는⋯⋯ 그 어려운 짐을 연로하신 태황제께 모두 지워 드린다는 게 자식 된 도리로 보나, 왕족의 명맥 유지 측면에서 보나 어쩔 도리가 없잖소?"

"그건 아니 되옵니다, 마마. 그렇게 큰일에 혼자 가시겠다는 겁니까? 그렇다면 소인도 따라가겠사옵니다."

윤비는 일제의 집요하고도 대담한 계략을 여태껏 곁에서 보아왔다.

"그건 아니 되오. 마마까지 같이 갈 거야 없지 않소. 과인 하나만으로도 되는 일이거늘, 너무 걱정일랑 마시오. 하늘이 무너지지 않을 테니까."

"옥체도 성치 않으신데······."

"그들도 서로의 믿음과 신의가 있을 것이오."

인간이 가질 수 있는 최소한의 믿음을 움켜쥐려 애쓰는 조선의 힘없는 임금이 그저 바라볼 곳이라고는 저 멀리 하늘에 흘러가는 흰 구름뿐이었다.

"마마, 저들의 저의가 무엇인지 알고 계시는지요?"

"알고 말고 할 것 없소이다. 당장 태황제께서 저러다가 쓰러지기라도 하는 날엔······ 만약 그렇게라도 되면 그 막급한 후회를 어찌 감당하겠소이까."

"그래도 마마께옵서는 아직 살아계실 날이······."

"그런 소리 그만하오. 태황제께서 오래도록 살아계심이 과인이 살아있는, 하늘의 뜻인 것을 모른단 말이오."

윤비는 순종의 지극한 효심 앞에 이겨낼 재간이 없음을 느낀다. 사실 순종의 태황제에 대한 집착은 어머니인 민비에게서 생겨났는지도 모른다. 비명횡사로 세상을 등진 후, 그 얼마나 세상을 원망했던가. 이제 한 분 뿐인 고종을 바라보는 순종은 그만큼 애틋하다.

그때 순종은, 순종의 고집스러움이, 아니 일제의 협박 뒤에 얻은 굴욕의 상처를 안고서 이역만리 바다를 건넜다. 그 바다는 순전히 순종이 원해서 된 게 아니라는 사실을 백성들은 알까. 그 배경이 고종과 순종을 지치게 만들었다.

길고도 지루한 나날. 일제의 계략 속에 누구든 자유롭지 못했다. 권모술수에 능한 이등박문이 명치천황의 셋째 아들인 황태자 가인친왕을 먼저 서울로 오게 하고, 대신 안전한 것인 양 대한제국의 새 황태자인 이은을 일본으로 끌고 갔듯이, 이번엔 고종을 괴롭혀 아들인 순종이 일본 천황을 배알하여 신하로서 예를 올리고 만방에 조선이 일본의 속국임을 알리려는, 이른바 '천기봉사'에 다름 아니었다.

동경을 떠난 기차는 6시간 만에 명고옥역에 멈춰 섰다. 순종은 가만히 창밖을 내다본다. 회색빛의 작은 도시가 낮게 내려앉은, 스산한 오후였다. 이윽고 통로를 따라 제복을 입은 한 무리의 사람들이 이쪽을 향해 오고 있다.

맨 앞. 순종 임금은 눈을 의심한다. 그리고 꿈을 꾸듯, 허공을 밟듯 몇 발짝 내딛는다. 외진 땅. 일본에서 꿈을 꾸고 있다. 손을 잡는 순간 꿈은 현실이 되었다.

영친왕, 그는 아직 꿋꿋이 버티고 있다.

"오느라 수고 많이 하셨사옵니다."

"아니, 이게 누군고. 그간 고생이 얼마나 많았소."

둘은 부둥켜안는다. 더 이상 아무 말도 하지 못하고 있다.

바다가 육지라도 올 수 없었던 삶이었다. 만난다는 기약이 없다는 것이 그 얼마나 암흑과도 같은 세월이었던 것을 영친왕은 지금 10여 년을 겪어오고 있다. 고국은 언제고 눈에 볼 수 없으나, 늘 가슴에 묻고 살아온 영친왕이었다. 고국의 낙선재에 놓인 돌을 하나 갖고 싶어서 서신을 올렸던 영친왕이 아니던가. 따스한 돌을 가슴에 품은 채, 형왕(兄王)이라는 또 다른 따스한 가슴을 껴안고 있다.

순종은 눈 시린 해후 끝에 밀려오는, 왕으로서 아우마저 지켜주지 못하는 한 인간으로서의 상실감이 물밀 듯이 밀려오고 있음을 느끼고 있다.

순종 앞엔 실감할 수 없는 일들이, 예고된 순서에 의해 발걸음이 옮겨지고 있다. 어느새 화려함 앞에 날개를 움츠려야 할 시간이 다가옴을 감지하고 있다. 넓고도 긴 통로가 그것을 말해주고 있다. 순종은 그 통로를 따라 끌리듯 호위병을 사이에 두고 뚜벅뚜벅 걷고 있다. 찬시장의 도움이 없어도 곧 어전임이 확연히 드러난다. 아무것에도 관심을 두지 않으려 하지만, 그럴수록 생경하고도 긴장하지 않을 수 없는 모습이, 드디어 순종 앞에 나타났다.

말로만 듣던, 그 한 사람에게 잘 보이려 수많은 조선인의 희생 따위는 아랑곳하지 않았던 일제의 앞잡이. 그들의 높은 산은 실재해 있었다.

천황. 천황이 눈앞에 있다. 가슴과 어깨에 잔뜩 걸려 있는 휘장. 그 위엄은 세상을 내려다보고 있는 것 같은 당당함과, 한 나라를, 아니 전 세계를 지배하려는 야심찬 포부가 두 어깨에 가득 얹혀 있는 것처럼 보였다.

"성상 폐하. 이척, 성상의 보살핌으로 무사히 도착하여, 이렇게 문안인사 올립니다. 그 모든 영광……."

아, 그만. 더 이상의 진행은 떠올리고 싶지 않게 만든다. 덮어두었으면 싶은 사실들은 그러나 은폐되지 않는다. 그런 기억들은 사람이 살아있는 동안, 마음의 바닥을 내려놓지 않는 이상, 얼굴만을 덮은 채 그 깊은 내면에 언제고 살아 숨 쉬고 있다.

옆에 앉은 이석이 고개를 약간 돌리자 눈 끝에 윤비의 옆모습이 얼핏 잡힌다. 이석은 불현듯 윤비 옆에 있으려니 자신만이 가지고 있던 버릇과도 같은 습성 하나가 고개를 내밀었다. 하지만 이석은 자신만의 버릇이 목구멍까지 차올랐음에도 차마 윤비 옆에서는 어쩌지 못하고 있다. 그 버릇은, 오늘처럼 이렇게 높은 데를 오를 때면 한번 허공을 향해 소리쳐 보고 싶은 버릇이기도 했다. 그것은 어렸을 적 이석의 꿈이기도 했다. 아버지가 못다 이룬 꿈이 못내 아쉬웠기 때문이었을까. 그 버릇은 참으로 오랫동안 이석 곁에 머물곤 했다.

오늘 그 버릇을 윤비 앞에서 할 수 있었으면 싶었다. 하지만 이만한 나이에 왠지 계면쩍었다. 그래서 들리지 않게 여봐라, 라고 속말로 불러보았다. 실은 그 언젠가도 혼자 거울을 보며 근엄한 자세로, 여봐라! 게 누구 없느냐, 라고 해놓고 이런 울림은 아닐 거라고 피식 웃으며 그냥 노래만을 불렀던 적이 있다.

이석이 태어날 때, 순종 임금마저 세상을 떠난 지 이미 오래였다. 임금의 음성을 들을 수 없었기 때문에 다만 육감적으로 그러하리라는 막연한 떠올림만이 전부였다.

왕족이란 아무래도 누군가가 혈통을 이어야 한다는 것에 앞서, 어찌할 수 없는 하나의 끌림이 되었다. 그 꿈은 크고 높아만 보였다. 꿈은 꾼다고 해서 이루어지지 않는다는 걸 차츰 배워갔다. 어느 날, 어느 날 느닷없이 다가오는 것이 아니라는 걸 알아냈다. 이석은 강화의 철종이 아니었다. 이루어질 수 없는 꿈은 꾸지도 말라고 누군가가 일러줬다. 그래도 그 꿈을 잃지 않으려고 애쓰던 때가 있었음을 지금껏 후회하지 않고 있다.

"마마, 옛일일랑 접어두시고 이제는 저 떠오르는 태양처럼 떳떳치 않을 게 뭐 있겠사옵니까. 그토록 괴롭히던 일제도 사라진지 오래 됐고……."

드넓은 하늘엔 거칠 것이 하나도 없었다.

"다 묻어두고 싶어도 그렇게 되기가 어디 쉬워야지."

"마마께옵서 이렇게 계신 것만으로도 무엇보다 든든하고 살아야 할 가치를 느끼곤 합니다."

이석은 평소에 가졌던 윤비에 대한 존경심을 가만히 드러내놓는다. 왕족의 어른이신 윤비의 살아있음은 마지막 남은, 왕족의 떨어지지 않은 별과도 같았다.

"내가 그동안 후한 대접을 못한 점, 너무 서운하게 생각 마오. 왕족의 법도를 넘어서면 조상이 어떻게 보겠소. 그래서 말인데 첫째로 중요한 게 몸가짐이오. 바르지 못함은 곧 조상을 모독하는 것에 다름 아니오. 항시 왕족의 기개를 잃지 않는 것이 선조를 위한 길임을 잊지 마시오."

이석은 다시금 윤비의 가르침을 가슴에 담는다.

"사실, 어떤 때는 세월이, 인생이 참 허무하기도 하여라, 라는 말이 하나도 그르지 않다는 걸 새삼 느낀다오. 세상이 이렇게 끝나는구나, 하고 말이오. 이 부질없게 살아온 질긴 인생 앞에 회한인들 왜 없겠소만, 그걸 다 내려놓고 간다는 생각이 들 때면 너무 괘씸하고 울분이랄까, 앙금이 쉬 가시지가 않아. 나도 신이 아닌 이상 어쩔 수 없나 보오."

"마마, 아뢰옵기 황공하오나 마마께옵서는 잘못이 없는 줄 아옵니다. 살아온 세월 속에서 남을 업신여기거나 피해를 주지 않았음이 그걸 방증하지 않나요."

30여 년의 일제하에서도 늘 왕족은, 아니 조선 땅은 피해의식 속에서 허우적거리다 이제야 겨우 한숨을 돌리게 되었다. 이석 또한 일제가 어떤지 겪어보지 못했다. 다만 아버지 의친왕의 입을 통해서 들을 수 있었던 게 전부였다.

이석의 어린 시절은 누구나 그러하듯 아버지의 행동과 입만을 보고 자랐다. 이석의 눈에 비친 의친왕은 어디엔가 휩싸인 듯한, 굴레 속에서의 한 많은 생, 더 펼칠 수 없었던 아쉬움의 연속인 일생이었음을 넌지시 집어낼 수 있었다. 이젠 모두 아쉬움의 갈피 속에 누워 있다.

어쩌면 아버지 의친왕은 피해의식에 사로잡힌 비운의 인생이었던 것을 이석은 비록 긴 시간은 아니었지만 보아서 알고 있다. 그래도 때로는 아버지가 곁에 있었을 때가 좋았었음을 뒤늦게 알아냈다.

"이제 몇 남지 않은 왕족끼리 서로 헐뜯지 말고 잘 지내야 하오. 그리고 놀러도 오고 그리 하시오. 내가 살갑지가 않아서 그렇지 속맘은 그렇지 않다오."

낙선재가 쓸쓸하듯 윤비는 자손이라고는 아무도 있지 않다. 후사가 없음은 노년을 더욱 쓸쓸하게 만든다. 가랑잎 하나만

떨어져도 외로운 게 노인의 상정이 아니던가. 자식과 손자를 바라볼 수 없음이 윤비를 가랑잎처럼 쓸쓸하게 만들고 있다. 후대를 바라볼 수 있음은 없던 힘도 생기게 하는 마력과도 같은 것이거늘.

어느새 저만치의 하늘 아래 서서히 노을이 물들기 시작했다. 붉게 변하고 있는 노을은 무척 아름다웠다. 이제껏 아름답지 못했던 왕조의 뒷모습을 비추는 것만 같았다. 노을이라는 밑그림 앞에 이석은 일월오악도를 눈으로 그려 넣는다. 거기에는 아버지 의친왕도 앉지 못했다. 윤비가 낳은 자식이 앉기를 그렇게도 기대했건만 하늘은 윤비를 외면했다.

노을은 곧 어둠의 잠식을 이겨내지 못한다. 윤비를 따라 이석은 자리를 일어선다. 곁에 있던 상궁들이 고개를 조아리며 윤비를 부축한다. 계단을 따라 노을을 등진, 윤비의 소고의가 차츰 노을 속에 물들어 갔다.

옥새

"오늘이 며칠이더냐?"

윤비는 새삼스레 김 상궁을 통해서 날짜를 확인하려 한다.

"예, 마마, 오늘은 8월 22일이옵니다."

"그래? 음, 그 날의 기억이 새롭구나."

"무엇이 말이옵니까, 마마."

"이 나라를 빼앗긴 날 말이다."

김 상궁도 모르는 일이 아니었다. 그 날의 살벌했던 기억을 김 상궁이라고 해서 잊을 리 없다. 그때 김 상궁도 윤비의 곁을 지키느라 긴장과 눈치를 살피기에 여간 급급해 하지 않았던 것을 기억해낸다. 지나간 일 치고는 너무나 생생할 수밖에 없었던 일들은, 그러나 살아남은 것만으로도 어쩌면 다행인지도 몰랐다.

"모든 일들을 어디다 하소연 할 수도 없구나. 조상을 무슨 낯으로 볼 것이며 또한 살아남은 자의 죄스러움을 어찌 자랑할 수 있으랴."

윤비의 한탄과도 같은 한숨이 듣는 사람의 마음을 더 안타깝게 만들고 있다. 누구의 잘못이라고 말할 수 없는, 그러나 모두의 잘못이 있었기에 조선은 조선의 어엿한 땅이 될 수 없게 되었다. 그 배경에 일제가 있었다.

"황후께 신 윤덕영 문안이옵니다."

윤비는 금상(錦床)에 기대어 있다가 짐짓 태연한 척하며 반기려 한다.

"어서 오셔요."

시치미를 떼고 있지만 윤비도 백부인 윤덕영의 출현에 집히는 데가 없지 않았다. 게다가 백부의 눈빛은 분명 무엇에 쫓기듯 예사롭지 않아보였다. 순간 두 사람 사이에 보이지 않는 정적이 흐른다.

윤비는 자신의 자유롭지 못한 몸가짐을 꼿꼿함으로 숨기려 하지만 왠지 거북살스럽기는 매한가지였다. 하지만 함부로 윤비의 옥체에 감히 누가 손댈 수 없는 것이고 보면 그저 어떻게든 이 고비만 잘 넘기면 그만이었다.

"소인의 눈은 속일 수 없사옵니다."

"무슨 말이오? 대낮에 대관절 뭔 일이라도……."

시치미를 뗀다고 해서 윤비를 탓할 사람은 그다지 없어 보인다.

"잠시 자리를 좀 옮겨 보심이……."

"이보시오. 감히 누구를……."

윤덕영이 무엄한 말을 꺼내는 만큼 윤비 또한 쉽게 물러날 태세는 아니었다. 나라의 운세가 왔다 갔다 하는 판국에 백부가 눈에 들어올 리 만무했다.

"옥새를 아무리 찾아도 없는 걸 보면, 필연 마마의 품속 말고는 찾을 길이 없으니 소인 오늘 이곳에서 옥새가 나올 때까지 지켜있을 것이옵니다."

어린애처럼 고집을 부리려드는 백부 앞에 윤비는 아무리 울어도 젖을 물리지 않는 어미가 될 것을 다짐한다.

"난 모르오. 약삭빠른 일제가 그걸 내버려 두겠어요. 어서 다른 곳에 가 보시오."

"정 그러신다면 소인도 생각이 있소이다."

시종원경 윤덕영은 지금 아무것도 보이지 않는다. 테라우치의 불호령이 아직도 귓가에 맴도는 것 같았다.

"뭣이! 옥새가 없다고! 이런 경우가 어디 있나. 속히 찾아보시오."

테라우치는 다 된 밥에 재라도 뿌린 것처럼 목청을 돋우고 있었다.

"시종원경께서 어서 찾아보시오."

이완용은 예리하게 집어낸다. 눈치로만 살아온 세월이었다. 오전부터 진행되어 온 어전회의는 순탄치만은 않았다. 어떻게 여기까지 진행해 온 결과던가. 1910년 8월 22일의 창덕궁 대조전 흥복헌(興福軒)의 오전은 그야말로 조선이 일본의 속국이 될 판이었다. 이제 조선은 그야말로 나라 잃은 설움을 눈물로 지내야 하는지도 모른다. 이 중대한 문제는 고종과 순종이 머리를 맞대도 쉽게 해결될 일이 아니었다.

"어디 갔나! 어서 불러내라."

테라우치 총독은 늑장을 부리는 순종을 부하를 통해 다그치듯 불러내려 하고 있다. 흥복헌의 벽이 터질 것 같은 총독의 기세에 모두들 긴장을 늦출 수는 없었다.

"핫!"

대기 중이던 총을 멘 일본의 병사들은 총독의 한마디에 바로 행동으로 옮긴다. 순한 임금, 조선의 임금인 순종은 아직 자리에 와 있지 않았다. 아무리 눈치가 없기로서니 그 자리가 어떤 자리가 될 것임을 짐작 못하는 바는 아니었다.

총리대신 이완용을 비롯해서 송병준 이하 여러 내각의 인사들은 테이블에 죽 둘러앉아서 테라우치 총독의 눈치를 살피려 하고 있다. 누가 과연 조선의 반대편에 서지 않을 사람일까. 모두들 조선을 위한, 조선의 편에 있을 것 같지 않은, 양심의 저편에서 갈등마저 잃어버린 채 부름을 받고 있다. 잠시 후, 순종의 힘없는 모습이 테라우치의 눈에 들어온다.

"왜 이리 늦었소. 어차피 모임을 갖기로 했으면 빨리 나와야 하지 않소이까."

호령이 섞인 테라우치의 음성에 순종은 자리에 앉아서 등을 기댄 채 지그시 눈을 감는다. 순종의 눈앞은 잠시 캄캄했다. 앞을 짚어낼 수 없는 조선의 왕 순종의 많은 생각은, 그러나 부질없는 짓임을 부인하려 들지 않으려 한다. 부왕인 고종도 별 수 없이 덕수궁으로 태황제가 되어 쫓겨난 마당에 무슨 힘으로 테라우치 총독의 기세를 꺾을 수 있단 말인가.

"자, 오늘의 모임은 다른 게 아니라 조선과 우리의 대 일본은 하나가 됨을 선포하는 날이 될 것이오. 모두의 의견을 듣고 싶소."

별다른 말이 없다. 침묵과도 같은 분위기는 하나의 동의와 다르지 않다는 걸 여실히 증명이라도 하듯 테라우치는 의기양양해 하며 회의를 진전시킨다.

"꼭 속국이라고 말 할 수는 없지만, 우리 대 일본은 결코 조선을 실망시키지 않을 것임을 이 자리에서 맹세하오."

강직한 대신이 조선에는 없는 것인가. 조선의 땅은 잠시 숨죽이고 있다. 그제야 눈을 지그시 감았던 순종이 허리를 곧추세우며 총독을 바라본다.

"지금도 조선 사람이 맘대로 할 수 없는 지경인데 뭘 더 옭아매려 난리를 꾸미려 하시오."

순종은 자신이 명령을 잃은 것이 누구 때문이라고 말하지 않았지만, 지금껏 당당할 수 없었던 자신을 누구의 탓으로 돌리고 싶지는 않았다. 하지만 갈수록 좁혀오는 저들의 저의에 순종도 부왕인 고종도 맘 편할 날이 없었던 것은 사실이었다.

"난리라니. 우리는 무식하지 않소. 조약에 따라 조인(調印)함에 있어 상대방의 의견을 존중하고 그 모든 절차 또한 순리적인 합의에 기조를 두고 있소."

"동의하는 자가 그 누구더란 말이오."

순종은 자신의 휘하에 둔 대신들은 결코 자신의 편에 있지 않음을 모르는 바 아니지만, 사실 여간만 서운한 게 아니었다. 모두들 백성들을 위함임에도 하나같이 일제의 편에서 눈치만을 보며 살아오지 않았던가.

"반대하는 자가 없으니 어서 윤허를 하시지요. 그렇지 않으면 용포를 입기 어려울 것이오."

테라우치는 막무가내로 밀어붙인다. 저 늙은 여우 이등박문과는 또 다른 기질로 툭하면 윽박지르는 통에 순종은 여간 마음이 상하지 않을 수 없었다.

"모든 게 다 짐이 할 수 있는 게 아니오."

"그럼 누가 있소."

"태황제께서 허락을 하셔야 되오. 그렇기 전에는 이 짐도 맘대로 할 수 없는 일이오."

"덕수궁의 태황제는 이빨 빠진 호랑이가 아니겠소. 어서 윤허하시오."

테라우치는 단참에 뿌리를 뽑듯 순종을 쏘아보고 있다.

"절대 아니 되오. 그런 줄만 아시오. 윤허하는 일은 부황께 불효하는 것과 무엇이 다를까 싶소."

효성이 지극한 순종은 만일 윤허했다는 소식을 태황제께서 안다면 그 심정이야 이루 말할 수 없는 고통인 것을 아들 순종은 모를 리 없다.

"알았소. 자, 거기 헌병 내 뒤를 따르라."

그예 테라우치는 자리를 박차고 일어선다. 잠시 어전에는 차가운 정적만이 흐른다. 누구든 테라우치의 행동에 저지를 할 수 있는 사람은 아무도 없다.

권총을 찬 테라우치의 발걸음은 당찼다. 덕수궁은 그다지 멀지 않았다. 늙은 태황제는 이미 테라우치의 적수가 못 된다는 걸 모르는 이 없다. 순종은 다만 그 명맥만을 이어준 빛바랜 외투에 불과했다.

"상왕은 어디 계신가?"

저만치서 테라우치를 보고 두 상궁이 다가오고 있었다.

"예, 오늘은 옥체가 강녕하시지를 못해서……."

"뭣이!"

"감기가 심하여 누구든 만나지 않을 것입니다."

"오늘은 감기가 중요하지 않소. 어서 대령하시오."

무엄하기 짝이 없는 테라우치는 거침이 없어 보인다. 이내 상궁들을 무시하고 직접 침전으로 발길을 옮긴다.

"오늘은 그냥 돌아가심이……."

두 상궁은 사정하듯 테라우치의 앞에 선다.

"허허, 이것들이!"

테라우치는 손을 한번 내젓고는 빠른 걸음으로 두 상궁을 따돌린다. 덕수궁은 조용했다. 나뭇가지에 한가로이 오가는 새 몇 마리가 전부인 것처럼 궁궐은 언뜻 보면 빈 집처럼 보였다.

테라우치는 고종 앞에서 헛기침을 하며 자신이 왔음을 알린다.

"아, 여기 계셨구먼. 그러면 그렇지. 난 또 괜히."

고종은 눈을 대번에 찌푸린다. 보기 싫은, 그러나 보지 않고는 살 수 없는 작금의 현실을 탓하려 들지 않고 있다.

"어떻게 이곳까지 발걸음을 했소이까?"

고종은 모르는 척 넘겨짚는다. 고종은 괜히 상왕이 된 게 아니었다. 수많은 어려움의 고비를 넘고 또 너머서 이 자리에 왔다. 한마디로 척하면 척이었던 것이 이즈음에 이르러서 뒷전으로 물러났지만 그래도 말 그대로 썩어도 준치였다.

"아, 오늘은 양보를 해야겠소. 내 말을 들어줘야 한단 말이오."

고종은 대답하지 않았으나 그들에게 승낙은 무엇을 의미하는지 물어볼 필요가 없었다. 이미 각오한 고종이었다. 구석에 몰린 쥐도 때를 봐서 고양이를 물어야 했다. 그것만이 아들인 순종을 지켜줄 수 있는 거라 믿으려 한다.

"우리의 뜻인 조선과 일본과의 병합을 승인 하시오."

테라우치는 뜸을 들이지 않고 밀어 붙인다.

"뭣이오. 우리가 그런 계략에 동조를 하라고요. 말도 안 되는 소리 그만하시오."

"허허. 그렇게 아니고 우리가 하라는 대로 하면 되는 것이오. 당장 태황제의 목숨하고는 상관이 없는 일이기에."

"난 죽어도 좋소. 살 만큼 살았소. 백성들 보기가 민망해서 더 이상 동조할 수 없소."

"정 그렇다면 내가 흥복헌으로 끌고 가겠소."

테라우치는 아들이 보는 앞에서 단판을 지을 심산이었다.

"거긴 우리 융희황제께서 자리 잡고 있는데 내가 주책없이 거길 왜……."

고종은 아들의 핑계로 발뺌을 하려 한다.

"안 되겠다 이 말씀이라."

바지춤에 찔러 넣었던 한쪽 손을 빼면서 테라우치는 바로 고종 앞으로 다가간다. 그리고는 아랫입술을 깨물고는 당장이라도 고종을 후려갈길 태세에 돌입한다. 고종은 그만 눈을 감아버린다. 더 할 말이 없는 듯하다.

"에잇. 더러운 민족들. 어서 옷을 벗으라!"

고종은 감았던 눈을 고개만을 쳐들며 분을 삼키고 있다. 조선을 제대로 지키지 못한 안타까움이 몰려오는 순간이기도 했다. 용포를 입고 수많은 부하들 앞에서 호령하던 순간을 고종은 잊고 싶어 하는지도 모른다. 지난 세월이 다 부질없었더란 말인가. 조선은 과연 사라지고 말 것인가.

"폐하, 차라리 저희들이 세상을 떠나겠사옵니다. 소인들을 어서 죽게 하여 주시옵소서……."

상궁들이 하나같이 고종 앞에 엎드린다.

"모두들 물러가라."

고종은 무른 임금은 아니었다. 상궁들은 마지못해 물러선다.

"윤허하는 걸로 알겠소."

"맘대로 하시오. 하늘은 가만히 있지 않을 것이오. 다만 아쉬운 것은 융희황제의 아버지로서 남겨준 게 없을 뿐이오. 아니, 좋지 못한 선례를 뿌리 뽑지 못한 애비의 무능함을 한탄할 뿐이오."

고종은 의외로 당당했다. 호락호락 하게 넘어가려 들지 않았다. 백성들의 보호막으로 임금에 오른 지 40여 년의 세월은 그냥 얻어진 게 아니며, 그 내공 또한 만만한 것이 아니었다. 거침없이 달려온 세월이라고 말할 수는 없지만, 그렇다고 결코 허튼 세월을 보내지는 않았다고 자부하던 고종이었기에 그만큼 물러서기에는 아쉬움이 클 수밖에 없었다.

시종원경 윤덕영은 테라우치가 고종과의 단판을 지으려 덕수궁으로 향하자 조약의 최종 날인인 옥새의 필요성을 절감했다. 윤덕영은 궁궐의 사정 또한 누구보다 훤히 꿰고 있는 터였으므로 옥새를 비장(秘藏)한 장소를 향했지만 이미 누군가의 손에 의해 없어진 것을 확인하고, 그 당사자가 윤비인 것을 직감했다.

윤비는 융희황제의 굳은 용안이 영 맘에 걸리었다. 국모인 윤비로서도 가만히 있을 수 없는 노릇이었다. 황제의 아픔 또한 윤비의 아픔인 것을 모르지 않았다. 윤비는 지밀상궁에게 아무도 모르게 옥새를 가져오게 했다. 나라를 그냥 빼앗길 수는 없었다. 그 반대편에 백부인 윤덕영의 손이 지금 윤비의 치마폭을 노리고 있다.

"해가 저물 때까지 여기에 있을 소인이 아니오. 뭔 수를 내야 할 것이오."

윤덕영은 한 치라도 물러서려 하고 있지 않다. 윤비 또한 오늘은 어찌 됐던 옥새가 윤비의 품에서 빠져나가서는 안 되었다. 몸을 바친다는 게 어떤 것이란 걸 새삼 느끼고 있는 윤비였다. 사실 윤비가 궁궐에 처음 들어올 때는 백부의 조언도 있었던 것은 사실이었으나, 윤비가 왕비가 되고부터는 오히려 윤비의 덕을 보며 궁궐의 지위를 더 확고히 다질 수 있었다. 그만큼 왕비의 힘은 아무나가 흉내 낼 수 없는 거였다.

윤비는 꼼짝을 않고 있다. 마치 새끼를 품은 어미 새의 그것과도 같아보였다. 앉은 모양새가 조금은 거북살스러워도 시치미를 뗄 수밖에 다른 도리가 없어 보인다. 새끼 새를 꺼내려드는 윤덕영의 욕심이 화를 부를 것 같아 곁에 있는 상궁들도 노심초사하기는 마찬가지였다.

"새는 알을 품어도 그 곁에 천적을 두고는 살아남지 못하는 법이오."

윤덕영은 어미 새를 위협한다. 윤비는 어디론가 자리를 피하고 싶었다. 하지만 치마폭에 숨겨진 새끼 새를 두고 갈 수는 없었다.

"밑알을 두고 괜히 실랑이하려 들지 마시오. 난 새끼를 낳은 적이 없소이다. 그래서 무엇을 감춰 본 적도 없소이다."

윤비는 어미 새가 될 수 없었다. 자식이 있어 본 적 없는 윤비는 욕심 없는 한 왕비일 뿐이었다.

"계략을 꾸미려 들지 마시오. 다 알고 있소. 다른 사람은 속여도 내 눈은 속일 수 없을 것이오. 어서 내놓으시오."

"계략은 누가 꾸미려 드는지 모르겠소. 가만히 있는 옥새를 왜 건드리려 하는지 하늘도 무섭지 않단 말이오. 옥새는 아무나 건드리는 게 아니란 걸 모르오."

"다 무너져가는 하늘에 날벼락이 없는 것만도 다행이라 아니할 수 없소이다."

"뭣이오! 결코 조선은 다 무너질 수 없소. 조선인이 어찌 일제에 빌붙을 수가 있단 말이오. 그것도 하늘의 뜻은 아니겠지요."

윤비는 백부 윤덕영의 혀를 찌르고 있다. 윤비의 말은 하나도 그르지 않았다. 백부의 치부가 상궁들 앞에서 낱낱이 난도질당하고 있다.

"뭣이오! 그래서 소인이 손이라도 벌린 적 있단 말이오? 난 당당하게 살고 있소. 앞으로도 그럴 것이오. 어서 그만 눈속임을 끝내지요."

그러면서 윤덕영은 윤비의 눈치를 살피다가,

"아, 저것이 무엇이오."

윤덕영은 윤비곁으로 다가오면서 윤비의 치마폭을 잡으려 한다. 순간 윤비는 자신도 모르게 그만 몸을 움찔한다. 그때, 치마폭에 겨우 가리고 있던 옥새의 몸체가 각을 지우지 못하고 봉긋 솟아올랐다. 그 기세를 놓칠세라 윤덕영은 옥새를 움켜지려 한다.

"어딜 감히!"

하지만 윤비는 보여주지 말아야 할 것을, 이미 눈에 띄게 했다. 윤덕영은 여태껏 쫓던 먹이를 놓칠 리 없어 보인다. 윤덕영은 두 손바닥을 드러내 보인다. 어서 내놓으라는 표시였다. 윤비는 더 이상 어쩔 수 없었던지 몸에 품고 있던 옥새를 꺼내놓는다.

"한 가지 부탁이 있소. 이것만은……."

말을 다 하기도 전에 일은 끝나버렸다. 잽싼 동작의 윤덕영은 상궁들이 달려든다 해도 소용없었다. 움켜쥔 옥새를 옆구리에 낀 채 윤덕영은 테라우치가 있을 흥복헌을 향해 달리기 시작했다.

윤비는 작은 손으로 무릎을 친다. 눈물도 나오지 않는, 하늘이 무너질 것 같은 절망감이 윤비의 온몸에 엄습해 옴을 느낀다. 윤비는 고개를 든다. 거기엔 아무 것도 없는 천장만이 윤비의 한탄스러움을 내려다보고 있었다.

떨어지는 꽃잎을 닮은 한 여인

"어디로 갔단 말이오!"

점호관이 벌컥 화를 낸다. 비어있는 새장. 덕혜는 한 마리의 새가 되어 벌써 몇 년째 이곳에서 갇혀 지내고 있었다.

담당 간호사인 미키코는 눈에 불을 켠다. 거동이 불편한 덕혜는 과연 어디로 갔단 말인가.

"빨리 찾아내요!"

미키코는 우선 침대 밑을 들여다본다. 어둠살이 지워지지 않고 있다. 아무런 물체도 눈에 잡히지 않는다. 도대체 어디로 간 걸까. 한번 들어오면 아무나 나갈 수 없는 병실. 덕혜는 그곳에서 잘도 참아주었다. 아니 가뭇없는 세월이었던 것을, 영친왕 말고는 누구도 이곳에 있음을 알지 못함이야말로 누구의 탓으로 돌릴 수는 없었다. 매일 병든 노인처럼 우두커니 앉아 차디찬 철창을 응시하던 눈길은 어디고 보이지 않고 있다.

"토미코, 점심엔 있었는데 어찌된 거지?"

사실 그때 미키코는 잠시 자리를 비웠었다. 대신 옆방의 간호원인 토미코가 봐 주기로 되어 있었다.

"저도 있는 걸로 알고 있었는데 그만……. 저녁을 먹는 걸 보고 잠시 나왔을 뿐인 걸요."

토미코는 슬쩍 핑계를 대며 넘기려 든다.

"그새 잠이라도 잤다는 건가. 말도 안 되지. 사람 하나가 없어졌는데 걱정도 안 되다니!"

미키코는 자식을 나무라듯 한다. 그도 그럴 것이 정신병원엔 무엇보다 감시의 눈길이 얼마나 중요한 것인가를 새삼 이야기할 필요가 없는 곳이기 때문이다. 자칫 무슨 사고라도 있다면 생명과도 직결되는 문제로 발전하기 쉬운 곳이기 때문이기에 각별한 주의가 필요한 곳이었다. 마음의 줄을 놓은 사람은 아무런 겁도 없다. 아니, 겁조차도 의식하지 않는 데서 문제는 생기게 마련이었다.

"그게 아니라……."

"아무튼 오늘은 왠지 침울한 날씨만큼이나 재수가 없어. 그

늙어빠진 여자가 어디로 갔단 말인가. 정말 골칫거리가 생겼군. 어디 보이기만 해봐라."

미키코는 잔뜩 화를 낸다. 사실 미키코는 덕혜가 누구인지 모른다. 아니 알려고도 하지 않았다. 되돌릴 수 없는 정신의 마귀는 누구의 호기심도 이끌어 낼 수 없게 만든다. 덕혜도 그랬다. 잠시 정신이 드는듯하다가 이내 꺼져버린 불씨가 되곤 했다.

동경에서 자동차로 1시간을 달려야 이곳 '마쓰자와'라는 정신병원에 도착한다. 낡은 건물이 말해주듯 일본에서 가장 오래된 병원이기도 하다. 외형은 그럴싸할지 모르지만 왠지 음산한 공기는 들어서는 사람을 침울하게 만든다. 안으로 들어서면 차디찬 쇠창살이 마치 감방과도 같아 보인다.

비가 오려는지 아까부터 꾸물거리던 날씨는 잘도 참아주고 있다. 비가 오면 창가를 내다보며 상념에 잠기곤 하던 버릇은, 그러나 언젠가부터 덕혜를 떠났다. 지금 40세의 덕혜는 헝클어진 머릿결이 말해주듯, 10살은 더 나이가 들어 보인다. 고종을 닮은 이맛전을 간호원은 알 길이 없다. 더 불쌍한 것은 이 모습을 그 누구도 가엾거나 불쌍히 보아주는 이 없는 게 문제였다. 세상에 버려진 아이처럼, 간혹 손가락을 빨고 있는 조선의 꽃 덕혜옹주. 그러나 아버지 고종황제는 세상을 등진지 이미 오래였다. 아마 이 광경을 보았더라면 얼마나 슬퍼했을까. 세상은 말없이 흘러갈 뿐이다.

덕혜를 보아온 한 눈길. 그녀는 담당 간호원이 아니었다. 용케도 덕혜의 과거를 아는 여자였다. 토미코. 그녀는 덕혜의 귀에다 대고 무슨 말이건 지껄여 본다. 덕혜도 토미코의 정성을 알기나 한 듯 간혹 외마디를 던지곤 한다.

"정혜!"

딸인 정혜는 세상을 등졌다. 세상에 하나뿐이던 딸은 어머니 덕혜를 이토록 허무하게 만들었는지도 모른다. 그래도 어쨌든 살아가야 했다. 정혜보다 더한 처지에 놓인 어머니 덕혜는 세상을 오로지 딸을 보며 살아가려 했지만, 딸인 정혜는 어머니인 덕혜를 보며 살려고 하지 않았다. 자신의 태어남을 저주해야 했던 두 여인은, 그러나 다시 서로 만날 일은 없어 보인다.

"여길 보세요."

토미코는 자신의 이마를 덕혜의 이맛전에 갖다댄다. 같은 민족이 아니더라도 인간과 인간 사이의 마음의 정은 그다지 다르지 않다는 걸 보여주기라도 하듯, 한동안 둘은 그렇게 머물고 있다. 누가 이토록 처참한 몰골로 만들어 놓았을까.

토미코는 물어보지 않아도 귀여움을 독차지했을 어렸을 적 덕혜를 떠올려 보곤 했다. 덕혜는 이제 자신의 과거를 잃어버렸다. 다시 찾는다 해도 어린아이의 수준에서 벗어나기 어려워 보인다. 그 배경에 한 남자가 있었다. 아니, 덕혜를 시중들던 시녀들의 간사함을 덕혜는 잊고 있다. 시녀들은 누가 볼 때면 덕혜마마, 하며 공손함을 잃지 않았지만, 아무도 없는 곳에서는, 어서 시집을 안 갈 거야! 하며 윽박지르기 일쑤였다. 덕혜는 그 때도 아무런 말을 할 수가 없었다. 마음속에 어이없음만이 울분으로 남아 갈피갈피 쌓아 놓았을 뿐이었다.

결국 덕혜는 남편 다케유키와 마음에도 없는 정략결혼이란 걸 했다. 살을 닿기 싫은 사람과 산다는 일이 얼마나 참혹한 일인지 덕혜는 겪어온 셈이었다. 아니, 일제의 등살에 속수무책으로 떠밀려 갔다는 표현이 옳았다. 오라버니인 영친왕이 곁에 있어도 영친왕 또한 갇힌 신세에 불과했다.

불운의 씨앗인 딸 정혜는 이미 덕혜의 운명보다도 더 나을 게 없어 보인다. 덕혜가 사랑한 딸 정혜는 결국 현해탄의 물속으로 뛰어들었다. 외로움과 고통을 견디고 살아가는 어머니의 모습이 마치 자신의 모습과도 닮아서일까, 정혜는 드넓은 바다에서 아직도 보이지 않고 있다.

"어서 일어나세요."

토미코는 덕혜의 겨드랑이를 부축이며 밖으로 향한다. 처음엔 끌려가는 듯 하다가 복도를 빠져나가자 스스로 걷게 되었다. 저만치의 불빛이 덕혜를 부른다. 몇 발짝 물러서 있는 토미코. 그쯤에서 토미코는 안으로 들어가 버린다. 잠시라도 자유를 덕혜에게 맡긴다.

덕혜는 혼자가 되었다. 맘껏 훨훨 날 수 있는 덕혜는 아니었지만, 철창을 벗어난 것만도 어딘가. 잠시 마음에 동요라도 인 것일까. 덕혜는 제법 누구의 도움도 없이 어둠이 묻어 있는 곳으로 걷고 있다. 희미한 불빛. 거긴 소각장이 있는 곳이었다. 미처 태우지 않은 쓰레기들이 가득한 곳이기도 했다. 덕혜의 발길은 그곳에서 머문다.

버려진 것들. 그 속엔 용도에 맞게 활용하다, 쓸모없게 되었을 때 버려진 것들이 잠들어 있다. 소각을 기다리는 쓸모없는 것들의 모아짐. 정신병동은 마치 되돌아올 수 없는 것들의 모아짐과도 다르지 않아 보인다.

덕혜는 어쩌면 쓸 만큼 쓰다버린 쓰레기들을 부러워하고 있는지도 모른다. 그것들은 주인의 뜻에 따라 긴요하게 쓰였음이 분명해 보인다. 덕혜는 자신이 살아가야 할 의미와 너무 다른 길로 빠져버렸다. 따라서 일본이란 데를 끌려 온 것도, 용도에 맞게 쓰인 쓰레기와 같지 않은 것도, 어쩌면 버려진 처지는 같지만, 그만도 못한 처지에 놓여 있음은 누가 뭐래도 틀린 말은 아닐 성싶었다. 정신이 들지 않음은 이미 버려진 것들에게서 부러움을 살 게 못되었다.

주위엔 신선하지 않은 밤공기가 떠다니는 그런 밤이었다. 한 여인의 손길이 분주하다. 병원에서 쓰다 버려진 온갖 잡동사니들은 어슴푸레한 가로등 아래 숨어 있다. 한 손길이 마치 보물이라도 찾은 듯 자꾸만 주머니에 뭔가를 쑤셔 넣는다. 얼마쯤 반복된 동작이었을까, 주머니는 어느새 불룩해져왔다. 아무도 보는 이 없는 게 그나마 다행이었다. 아니, 어떤 시선에서도 개의치 않는 여인의 시선이 이 암울한 밤공기보다도 더 무섭고 칙칙한 것인지도 모른다. 그때였다.

"거, 누구세요! 소각을 해야 하니 얼른 나오세요. 그렇지 않으면……."

한쪽 손에 플래시를 든 한 남자가 덕혜를 향해 소리친다. 얼마쯤 있었을까, 덕혜는 아는지 모르는지 그쯤에서 헝클어진 머리칼을 한 채 움찔하다 만다.

"빨리 나와요! 다 태워버리기 전에!"

덕혜는 말이 없다. 아무런 두려움을 갖지 못한다. 덕혜는 아예 얼굴을 묻고 있을 지경이었다. 마치 그 모습은 배고픈 짐승이 먹이를 찾는 모습과도 다르지 않아 보인다.

청소부는 난감했다. 사람은 태우거나 내다버릴 수 없다. 정신을 잃었다고 해서 한 사물과 같게 취급되어서는 안 된다는 것쯤은 모르는 바 아니지만, 그렇더라도 자신의 구역에 낯선 사람의 출현은 아무래도 신경이 쓰이게 마련이었다.

청소부는 무슨 생각이 들었는지 그쯤해서 자리를 비운다. 머리 위엔 어슴푸레한 가로등만이 덕혜의 모습을 비추고 있다. 가로등을 비추는 저 높은 하늘엔 별빛 한 점 없는 어둠이 지상을 짓누르고 있다.

얼마쯤 지났을까. 아까보다 더 많은 숫자의 발자국 소리가 덕혜가 있는 곳으로 다가온다. 덕혜는 아랑곳 하지 않고 있다.

"바로 여기에……."

아까 왔던 청소부의 음성이 밤공기를 가른다. 곁에 있던 사람들이 덕혜의 모습을 살피고 있다.

"아! 덕혜!"

같이 왔던 한 남자의 음성이 덕혜의 귓가에 울린다. 하지만 덕혜는 아무런 대꾸가 없다.

"뭐하고 있소?"

다른 한 사내가 물음 아닌 물음을 던지고 있다. 귀가 열려 있어도 제 구실을 할 수 없는 덕혜는 보는 이로 하여금 한숨만 쉬게 만든다.

"끌고라도 가야 하지 않소?"

다시 처음에 말한 사내가 말한다. 이윽고 청소부가 쓰레기장 안으로 들어선다. 덕혜의 팔이 청소부의 손에 잡히자 덕혜는 그만 손아귀를 뿌리친다. 그러고는 아예 그 자리에 털썩 앉아버린다.

하늘은 축축함을 내려놓기 시작했다. 처음엔 이슬인가 했었다. 차츰 물기는 굵어졌고 곁에 있던 사람들도 어깨를 움츠리며 왔던 곳으로 달려가게 만든다. 바로 비는 그들의 뒤를 후려갈긴다.

밤비는 점점 거세졌다. 덕혜는 꼼짝 않고 있다. 빗물은 덕혜의 온몸으로 수없이 흘러내리게 한다. 누구 하나 다 젖은 몸을 감싸 주는 이 없는 이국땅 일본에서 덕혜는 젖은 밤과 싸우고 있다. 아니, 덕혜는 오히려 하늘의 변화를 즐기고 있는지도 모른다. 이윽고 하늘은 세상을 들었다 놓을만한 큰 소리와 함께 짧은 찰나에 불이 켜지 듯 온 세상을 다 드러내 놓는다. 하늘이 무섭게 변했다.

덕혜는 쏟아지는 빗물에 팔을 자꾸만 씻어낸다. 그러다가 얼굴을 문지른다. 자꾸만 같은 동작이다. 괜한 짓거리는 얼마쯤 지나서야 멎는다. 그제야 정신이 들었는지 덕혜는 그 곳을 벗어나려 하고 있다.

밤은 모든 길을 은폐한다. 아니 덕혜의 눈앞은 세상을 다할 때까지 아무런 목표가 없는 발걸음이 되었다. 덕혜는 철조망

앞에 선다. 철조망을 흔들어 본다. 철조망은 아무런 대답이 없다. 비는 계속 이어져 내리고 있다.

국화꽃 한두 송이가 짓뭉개져 땅으로 떨어지고 있다. 개중에는 아직 다 피지 못한 꽃들도 섞여있었다. 더 피워내지 못한 괜한 꽃들의 서글픔 따위는 아랑곳하지 않은 채, 그 떨어지는 꽃잎을 닮은 한 여인이 무릎을 접은 채 낙선재의 화단에 앉아있다.

"옹주마마, 이러시면 아니 되옵니다."

부랴사랴 달려간 김 상궁은 마치 어린애를 타이르듯 하고 있다. 하지만 상대편은 아무런 대답이 없다. 한때 이 여인이 꽃보다도 더 고귀한 자태를 뽐내며, 궁궐에 있는 그 모든 꽃들의 부러움의 대상이었던 때를 떠올린다. 그런 모습이 지금은 다 어디로 간 걸까. 꿈을 키우기도 전에 접어야 했던 여인. 그 여인이 지금 낙선재 한편을 지키고 있다.

"그냥 놔두거라."

언제 알았는지 윤비의 측은한 음성이 화단에 전해진다. 답답했다.

그토록 궁금하고 보고 싶었던 얼굴은, 그러나 윤비의 입에서 아무런 말을 꺼낼 수 없게 만들어 놓았다. 변하지 않는 바위와도 같은 삶이었더라면 싶었다. 애써 간직해 왔던 어렸던 덕혜의 모습 그대로를 바랐던 게 아니었다. 늙음은 이미 각오했었던 바였다. 고생되었을 이역만리 타국에서의 삶이 안타까워서도 아니었다. 초점 잃은 눈을 차마 볼 수 없음이었다. 누가 이렇게 만들어 놓았는가. 정신은 변덕스런 하늘처럼 오락가락 하는 조선의 딸, 고종 임금의 외동 딸 덕혜옹주……

덕혜의 태어남이 남다르다고 말할 수는 없지만 그래도 고종으로서는 병합 후, 나라 잃은 서글픔에 엄비마저 세상을 떠나버려 울적하던 차에 귀인 양씨 소생의 덕혜옹주를 얻었다. 고종의 회갑에 얻은 귀여운 고명딸. 순종과 의친왕에 이은, 영친왕까지 궁궐엔 내리 사내뿐이었다.

딸이 귀하던 터에 고종의 기쁨은 이루 말할 수 없었을 게다. 사실 민비와 내인 3명 사이에 딸을 얻기는 했지만 무슨 조화인지 모두 일 년도 못되어 요사(夭死)한 터였다. 네 번째 딸인 셈이었다.

"마마, 문안드리옵니다."

늙은 여인이 고개를 조아린 채 윤비 앞에 문안을 드리고 있다. 수강재로 들르기 전에 석복헌의 윤비를 먼저 뵙는 게 순서였기에 찾지 않을 수 없었다.

변복동 유모. 변 유모는 지금 덕혜옹주를 찾고 있다. 어쩌면 딸과도 같은 인연이었다. 고종과는 아무런 인연이 없다지만, 덕혜를 젖을 물려가며 직접 키운 그녀였기에 누구보다도 옹주의 아픔을 가슴으로 껴안았던 여인이었다. 세상을 훨훨 털고 깃털처럼 일찍 하늘에 올랐어야 했다. 아픈 가슴을 겪는 일은, 늙은 그녀가 감당할 일이 아니었다.

"매일 오기도 힘들 텐데 몸조심해야지."

"마마, 황공하옵니다. 저는 괜찮사옵니다. 살만큼 살았고…….
옹주께서 얼른 일어나는 것 보고 죽어야지요."

변 유모는 다리에 힘을 주며 자리를 벗어난다. 덕혜를 위해서라면 그 모든 것을 다 주고 싶었다. 하지만 이제껏 아낌없이 주고 싶어도 줄 수가 없었다. 38년 만에 고국으로 돌아올 때까지 변 유모는 그저 하늘에 대고 빌 뿐이었다.

13살의 어린 나이로 일제에 끌려가기 싫어도 그들이 시키는 대로 무조건 떠나야 했던 덕혜. 어쩌다 일본 땅에서 덕혜의 소식이 들려올 때면 하늘을 쳐다보며 눈물을 흘렸던 적이 어디 한두 번이었을까.

방으로 들어온 덕혜는 우두커니 앉아 하릴없이 손을 만지작거리며 천정만을 바라보고 있다. 세상은 한 여인을 누구나가 바라지 않던 모습으로 바꿔놓았다. 한 노인이 다가가도 아무런 표정의 변화가 없다.

"소인을 모르시옵니까?"

빈 방에 문을 두드리듯 변 유모는 덕혜의 마음의 문을 두드린다. 방금 알아보고 곧바로 잊어버린다 해도 그게 어딘가. 하지만 지금 덕혜옹주에게 바랄 것이라고는 그 어느 것도 없어 보인다.

그래도 변 유모는 지금이 행복했다. 매일 이렇게 문안인사를 올리는 게 그 얼마나 자랑스러운 일인가를, 꿈꾸듯 해왔던 변 유모가 아니던가. 고종이 살아있을 때의, 8년의 세월을 빼고는 하고 싶다고 해서 주어지는 것이 아니라는 걸, 몸소 겪어왔던 시간들이고 보면, 남은 세월 못 다한 일, 조국 땅에서 무엇이든 한없이 누리며 살아야 했다.

변 유모는 앉아 있는 덕혜의 손을 잡는다. 그러고는 혹시나 하며 눈을 맞춰보려 애써본다. 따스한 손길은 그대로인데 반해, 그 아무것도 모르던 아기였을 때와 다르지 않다는 것이 변 유모를 가슴 아리게 한다. 변 유모는 손을 꼭 쥔다. 그 언제였을까. 이 손으로 당신의 젖가슴을 만지곤 하던 그 손길인 것을 생각하면 살아온 세월에 원망만이 남는다.

"아기씨, 뭐 좀 드셨사와요?"

변 유모가 던진 말은 혼자 지껄인 말이 되었다.

"뭣 좀 가져올까요? 뭐가 드시고 싶사와요?"

변 유모는 연신 지껄인다. 그래야만 될 것 같아서였다. 38년 동안 아무런 말도 하지 못한 걸 감안하면, 참새처럼 부지런히 지껄인다 해도 남음이 별반 없어 보인다. 삶의 유한됨을 누가 막을 수 있을까 싶었다.

덕혜의 얼굴을 마주 쳐다보고 있는 변 유모는 짐짓 놀란다. 예전 같으면 어림도 없었겠지만 이제는 덕혜가 허물어졌듯이, 정신의 잠들어 있음을 어쨌든 깨우지 않고는 안 될 것 같아서였다.

이윽고 덕혜는 어릴 때 그랬듯이 변 유모의 입에 가만히 손가락을 넣는다. 그러면서 허공을 보듯 멍한 낯빛으로 싱긋 웃는다. 앙증맞다고 하기에는 너무 먼 시간이 흘렀다. 덕혜는 그러기를 두세 번 더한다. 변 유모는 그저 가만히 있는다. 아무렇지도 않으려 애쓴다. 참는 것 또한 이제부터 배워야 하는 것도 알아냈다. 이제부터 눈곱만큼이라도 행복해질 수 있는 방법이 무엇인지를 찾아야 했다. 누가 어떻게 해보라고 일러줄 사람은 지금은 있지 않다. 고종도, 덕혜를 낳아준 양 귀인도 지금은 세상에 있지 않다. 누가 이렇게 되라고 세상에 씨를 뿌려놓지 않았으리라는 생각이 치밀자 갑자기 서글픔과 함께 고종의 용안이 떠올랐다.

변 유모는 사실 남편이 있던 몸이었다. 고종은 대신 다른 여자를 얻어주고 변 유모를 궁궐 안으로 들게 했다. 오로지 덕혜를 위함이었다. 변 유모의 삶은 덕혜를 빼고는 그 어느 것도 존재하지 않았다. 고종도 덕혜 앞에서는 고양이 걸음을 했다.

어느 날 고종은 변 유모의 방을 찾아왔다. 마침 덕혜를 눕히고 젖을 물리고 있을 때였다. 변 유모는 놀라 기겁을 하며 일어서려 했다. 하지만 고종은 손을 내저으며 가만히 있으라고 했다. 덕혜옹주가 깨서 놀라면 안 되니 그대로 누워 있으라는 거였다. 아마도 임금 앞에 누워 있었던 여인은 오로지 변 유모밖에 있지 않을 게다. 고종이 그랬듯이 지금 변 유모도 덕혜밖에 모르고 있다.

단 한 사람을 위하여 단 한 사람이라도 존재해 있다는 행복감을 변 유모는 달게 받아들이고 있다. 세상이 변하는 것에 대해서 발길질 하고 싶었다. 발이 닳도록 세상 어디론가 떠돌아다녔을 덕혜옹주가 가여워, 어젯밤 변 유모는 달에 대고 수없이 빌고 또 빌었다. 달빛 속에서 환하게 웃는 덕혜의 모습을 볼 수 있을 것 같아서였다.

변 유모의 하루는 긴 것인지 아니면 짧은 것인지 도통 감이 잡히지 않을 때가 있다. 그리움이 길었던 만큼 힘든 것도 분간하기 어려웠고, 어느새 발길은 덕혜 앞에 와 있곤 했다.

오늘도 덕혜는 어린아이처럼 어느새 댓돌을 내려와 마당의

흙을 만지작거리고 있다.

"아기야, 어서 손을 털고 일어서야지요."

윤비는 넌지시 바라보며 말을 건넨다. 안타깝지만 윤비가 할수 있는 것이라고는 예전과 다르지 않게 부르는 것 외에 그 어느 것도 없는 듯이 보였다. 그래서 윤비는 어렸을 적에 고종이 그러했듯이 '아기'라고 부르고 있다. 출가한 왕녀의 칭호인 '자가'라는 말은 생소해서 쓸 형편이 못되었다. 일본 땅으로 시집을 간 것 또한 강제였기 때문이기도 하다.

가질 수 있는 권한이 많은 왕족임에도 덕혜옹주는 그 어느것 하나 제대로 누릴 수 없는 삶의 연속이었다. 일본에서의 하늘은 온통 먹구름뿐인 걸 감안하면, 고국에서의 유년시절은 그야말로 꿈길과도 같은 거였다.

가고 싶어도 갈 수 없는 나라. 그 나라가 조선이 될 줄은 꿈에도 몰랐었다. 무릇 사람이란 죽지 않고 오랫동안 산다는 것이 복이 아닐 때가 있는 법이다.

"어서 일어나시와요."

김 상궁은 덕혜의 한쪽 팔을 두 손으로 감싸 안으며 일으키려 하고 있다. 곁에 있는 윤비는 그냥 시선을 고정시킨 채 바라만 보고 있다. 김 상궁은 자신도 모르게 덕혜를 일으켜 세우면서 일변 잘못인 것을 깨닫는다. 손을 댔기 때문이었다. '감히'

라는 말이 김 상궁의 머리끝에 퍼뜩 떠올랐다. 그러나 김 상궁은 처음이 아니었음을 기억해내고 있다. 그 언제였던가. 고종은 늘 덕혜를 무릎에서 내려놓지 않았다. 김 상궁은 덕수궁으로 심부름을 갔을 때 고종의 얘기를 듣기도 했으며, 실지로 고종이 부른 적도 있었다.

그때 고종은 어전에서 고개를 숙인 궁녀들을 보며, 어서 고개를 들거라, 하며 웃으셨다.

"김 상궁, 이 고운 손을 좀 만져보아라. 꽃보다도 곱지 않으냐?"

어쩌면 고종의 꾸지람을 듣는 게 나은지도 몰랐다. 임금 곁에 바짝 다가선다는 일은 떨림 그 자체였다.

"소인 황공하옵기 그지없사오나 어찌 아기씨의 손을 감히 만질 수 있겠사옵니까."

김 상궁은 오히려 뒷걸음질 치려 하고 있다.

"괜찮다. 이렇게 방긋 웃는 얼굴을 혼자 보기 아까워서 그러느니라."

보드랍고 앙증맞은 덕혜옹주의 따스했던 손길을 김 상궁은 지금껏 잊지 못하고 있다.

고종은 안달을 했다. 마치 숨어있는 꽃을 찾아내서 혼자보기 아까운 듯, 종종 궁녀들을 불러냈다. 고종의 기쁨은 덕혜의 재롱 말고는 그 어느 것도 없는 듯이 보였다. 덕혜는 커갈

수록 총명했고, 아바마마인 고종의 곁을 떠나려들지 않았다.

그러던 어느 날, 덕혜는 고종을 놀라게 했다. 고종은 '얘들아, 저만치 물러가거라'라고 곁에 있는 궁녀들에게 어명 했다. 왕좌란 일찍이 세상을 호령하는 권력의 이면에 항시 위험을 감수하는 일이기도 했다. 궁녀의 밀고는 그만큼 임금에게도 치명적일 수 있다. 고종의 퇴위도 궁녀의 밀고와 무관하지 않다. 사실 이완용 등이 매수한 궁녀는 부지기수였다.

"아바마마, 난 총을 갖고 싶어요."

"이런, 큰일 날 소리로구나. 덕혜야, 장난감 총을 두고 한 말이겠지?"

고종은 주위를 의식하며 둘러댄다.

"테라우치 총독은 왜 아바마마를 괴롭히죠? 조선 사람도 아닌데 우리 집에 와서 왜들 난린지 모르겠어요."

작디작은, 곱디고운 입에서 곱지 않은 말들을 쏟아내고 있다. 덕혜는 어렸지만 사물을 인지할 수 있는 한 인간으로 커가고 있었다.

"…… 그건…… 그렇게 됐을 뿐이란다. 넌 그저 내 말이나 잘 듣고, 밥 잘 먹고, 유치원에 가고, 그러면 되는 게야."

"아이, 난 아바마마 못 살게 구는 게 싫단 말야. 하오리를 입은 그 사람들은 단 한 번도 날 귀여워 해준 적도 없는걸요."

그러면서 덕혜는 고종의 무릎 위에 앉았다가, 고개를 들어 고종의 수염을 만지작거린다. 귀여운 손길. 고종의 용안을 맘껏 꼬집어도 아프지 않을, 눈에 넣어도 아프지 않을 덕혜가 오늘따라 안하던 말을 하고 있다.

"아바마마는 왜 총이 없는 거죠?"

덕혜의 눈길이 고종의 용안을 빤히 올려다보고 있다.

"허허, 아바마마는 총 따위는 하나도 부럽지가 않아. 사람은 총을 써서는 안 되는 게야. 조선의 사람들은 선량하고, 또 선비란 게 아무렇게나 행동해서는 아니 되는 것이고……."

"싫어요. 난 총을 잘 쏘는 사람과 결혼할래요."

"허허, 그런 사람이 있긴 있었지만……."

"누구예요? 당장 보고 싶어요."

"안중근이란 사람이었지. 그때 이등박문을 총으로 쏘아 쓰러뜨렸지. 아주 훌륭한 사람이었지."

"근데 이등박문이 누군데요?"

"음, 그 사람이 죽고 대신 테라우치 총독이 온 게야. 네 오빠 영친왕도 일본으로 끌고 갔지."

덕혜가 고개를 끄덕인다.

"안중근은 분명히 조선 사람이었겠지요. 그런 사람 또 있었으면 좋겠다."

"암, 그렇고말고. 그 사람 앞에선 이 아바마마도 할 말이 없어……. 부질없는 임금의 체면을 살려준 사람이 누구겠어. 허허, 참 아까운 사람이었어."

"아바마마, 당장 안중근 같은 사람 찾아주세요. 결혼할래요. 그러면 테라우치도 세상에 있지 않고. 아바마마 괴롭히는 사람 쏘게도 하구."

고종은 얼른 귀여운 덕혜의 입을 막는다. 잠시 덕혜는 갑갑해 한다. 덕혜는 고종이 손을 거두자 큰 숨을 쉰다. 덕혜옹주는 영민했다. 고종 위에 또 다른 사람이 있다는 걸 눈치로 알아냈다. 임금의 손으로 제거할 수 없는 높은 산과도 같은 무리들이 궁궐에는 한둘이 아니었다.

"아바마마, 우리끼리 살 수 없나요. 일본 말 배우고 싶지 않아요. 언제부터 같이 살게 되었나요?"

작은 입에서 따지듯 하고 있다. 덕혜는 평소에는 조용했으나 고종 앞에서는 온갖 어리광은 물론이고 무엇이든 묻기를 좋아했다.

"……그게 옛적부터 그렇게 된 게 아니지. 네가 늦게 태어났기에 저 사람들이 궁궐에 있는 게야. 선조께선 이런 꼴을 겪지 않았지. 다 짐이 제대로 못했기에 이렇게 된 게지."

"그럼 우리도 바다 건너 일본으로 쳐들어 갈 수 없나요? 나도 갈 거예요. 돌멩이라도 던지면 되지 않나요."

"떽기! 사람한테 그러면 쓰나. 우리 민족은 예로부터 그러 질 못했단다."

어린애한테 가르칠 것은 많았지만, 당장 이 궁궐에서는 무슨 일이건 눈치를 보아야 했다. 사실 고종은 덕혜옹주를 영친 왕처럼 그렇게 떠나보내고 싶지 않았다. 그래서 틈만 있으면 덕 혜옹주의 부마(駙馬)될 사람을 물색하곤 했다.

이렇듯 고종의 고민은 한두 가지가 아니었다. 김 상궁이 어 쩌다 덕수궁에 들르곤 할 때면 고종은 한시도 방이나 대청에 좌정해 있지 않고, 방에서 대청, 그리고 고랑마루는 물론 익각 으로 끊임없이 거닐곤 했다. 그럴 때면 상궁들은 고종을 따라 다니기에 바빴다. 신변의 위협에서 자유롭지 못한 고종은 늘 불안에 떨었다.

잠 못 이루는 밤. 밤의 두려움. 밤은 고종을 괴롭혀 왔다. 밤 이 주는 정취와 안락함을 잊은 지 이미 오래였다. 밤은 마음이 평온한 사람에게만 온화하고 달콤하게 다가오는 법이다. 고종 에게 있어 밤은 또 하나의 고통을 불러왔다. 그 고통은 아무와 도 나눌 수 없는 것이었다.

고종은 매일같이 새벽에 까치가 울면, 그제야 잠자리에 들 곤 했다. 그것은 어느 날 갑자기 그렇게 된 것이 아니었다. 민비가 일제의 칼에 살해되고, 고종이 러시아 공관에 갇힌 탓도 있었겠지만, 무엇보다 자신의 대에 와서 500년 사직(社稷)이 끊어지게 됐으니, 그 책임이 이루 말할 수 없이 무거웠을 게다.

온화한 달빛이라고는 하지만, 달빛은 밤의 한기 속으로 숨어들지 못했다. 은은한 빛의 입자들은 화려함을 배제한 채 적나라하지 않은 밝기로 어디든 젖어들었다.

달빛이 주는 의미는 달을 부르는 사람만이 오붓이 누릴 수 있다. 달빛에는 인간의 조바심과 응어리진 한을 풀어내는 묘약이 있다. 그래서 사람들은 누가 시키지 않아도 때론 달에 다가가고 싶은 마음이 생기는지도 모른다.

달은 별똥별처럼 떨어지지 않는다. 별보다 훨씬 크기에 하늘은 단단하게 매달았는지도 모른다. 귀중하기에 하늘은 하나만을 고집했을 게다. 아니, 귀중한 것은 단 하나이어야 한다는 어떤 내력과도 같은 것인지도 모른다는 생각을 가지려 한다. 왕비도 단 하나로 족했다.

여름밤은 윤비를 부르곤 했다. 그것은 오랜 버릇과도 같았다. 정릉에서의 세월이 밤하늘을 부르곤 했다.

하늘에서 보면 달의 모형을 닮은 원통 하나가 낙선재의 담장 밖으로 놓여있다. 그곳은 낮이면 누구나의 물그릇이 되었다. 물을 긷는 궁녀들의 숫자가 몇 곱절 줄어든 것을 빼고 나면 달라진 것은 그 어느 것도 없는 듯이 보인다. 그 옆으로 그림자 하나가 떠있다. 아니, 사람의 형체 하나가 누구를 기다리듯 다소곳이 앉아있다.

윤비는 아까부터 궁금해졌다. 거리를 좁혀오자 사람인 것이 분명했다. 상대방은 아무런 미동이 없다. 달빛만으로도 지척의 구분이 분명해졌다.

윤비는 아무렇지도 않은 듯 그 곁에 다가가 무릎을 접는다. 상대방은 그때서야 무의미한 시선을 던진다. 달빛은 동공을 은폐한다. 햇빛 아래 은폐를 바란다는 것은, 달빛에서 온전함을 보는 것과 다르지 않다.

손을 잡자 손끝이 차디찼다. 손은 무엇인가를 만지고 있었던 게 분명해 보인다. 돌이나 흙, 그리고 아무거나…….

여인은 옷 하나 변변하게 걸치지 않았다. 아니 그런 것 마저 거추장스러운지도 모른다.

"아기야, 밤이라서 썰렁할 텐데……."

윤비는 밤하늘에 대고 지껄인 격이 되었다. 윤비는 웃옷을 벗어 여인의 양 어깨에 걸친다. 그동안 세월의 두께가 양 어깨에 내려와 앉을 때마다 얼마나 힘겨워 했을까. 안 보아도 알 것 같았다. 그래서 이젠 그 짐을 다 내려놓지 못하게 되어, 잠든 세상에 소리 없이 적막을 지키고 있는 걸까. 어린애도 할 짓이 아니거늘…….

우두커니 앉아있던 한 여인. 어렸을 적 우물가엔 근처도 오지 않았던 여인. 고귀했던 꽃 한 송이가 오늘은 물을 길러 왔던가. 무릇 세상은 잘나고 못나고의 문제는 하늘이 정해준 이치이거늘, 어째서 세상 사람들의 반대편에 서서 사람들의 눈길을 받아주지 못한 채, 세상을 저버리지 않고 버티고 서 있단 말인가. 모두에 대고 투정 한번 할 줄 모르는 사람이 되어버린 것에, 정작 자신은 그것마저 깨닫지 못하는 신세가 진정 하늘의 뜻이었던가. 애초에 태어나지 말 것을……. 하늘은 말이 없다.

덕혜는 낮보다 밤을 더 좋아하는지도 모른다. 아니, 지금에 와서는 낮과 밤의 구별마저 뚜렷하게 알고 있는지 조차도 분명하지 않아 보인다.

그 총명했던 어린 시절은 현실의 뒤편에 내팽개친 채 아기와도 다르지 않은, 한 어른의 형상만으로 고국에 되돌아왔다. 지우고 싶었던, 지독한 세월이었다. 세상이 이토록 덕혜를 갈라놓았을 뿐, 덕혜는 조선을 등지고 싶은 마음 애초에 있지 않았다. 일제는 가둬 두어야 할 아무런 가치가 없게 되어서야 덕혜로부터 무관심 했다.

윤비는 아까부터 잡았던 손길을 놓지 못하고 있다. 진작부터 잡고 싶었던 손길이었던 것을, 윤비는 그러지 못한 것에 한스러움만이 앞을 가릴 뿐이었다. 오라버니인 영친왕과 함께 그토록 오고 싶었고, 함께 살고 싶어 했던 곳이 고국이었듯, 이젠 여한이 없겠다 싶었을 때 이미 덕혜는 고칠 수 없는 마음에 병을 안고 있었다.

"그래, 고생이 많이 되었지? 어쩌자고 이렇게 되었소."

윤비는 잡고 있던 덕혜의 손에 지긋이 힘을 준다. 덕혜에게서 무슨 반응을 얻자고 한 행동은 아니었다. 그저 꼭 집어 말하기 어려운 어떤 정에서 생겨난 감정 하나를 전달하고픈 심정이었으리라.

애초에 이렇게 되라고 태어난 인생은 아니거늘. 차라리 뭇세상에 내던진 돌멩이 하나쯤으로, 그런 운명으로 태어났더라면, 그랬더라면 덕혜는 지금쯤 꽃을 찾아 훨훨 나는 나비 한 마리 정도는 부럽지 않게 바라보며 살아갈는지도 모를 일이었다.

낙선재 앞마당을 비추던 달은 앞에 머물던 손바닥만 한 구름 속에 잠시 숨었다. 순간 지척의 분간이 두터워졌다. 윤비는 두 손바닥을 덕혜의 얼굴을 감싸려든다. 달빛을 한 꺼풀 덮은 손길이었지만 지척에 둔 얼굴의 윤곽만은 짚어낼 수 있었다. 덕혜는 윤비의 손길을 마다하지 않는다. 윤비는 가만히 덕혜의 두 볼을 감싼 채 얼굴을 들어올린다. 그것은 여느 어머니의 손길과도 다르지 않아 보인다. 윤비는 남아있는 궁궐의 최고 어른이었다. 지나가는 개미 한 마리라도 다치지 않게 할 의무란 게 있다. 하물며 왕족의 피를 물려받은 덕혜의 마음을 제대로 쓰다듬은 적이 있지 않아 늘 가슴 한편에 하나의 앙금으로 남아있었다.

"그래, 내게 모든 걸 얘기해 보오."

윤비의 음성은 전에 없이 나직했다. 대답을 바라서가 아니었다. 아무런 대답이 없더라도 그저 고개라도 끄덕였으면 싶었다. 무심한 하늘은 아직도 달빛을 감추고 있다. 윤비는 잠시 덕혜의 얼굴을 물끄러미 바라보다가 입을 뗀다.

"미안하오. 하늘이 시키는 일이라 어찌할 수 없었노라고……무심한 하늘을 탓하지 마오. 인간 세상이 다 만만하지 않거늘, 저승에선 또 다른 꿈길 있으려나……."

윤비의 음성이 밤이슬에 젖은 듯 축축했다. 잠시 구름에 가려졌던 달이 얼굴을 내밀었다. 순간 덕혜의 낯빛이 환해졌다. 어렸을 적 윤비 앞에 다가와 앙증맞은 모습으로 노래를 부르곤 하던 그 입술이 달빛 때문일까, 부풀려진 듯 했다. 큰 입술에서 방금이라도 마마, 안녕하셨습니까, 라고 한마디 불쑥 내뱉을 것 같은 착각마저 드는 밤이었다. 하지만 주위엔 풀벌레

소리마저 끊기고 있다.

아무리 달빛이라지만 서로의 얼굴을 맞댄 눈빛의 부딪침은 어린아이라도 직감만으로 방긋 웃어준다. 그래도 윤비는 가만히 달빛에 비친 덕혜의 얼굴에서 눈을 뗄 줄 모른다. 그러고는 윤비는 되뇌듯 말한다.

"어째서, 왜, 무엇 때문에 태어났는가. 누구의 뜻으로, 누구의 명령으로 궁궐에 태어났는가. 꽃다운 청춘을 앞에 두고 바다 건너 이국땅의 설움을 다 무엇으로 말하리. 바다 건너 일본에서의 맘대로 할 수 없었던 속절없는 세월의 야속함. 그 야속한 세월의 안타까움이란……."

윤비는 덕혜의 얼굴에 한숨을 쉬고는 손을 거둔다. 그러고는 한쪽 손을 덕혜의 겨드랑이에 갖다댄다. 어서 일어나자는 표시였다.

덕혜는 손길이 이끄는 대로 슬쩍 무릎을 편다.

둘 앞엔 우물이 놓여 있다. 원통의 우물이 둘의 가슴에 와 있다. 윤비는 가만히 우물 속을 들여다본다. 누구의 속내던가. 얼굴을 내밀자 우물은 사람의 형상 하나를 소리 없이 그려냈다. 밤하늘의 풍경 또한 물속은 그대로 담고 있다. 물의 표면에 떠있는 둥근 달은 속 깊은 물속까지 비추려 들었다. 이윽고 우물은 또 다른 한 사람의 얼굴을 그려 놓는다.

가만히 물속을 들여다보던 덕혜가 갑자기 뭐라고 한마디 내뱉는다. 마사에! 덕혜는 무의식적으로 부른다. 마사에! 또 부른다. 덕혜의 딸 정혜는 말이 없다. 정혜 또한 순탄치 않은 길은 어머니 덕혜를 닮았다. 덕혜는 지금 좋지 못한 내력을 물려준 딸에 대한 미안함 따위는 저 우물 속에 떨쳐버리자고 지껄이고 있는 걸까. 아니면 그동안의 쌓아두었던 마음의 동요라도인 것일까. 아무래도 좋았다.

사람이 사람 앞에서 지껄인다는 것은 어쩌면 한 생명의 존재임을 내보이는 것과 다르지 않다. 살아있음의 의미를 덕혜는 언제쯤 깨닫게 되는 걸까. 하늘은 그것마저 감추고 있다.

"저것은 달."

윤비는 손짓 대신 수면 위에 떠 있는 달의 형상에 대고 입을 연다. 그렇게라도 해주고 싶었다. 내면에 숨어 있던 말들을 하나하나 끄집어내서 맞추고 다듬고를 반복하다 보면 나중엔 본래의 모습으로 되돌아올 것만 같았다.

영민하던 원래의 모습을 누가 이렇게 정신에 멍에를 씌워놓았는지 윤비는 들어서 안다. 별과 달의 구분이라도 명확히 할 수 있는 거라면, 세상 앞에 부끄러울 게 없어 보이는 밤이었다. 낮이 되면 별이 지워지고 다시 그 자리엔 생동하는 밝은 빛을 하늘은 순환하며 박아놓듯, 덕혜에게도 그러했어야 옳았다.

왕족이라는 자존심과 피어나는 사랑마저 그들은 사정없이 말살해버렸다. 이혼, 그리고 얼굴 한번 볼 수 없게 된 딸의 주검은 그녀가 감당하기 버거운 것이었다. 아니 그녀가 감당할 수 없었던 것은 강요에 의한 사랑이었는지 모른다. 게다가 어쨌든 왕족은 이혼해서는 안 된다는 불문율과도 같은 궁궐의 규범을 덕혜는 깼다.

그런 면에서 본다면 덕혜의 어머니 양귀인은 그래도 행복한 삶이었는지도 모른다. 이제까지 살아서 이런 모습을 본다면 그 어머니의 심정은 어떠했을까. 차라리 일찍 세상을 등진 것은 하늘이 도운 일인지도 모른다. 그래서 사람은 오래도록 사는 것이 차라리 일찍 죽는 것만도 못할 때가 있는 법이다.

덕혜는 유년시절인 조선에서의 삶을 빼고는 세상을 스스로 살아보지 못한 것을 윤비는 보아왔다. 스스로 삶을 움켜질 수 없었다. 강요된 시간들 속에서의 나날은 마음의 병을 키웠다. 누구하나 돌봐줄 수 없었다. 오라버니인 조선의 왕 순종은 나라마저 빼앗긴 채 아무런 힘을 쓸 수 없게 되었다.

무엇을 해줘야 하나. 해줄게 마땅치 않아 보인다.

윤비는 곁에 두었던 두레박을 찾는다. 한 가닥의 줄을 매단 두레박이 우물 속 그 아래 어딘가에서 물과 부딪치는 소리를 냈다. 이윽고 작은 두레박은 물을 가득 퍼 올린다. 달빛은 교

교하지 않았으나 그렇다고 어두운 편도 아니어서 모든 사물의 윤곽은 분명히 드러나 보이는 그런 밤이었다.

한 어린애가 윤비 앞에 쭈그린 채 앉아있다. 윤비는 소매를 걷고 두레박에 담긴 물을 연신 덕혜의 얼굴에 찍어 바른다. 넓어진 이맛전이 도드라져 보였다. 얼핏 시부인 고종의 용안이 떠올랐다. 딸은 어딘지 모르게 아버지를 닮았다. 아버지도 딸도 늘 일제의 그늘에서 자유로울 수 없었다.

윤비는 이마에 늘어진 머리칼을 빗질하듯 물이 배인 손으로 쓸어 넘긴다. 달빛이라서 그 깔끔함은 확연히 드러나지 않았으나 그래도 눈에 잡힌다. 언뜻 아무렇지도 않은, 버젓한 한 여인이 된 듯싶었다.

윤비는 자꾸만 이맛전에 찬물을 적신다. 그래야만 될 것 같았다. 정성이 담긴 손은 그 정성을 배반하지 않는다는 하나의 명제를 만들고 싶은 윤비이기도 했다.

사실 덕혜와는 항렬은 다르지 않으나 나이로 본다면 딸과도 다름없었다. 18이라는 숫자는 그 당시 시집을 가고도 남을 나이였다.

윤비는 기억한다. 당신 앞에 와서 아양을 떨고, 그 작은 손을 내밀어 절을 올리고 왕족이라는 한 밧줄이 되었다는 자긍심을 알리려는 듯 눈빛이 마주칠 때마다 늘 웃음을 잃지 않았던 어린 덕혜를······.

"이만하면 됐지. 정신이 좀 들어야 할 텐데, 어서······."

"······."

윤비는 고개를 들어 하늘을 본다. 별을 매단 하늘엔 달을 배경으로 구름 몇 점 흘러갈 뿐이었다.

"아기와 내가 함께 살아가라고 이렇게 달빛은 오늘도 비추는 거겠지······."

덕혜의 이마를 짚은 손이 어느새 차가워졌다.

"내 삶을 이어줄 그 누구도 있지 아니한 이 땅에, 모두들 평안해야 할 터인즉 세상은 그렇지만은 않고······."

윤비는 중얼거리듯 말을 꺼내놓는다. 달은 그 사이 작은 구름에 갇혀있다. 달이 곧 그 자리를 벗어나듯 덕혜의 정신에도 한줄기 훤한 빛이 비춰주기를 하늘에 바라고 있다.

"그래, 홀로 궁궐을 지키느라 여간 수고가 아닌가 보구나."

윤비는 잠에서 깨어나듯 시부인 고종의 음성에 고개를 든다. 용포를 입은 고종은 허공중에 떠있다. 고종은 여느 때와 달리 가시덤불 위에 위태하게 서 있다.

"폐하, 어인일이시옵니까?"

"오, 그래. 네가 하는 일을 내 모를 리 없건만은, 덕혜는 내

하나밖에 없는 딸인 것을 어쩌겠느냐. 그래도 잘 보살펴 주니 시부인 나로서도 무어라 고마워 해야 할지 모르겠구나."

"폐하, 아니옵니다. 안타까움을 줄일 수 없음 또한 살아있는 소인도 어떻게 해야 좋을지……."

윤비는 고종의 고마움을 받을 만큼 덕혜에게 해준 게 없다.

"다 내 책임이 크구나. 내가 더 오래도록 살았다면 덕혜만큼 은 꼭 지켜주고 싶었는데 시국이 날 내버려 두지 않았구나. 덕 혜를 볼 때마다 눈을 감고 죽지 못한다는 말을 내가 죽어보니 알겠구나. 그러나 어찌 보면 난 결코 죽지 않은 거다. 이렇게 하늘에서 지켜보고 있으니 말이다."

살아있을 적 한시도 맘 편한 적이 없던 고종은 눈을 감고 세 상을 등졌다. 그 배후에는 고종조차도 어찌할 수 없었던 손이 있었으리라 짐작이 간다. 결코 고종은 하늘이 부르지 않은 길 을 간 게 분명해 보인다. 그것은 덕혜의 운명과도 직결되었다. 고종이 없는 덕혜의 존재란, 빈껍데기에 불과했다. 추수가 걷 힌 들판의 허수아비를 보는 것과 다를 바 없어 보인다.

일제는 곡식이 다 걷힌 빈 밭에 홀로 서 있는 허수아비를 뽑 아 이역만리 그들의 땅으로 보내버렸다. 파릇한 새싹의 덕혜는 목이 잘린 꽃과도 같은 처지가 되어, 그늘 속에서 한 많은 시 간을 축내고, 꽃이 아닌, 자신의 몸도 추스를 수 없는 지경이 되어서야 다시 고국의 땅에 보내졌다.

윤비는 매일 시들고 말라버린 꽃을 낙선재라는 꽃병에 꽂아 물을 뿌리고 있다. 아니, 그 속을 들여다보려 하고 있다. 그러다 윤비는 그만 고개를 돌리고 만다. 모든 게 엎질러진 후인 것에 속수무책으로 바라만 보아야 하는 심정 또한 누구를 탓함으로 돌려 보아야, 돌아올 것은 그 어느 것도 없다는 사실 앞에, 윤비는 오늘도 그저 어쩌지 못하고 있다.

"며늘 아가, 우리 덕혜가 기운이 없어 보인다. 꼭 때가 되면 밥을 잘 챙겨 주거라. 그것뿐이다. 내 대신 말이다. 누가 있느냐. 오래도록 덕혜와 함께 살아보지도 못하고 세상을 떠난 게 얼마나 속상한지 지금도 벌떡 일어나 세상에 눈을 뜨고 싶어 미칠 지경이구나. 그러나 신은 날 이 암흑 속에 보내놓고……. 에잇!"

고종은 기분이 언짢은지 긴 수염을 잡아 흔든다. 고종은 다시 말을 이어간다.

"아! 이 아픔. 우리 딸은 소리 없는 아픔을 안고 있다지? 그 마음의 아픔은 나도 모르지. 세상의 그 모든 사람들이 아파도 우리 덕혜는 아파서는 안 되거늘, 어찌하여 내게, 아니 우리 딸에게 고통을 안겨준단 말인가. 하늘은 죽었는가, 살았는가! 확! 지구를 들어 팽개쳐 버리고 싶어도 내 나이가 몇인가. 내

한 삼십 년만 젊었어도 이 꼴은 안 당했을 터인데……."

고종은 잠시 분을 삭이지 못한 채 숨을 크게 내쉬고 있다.

"폐하, 진정하시옵소서. 왕족이라고 해서 세상 맘대로 되는
게 어디 있사옵니까. 권력이 빠지고 나면 남는 것은 껍데기뿐
이란 걸 소인도 겪고 있사옵니다. 영원한 것은 한 인간일 따
름인 것에 그저 만족하려 하루를 보내고 있지만, 만족이 되
지 않는 건 필연 왕족이라서 더 그런 게 아닌가 하며 살고 있
사옵니다."

윤비는 윗대인 고종에게 삶의 고단함을, 되돌릴 수 없는 세
월의 무상함을 투정하듯 털어놓는다. 어디 그것뿐일까? 말은
안 해도 하고픈 말 이제껏 하늘을 보며 삭여왔던 심정을 누구
에게 말하면 무엇하리…….

"아가, 어쨌든 이래저래 널 볼 면목이 없구나."

"……."

"내 아들 순종과 사느라 맘고생이 많았던 것 내 모르는 바
가 아니다. 애비로서도 어찌할 수 없는 하늘의 뜻인 걸 어찌겠
냐. 이제 와서 얘기지만 내 살아있을 적 덕혜를 낳고, 며늘아
기 보기가 염치없는 짓인 것을 모르는 바 아니나, 나도 임금이
기 이전에 한 남자였노라고, 그렇게만 이해해 준다면 더 바랄
게 없다만은……."

사실 남편인 순종과의 사이에는 한 방을 써왔지만, 그럴 때마다 빈 방을 지키는 것과 다르지 않은 세월인 것을 과연 시부인 고종은 알고나 있는 것인가. 그렇다면 부왕인 당신은 그런 자식을 두고도 곁에 있는 궁녀를 당신의 침전으로 끌어들인 적이 어디 한두 번이었던가.

　"허물을 덮어주고 살아왔으니 하늘에 와서는 복 받고 살 거다."

　고종의 나직한 음성이 윤비의 귀에 들어온다. 살아있을 때는 하지 않던 말들이었다. 온전하지 않은 자식을 둔 고종의 마음을 조금은 알 것 같기도 했다. 하지만 그땐 그런 맘을 가질 수 없었다. 윤비도 한 여자로서 사랑의 욕심이 없다는 말은 거짓일 게다. 영친왕의 탄생은 윤비와 무관했던 시간이었던 것을 가만하더라도, 덕혜옹주의 탄생은, 가뜩이나 사랑이 싹틀 줄 모르는 순종과의 사이에서 아무래도 시샘의 감정들이 생겨나지 않을 수 없었다.

　아들과 무관한, 본인의 욕정을 잠재울 수 없었던 고종은 하얗게 젊은 궁녀들을 통해서 그때마다 시름을 달래곤 했다. 궁궐에는 언제고 궁녀들이 넘쳐나 있었다. 선택은 언제나 고종의 편에 있었다. 고종은 한 남자로서의 주체할 수 없는 감정들을 그때마다 궁녀들을 통해서 양기를 쏟고는 했다.

고종은 8명의 후궁들이 있다고는 하지만 사실은 달랐다. 후에 알려진 고종의 딸, 이문용. 그녀는 고종의 피를 물려받았음이 분명해 보인다. 고종은 말이 없으나, 아니 땐 굴뚝에 연기가 피어오를까 싶었다. 그 당시 고종이 입을 다물 게 하려면 얼마든지 그렇게 할 수 있었고, 그것은 어느 정도의 기간은 유용했다. 다 알려지지 않은 일들은 비밀리에 세상에 존재하지 말란 법 없다. 춘원 이광수도 소설가이었기에 그런 이문용을 당신의 소설에 쓰려고 예지에 찬 눈빛을 던지며 두 번씩이나 찾아갔던 일들은 세상에 이미 알려진 것이거늘, 이제 와서 윤비는 세상의 탓함이 있더라도 새삼 들추고 싶지 않았다. 세상은 좋았던 일이건 그렇지 않았던 일이건 눈이 쌓이면 세상이 덮어지듯 그렇게 묻히고 또 흘러갔다.

오늘 윤비는 옛날의 고종이 그러했던 것과도 같이 그날에 하루를 접지 못하고, 그 다음날 새벽이 다 되어서야 겨우 잠들 수 있었다. 창호 문에는 희부연 새벽 빛 대신 불그레한 아침이 손을 흔든 지 언제인 줄 모르고 윤비는 잠에 취해 있었다. 그러다 어느 결에 꿈결 속을 헤집고 슬며시 눈을 뜬다. 거긴 아까와 달리 익숙한 사물들이 눈을 뜨고 윤비를 맞이하고 있었다. 아니 윤비는 그것들의 살아있는 것 같은 실체 앞에 잠시 머물러 있다. 밖엔 두 상궁이 병정처럼 윤비를 맞고 있다.

춘원, 궁궐에 들다

장마가 걷혀가자 칙칙하던 하늘은 차츰 되살아났다. 여름이면 적삼만을 입던 춘원 이광수는 오늘따라 얇은 잿빛 두루마기를 걸친 채 어디론가 발길을 옮기고 있다.

얼굴을 받쳐주고 있는 V자형의 흰색 동정이 짧은 머리칼에 동그스름한 얼굴을 한껏 받쳐주고 있다. 그의 걸음은 예의 가볍지만은 않았으며, 가슴속은 마치 입고 있는 옷의 색깔과도 같아보였다. 아직 슬픔의 여운이 가시지 않은 채였고, 아마도 그것은 영원히 춘원의 가슴속에서 떠나지 않을 게 분명해 보인다. 춘원에게 있어 이 쓸쓸한 세상은 마치 죽지 못해 살아가는 사람들의 표본과도 같아 보였다.

춘원은 저만치에 걸려 있는 돈화문(敦化門)의 큼지막한 현판을 올려다보았다. 일변 높다랗게 서 있는 건물의 웅장함에 압도되는 듯했다. 문을 지키는 병사들은 처음엔 몰라보는 듯싶었으나 곧 춘원임을 알아내고 예를 갖춘다.

궁궐의 거대한 문을 들어서자 사위는 한껏 조용했다. 궁궐은 널찍한 공간을 두고, 차례로 열리는 문처럼 저만치에 또 하나의 입을 벌린 큰 문이 현판을 단 채 춘원을 기다리고 있다.

발걸음을 내딛는 춘원의 머리 위엔 작은 물체의 비행이 이리저리 떠돈다. 고추잠자리였다. 그것들은 제각기 나붓대다가 물러나고는 했으며, 어떤 녀석은 겁 없이 춘원의 손을 뻗으면 잡을 수 있을 만큼 낮은 비행을 서슴지 않았다.

춘원은 순간 바로 앞에 떠도는 잠자리 한 마리를 잡고 싶은 충동이 일었다. 저 나붓대는 날갯죽지를 잡아 하늘에 있는 아가에게 선물하고 싶었다. 아가는 하늘을 바라보는 걸 무척이나 좋아했고, 그럴 때면 눈에 나타난 잠자리를 잡고 싶어 했다. 8년이라는 세월은 피다만 꽃도 못 되었다. 아가는 아비를 두고 세상의 것들을 내려놓은 채 먼 하늘을 향했다. 아가, 넌 필시 잠자리가 되었느냐? 아비로서 하라는 것 보다 해서는 안 된다고 얼마나 너를 꾸짖었던가를, 너를 떠나보낸 지금에서야 그것의 잘못됨을 뉘우치게 되는, 못난 애비가 된 것을 넌 이해해 줄 수 있겠니? 아가, 세상의 것들은 모두 잠든다 해도 넌 살아있어야 했다.

1934년의 여름은 아직 끝나지 않고 있다. 햇빛의 열기가 솟을 대문을 달구고 있다. 그 위에 걸린 장락문(長樂門)이라고 씌어 있는 현판이 눈에 들어온다. 춘원은 마른기침을 두어 번 해대고는 안으로 들어선다.

"어서 옵사와요. 마마께옵서 기다리십니다."

김 상궁과 몸집이 좀 비대한 유 상궁이 처음엔 머뭇거리는 듯싶다가는, 옷매무새와 외모에서 드러난 선비다운 풍모를 보고는 얼른 댓돌 아래로 내려선다. 춘원은 양쪽 손으로 두루마기의 아랫부분을 추스르고는 댓돌을 따라 대청마루에 올라선다.

"마마, 춘원 이광수 선생께서 도착하셨사옵니다."

"오, 그래. 어서 모셔라."

윤비의 음성이 장지문 밖으로 새어 나오는 것을 춘원은 처음으로 들을 수 있었다. 그것은 언뜻 신기하게도 들렸으며, 한편으로는 이제껏 살아온 자신을 향해 던지는 하나의 자각과도 같은 작은 돌멩이가 되었다. 지금껏 궁궐을 마음대로 드나들 수 없음은, 자신의 보잘 것 없는 인물로서의 자리매김에 대한 일종의 비애와도 같은 거였다. 젊어서 그의 꿈은 높았으나, 이제 와서 부질없이 되어버린 것에 누구의 탓이라고 말할 수는 없다.

비교적 키가 큰 춘원은 한껏 뽐낼 젊음은 아니었으나, 그래도 중년으로서 인품이 묻어나는 선비다운 면모가 여실히 드러나 보인다.

춘원은 상궁들이 열어준 장지문을 지나 방으로 한발 들어섰다. 춘원은 일변 고개를 숙여 예를 갖추며 윤비를 대한다.

"어서 앉으시오. 오느라 애썼소."

춘원은 두루마기를 뒤쪽으로 슬쩍 올린 뒤 모로 앉는다. 앉음새가 꼿꼿했다.

"내 일찍이 자식을 낳아본 적 없으나, 아가의 슬픔을 어이 모른단 말이오. 하늘도 무심하지. 그 어린 것을……."

사실 윤비는 무어라 위로의 말을 해야 할지 몰랐다. 윤비는 그저 사양 왕조의 왕비일 따름이다.

"황공하옵니다. 마마."

윤비는 어떻게 알았을까. 같은 하늘 아래 산다지만 낙선재는 세상과 담을 쌓고 사는 줄만 알았다. 춘원은 진작 인사를 올리지 못한 것이 자신의 불찰인 것만 같아 여간 송구한 것이 아니었다.

어느 봄날이었던가. 윤비는 춘원을 불렀으나 그때 춘원은 병원에 입원해 있었기에 끝내 낙선재를 찾아올 수 없었다. 그리고 춘원은 슬픔을 억누를 수 없었기에 속세를 떠나 산속으로 도망치듯 떠났다.

윤비는 궁궐만을 알고 세상물정 모르는 바보가 아니었다. 궁녀들의 치마폭을 뛰어 넘어야 진정한 왕비였다. 어쩌면 춘원이 윤비를 아는 것보다 오히려 윤비가 춘원에 대해 더 아는 게 많은지도 모른다. 그만큼 춘원은 조선의, 개인의 한 사람은 이미 아니었다. 세상의 것들이 그를 외면한다 해도 그는 어엿한 높은 학식으로 글쓰기에 게을리 한 적 없는 사람인 것은 세상이 다 알고도 남았다.

"마마의 위로에 소인 심히 울적함을 잠시나마 달랠 수 있어 황공하옵니다."

춘원은 윤비가 등을 두드려준 것 이상으로 고마움을 느끼고 있다.

궁궐에 들어선 적 없는 춘원. 그는 분명 시대를 잘못 태어났다. 일찍이 무엇이든 한번 보거나 들으면 잃어버리지 않는 춘원은 과거시험에도 응시할 수 없음을 한탄해왔다. 좀 더 일찍 태어났더라면 아마도 윤비 마마와, 순종과 고종의 총애를 받으며 궁궐의 무거운 짐을 곁에서 부축하며, 고개 숙여 세상의 것들을 임금과 머리를 맞댈 수 있는 그런 자리에 올랐을 수도 있으련만, 지금은 한갓 글줄이나 주무르는 신세인 것이다.

"지나보면, 춘원께서 조선을 위해 힘써준 것 내 모르는 바가 아니오. 한 인물이 수많은 백성을 움직이게도 하니, 이 또한 훌륭한 인물이라 아니할 수 없소이다."

춘원은 윤비가 칭찬을 아끼지 않고 있지만 사실 춘원은 박수를 받을 인물이 아닌 것을 스스로 모르는 바 아니었다.

"저 같은 소인이 무슨 한 일이 있겠사올까마는, 글줄이나 주물러 보건데 그것 또한 온전한 것이 못되옵니다. 마마께서도 아시겠지만, 일제의 검열을 염두에 두지 않고 글을 쓸 수 없는 것이 무엇보다 안타까울 뿐이옵니다."

"아무튼 굳건한 마음을 누그러뜨리지 않기를 바라겠소."

방바닥엔 아직 스러지지 않은 빛 한 점이 깔려있다. 미세한 흔들림마저 잡히지 않고 있지만, 저것들은 곧 방을 벗어나 어디론가 옮겨갈 것이 뻔해 보인다.

"조선이라는 곳에 빛이 언제 들어올지 어디 짚이는 데라도 있소이까?"

방바닥에 깔린 햇빛을 넌지시 바라보던 윤비가 다시 말을 꺼낸다. 태양은 조선을 향해 변함없이 내리 쬐건만 지금에 와서 변한 것은 그 어느 것도 없는 듯이 보였다. 윤비는 이제껏 답답함이 있더라도 상궁들과 터놓고 얘기할 수는 없는 노릇이었다. 바로 앞엔 상궁이 아닌, 윤비의 가슴에 작은 비상구 하나를 만들어 줄 만한, 한 사내가 앉아 있다. 그 사내가 잠시 뜸을 들이다가 때가 되어 어쩔 수 없이 씨방이 열리는 것과 같이, 말이라는 씨앗을 떨어뜨린다.

"아직 세상은 변화의 싹이 서성거리지 조차 않고 있는 줄로 아옵니다. 더 이상 좌초될 게 없다지만 빛 하나 들지 않는 가혹한 땅에, 살아있는 인간이라는 생물체는 대체 어떻게 살라는지 신은 너무도 가혹한, 그야말로 터무니없는 형벌을 우리들에게 내려준 거라 믿습니다. 그게 다 조선의 죄악이라 여기기에는 너무도 억울하여 소인도 때론 미칠 지경인 때가 있긴 하옵니다."

돌아온 답이 바람 하나를 더 몰고 온 것 같다. 윤비는 숨을 한번 길게 내쉬고는 자세를 고쳐 앉는다.

"언제고 참뜻은 시들지 않는 법이오. 이 민족 일으켜 세울 자 그 누구란 말이오. 부디 조선에 춘원 선생 같은 사람이 많기를 바라오."

"마마, 실은 소인 조선을 위해 한 일이라고는 눈곱만큼도 있지 않사옵니다. 무릇 글 쓰는 자의 소심함을 지적 받을 만한 학자일 따름이옵니다. 제게 부족한 것은 용기이옵니다. 마마."

"그래도 춘원 선생은 일찍이 일본에 건너가 조선의 명성을 떨치지 않았던가요?"

"무슨 말씀이오신지요."

"어려서부터 총명하여 일본에 건너가 공부하고 거기서 일본 사람을 누르고 공부에 두각을 나타낸 사람이 바로 춘원 선생이라고 들었소."

춘원은 낯부끄러움을 느낀다. 언젠가 윤비는 영친왕의 봉서(封書)를 통해 들었던 기억을 더듬어 칭찬을 하고 있다.

"사실인즉 뛰어난 성적이라고 할 수 없사옵니다. 배고파서 제대로 공부할 수 없음이 무엇보다 서글펐사옵니다. 하지만 저 편에 떠가던 흰 구름을 바라보며 조선을 생각했던 것은 사실이옵니다."

춘원은 갑자기 그 시절이 떠올라 눈물이 나올 지경이었다. 겉으로는 일제에 지지 않으려 칼을 갈았지만, 움직여야 하는 육신은 물만을 들이키는 것으로 해결되지 않았다. 아니, 물보다 더 힘든 것은 일제의 감시였던 것을 춘원은 기억해낸다.

그럴 즈음 춘원의 나이 15세 정도 되었을까, 춘원은 배를 타고 조선에 닿았던 적이 있었다. 부산에 내려 열차에 몸을 싣고 나면 속에서 끓어오르는 울분을 삼키며 다짐을 했던 적이 있었다. 춘원의 눈에 조선은 더욱 갇혀 있었다. 통제와 그들의 하늘을 찌를 것 같은 조선에 대한 업신여김과 감시와 당당한 기세에 조선은 이미 조선의 땅이 아니었다. 그때 춘원은 조선의 멸망을 내 손으로 반드시 일으켜 세우고야 말겠다고 두 손을 불끈 쥐었다. 어린 가슴은 조선의 독립에 불탔고, 그럴수록 학문에 매진했다.

윤비는 춘원이 써낸 글들을 다 읽지는 못했다. 춘원 자신의 단상들이 세상에 알려진다는 것에 때론 양분된 의견의 충돌이 없었으리라 보아지지 않는다. 윤비는 이제 와서 서로의 잘잘못을 따지려 들고 싶지 않았다. 춘원의 개혁 정신을 탓함에 앞서, 자신의 홀로된 외로움의 비애가 더 앞을 가려왔다.

왕가에 아무도 있지 않음은 하늘도 없이 떠 있는 별과도 다르지 않다. 춘원이 간혹 이조의 양반을 탓하는 글을 올렸던 것을 알고 있다. 양반의 배척이 아니라 이 나라를 살리는 유일한 길인 것을 만방에 알리게 한 것은, 춘원의 한 개인의 의지라고 말할 수는 없다. 그것은 시대의 흐름을 거스를 수 없는 거센 물결과도 같은 거였다. 하지만 윤비는 춘원의 유학 시절 조선을 위해 독립청년선언문을 써낸 사실과 조선의 독립을 위한 단체의 결성을 모를 리 없다. 참으로 기특한 유학생인 것에 자랑스러워했던 적이 있었다.

춘원은 아직 이완용과 같은 사람은 아니었다. 만일 그와 같은 사람이었다면 윤비는 춘원과 마주하지 않을 게 뻔해 보인다. 윤비도 그동안 겪어온 배신은 아직도 몸서리치도록 가슴에 남아 있다. 이제는 아무런 회한이 없다, 라고 되뇌다가도, 윤비도 한 인간이기에 세상에 대한 적대감이 스멀스멀 치미는 것을 누르지 못할 때가 있다.

이미 춘원은 감출게 별로 없는 사람인 것을 누구도 모르지 않는다. 춘원이 써낸 「무정」이라는 소설을 윤비는 읽지 못했다. 「흙」도 물론 읽지 못했다. 어렸기 때문만은 아니었다. 사실 윤비에게 있어서는 『한중록』이나 『사씨남정기』와 같은 책들이 더 손이 갔다. 윤비는 대중이 아니었다. 소설을 읽는 왕비는 왠지 그 위엄과 기개가 한꺼번에 무너질 것만 같은 느낌이 들었기 때문이기도 하다.

"일본에 있을 때 우리의 영친왕을 본 적이 있소이까?"

"예, 있기는 하오나……."

춘원은 지그시 눈을 감는다. 그 언제였던가. 이역만리 일본 땅. 16세의 춘원은 자신보다 어린 영친왕을 볼 수 있었다. 지나가다 본 것이 아니었다. 원통함이 춘원을 그곳으로 불러냈다. 아마도 유학이 아니었다면 볼 수 없었을 게다.

거리의 사람들이 저마다의 함성을 내지른다. 축제의 한가운데 서 있는 영친왕. 어린 영친왕의 모습은 부모를 떠올리게 만든다. 조선의 땅을 두고 왜 일본으로 갈 수밖에 없었을까. 자식을 빼앗긴 고종의 심정을 그들은 비웃기라도 하듯 일장기를 흔들며 요란을 떨고 있다. 어머니인 엄비는 젖먹이 자식을 떼어내듯 얼마나 많은 눈물로 치맛자락을 적셨을까. 11세의 어린 영친왕은 군복을 차려입고 길 가운데를 늙은 이등박문의 호위를 받으며 쌍두마차를 타고 유유히 길을 빠져나가고 있다.

춘원은 그때 일본인들의 무리 속에서 들을 수 있었다. '저 어린애가 조선의 세자라지, 조선은 이제 우리 일본의 땅이래, 오늘은 축제의 날!' 저마다의 손에는 일장기의 물결이 가득하다. 춘원의 손에 돌 하나 들려있지 않았다. 춘원은 대뜸 '개새끼들!'이라고 큰 소리를 지르며 어디론가 달아났다. 아무도 쫓아오지 않았다.

끝이 나지 않은 전쟁처럼 영친왕은 아직도 돌아오지 않고 있다. 조선의 왕족의 등불은 꺼져 있다. 궁궐만이 겨우 숨죽이며 연명하려 애쓰고 있다. 그나마 윤비는 꺼져가는 마지막 등불이 된 지 오래였다. 아무도 살지 않을 때를 생각하면 윤비는 가슴이 저려온다.

지금 앞엔 왕족과 아무런 상관이 없는 춘원만이 나그네가 되어주고 있다.

"그래 우리 영친왕의 앞날에 뭐 잡을 거라도 있소이까? 희망의 빛이 어디쯤 오고나 있는 것인지?"

끝없는 터널 속을 영친왕은 아직 벗어나지 못하지만, 그렇다고 누구하나 빛을 밝혀줄 사람이 있지 못한 것이 끝내 윤비의 가슴을 아프게 했다.

"저들의 계략에 조선이 잠식당하고 있다는 이 가슴 아픔은 소인도 마찬가지이옵니다. 하오나 곤충이나 짐승들은 위급한 상황이 오면 그것들은 몸을 부풀리곤 합니다. 어쨌든 우리만의 무기를 키워야 하옵니다."

"무기라니오?"

"경제부흥이 곧 무기이옵니다. 하나로 뭉쳐 번영의 길로 가야 하옵니다. 그러자면 전문적인 식견을 가진 자가 많아야 하는데, 조선은 인물이 많지 않은 것이 문제이옵니다. 정치만 보더라도 이승만 씨가 미국에서 정치학 박사가 되었으나 그는 그후 학자생활을 버렸고, 이렇다 할 경제학자나 물리학자, 화학자, 지리학자, 천문학자, 동·식물학자가 누구란 말입니까. 게다가 제대로 된 의사나 변호사 하나 변변치 않은 게 사실이고 보면, 조선 땅에도 유능한 학자를 키워야 하옵니다."

춘원의 말을 듣고 있으려니 괜히 윤비는 어딘가 찔리는 구석이 있음을 느낀다. 과연 그렇다면 오백년 역사의 선조는 무엇을 했는가. 지금에 이르러 약자인 조선은 영친왕마저 빼앗겨버렸다. 하늘 아래 하소연할 곳이 어디냐고 묻는다면, 대답할 자, 그 누구일까.

"게 누구 없느냐?"

낙선재는 죽지 않았다.

지금 윤비가 상궁을 부르는 소리는, 언젠가 소멸이 될까봐서 애타게 부르는 소리는 분명 아니었다. 그저 상궁들의 귀를 일깨워 주기 위한, 일껏 전해져 왔던 궁궐 문화의 한 수단이기에 앞서, 그것은 궁궐이 죽지 않았다는 사실을 한 공간에 토해 내는 유일한 조선의, 인간세계의 맨 윗자리임이 거듭 확인되고 있는, 허튼 것이 아닌 하나의 사실성으로서의 자리매김이었다.

일변 두 상궁은 귀를 세우며 두어 걸음 앞으로 다가간다.

"예, 마마. 부르셨사옵니까?"

언제나처럼 상궁들은 윤비의 음성에 귀를 기울였고, 한사코 거부할 수 없는 대답만을 토해내며 변절하지 않는 복종의 음성으로 변함없이 지금껏 궁궐의 법도를 지켜왔다.

"춘원 선생 더울 터인데 어서 서과(수박)라도 썰어오너라."

여태껏 그런 일은 있지 않았다. 왕비에게서 물러난 뒤에라야 다과를 베풀 수 있었던 게 사실이었다. 완고했던 궁궐법도는 흐르는 세월을 이겨 내기가 쉽지 않았다. 그럴 때마다 상궁들의 입장에서는 선명했던 색감이 흐릿해지듯, 왕비의 권위가 조금씩 벗겨 내리는 것만 같아 왠지 안타까움이 앞을 가려왔다. 그러나 윤비의 입장에서는 부황인 순종의 승하 이후 스스로의 측은함을 이렇게라도 달래고 싶은 마음 없지 않았다. 무릇 왕비는, 윤비는 신이 아닌, 사람과 사람 사이에서 서로의 입김을 먹고 사는 한 인간이었다.

"진작 입매라도 해야 했을 걸⋯⋯."

"아니옵니다. 마마. 뭐든 많이 먹질 못해서⋯⋯."

"건강해야 합니다. 그래도 춘원 선생께선 많이 돌아다니고 하니까 이렇게 날마다 궁궐만을 지키고 살아가는 것에 비할 바가 아니지요."

윤비는 보아왔다. 왕이 얼마나 움직임이 많지 않은가를. 가까운 거리도 사인교를 타고는 했으니 선대왕들이 오래도록 살 수 없음은 어쩌면 당연한지도 몰랐다. 윤비는 아직 늙지 않았다. 지금 윤비는 사인교를 타지 않는다. 아니, 사인교를 들어줄 내관조차도 궁궐을 떠난 지 이미 오래인 것을 안다. 다시 볼 수 없는 것들은 역사의 한편에 먼지만 쌓인 채, 구전으로라도 소멸되지 않기를 소망하는지도 모른다.

"맛이 어떻소? 잘 익기라도 했는지?"

수박을 한입 베어 문 춘원을 향해 수박 속의 달콤함과도 같은 윤비의 음성이 춘원의 혓바닥을 깨운다.

"예, 마마. 제대로 익었사옵니다. 원체 더운 날씨라서 더 맛이 시원하옵니다."

윤비는 여유를 두고 춘원의 수박을 먹는 모습을 곁에서 지켜볼 뿐이었다. 윤비는 부채를 들어 천천히 얼굴에 바람을 일으킨다. 부채는 어디서 볼 수 없었던 한지로 만든 고풍스런 모양으로 속살거리는 듯한 연한 바람결을 만들어낸다.

윤비에게도 더운 줄 모르고 지내던 시절이 있었다. 순종과 지내던 대조전(大造殿)의 천장에는 큰 선풍기가 마룻바닥을 향해 언제고 돌아가고는 했다. 밖으로 나가고 싶지 않았던 그곳엔 지금 아무도 살지 않는다. 윤비는 지금 부채 하나로 긴 여름을 연명하고 있다.

춘원은 윤비가 내준 수박 한 조각을 베어 물고 있으려니, 자신이 사양왕조 아래서 살아온 힘 하나 쓸 수 없었던 선비인 것에 왠지 처연한 생각마저 드는 것이었다. 그러면서 한편으로는 앞에 앉아있는 윤비가 마치 어렸을 적 어머니의 모습이기라도 한 것처럼 정겹게 느껴지기까지 하였다. 어머니는 춘원을 위해 먹을 것을 구해오곤 했다. 작은 밭에다 이것저것 채소도 심고, 참외도 심었지만 수박은 키우지 못했다.

춘원은 어찌 보면 누구보다도 불쌍한 사람이었다. 어린 시절 두 부모는 춘원을 남겨두고 일찍 세상을 등졌다. 홀로 된 춘원이 할 수 있는 것이라고는 그 어느 것도 없는 듯이 보였다. 세상은 넓었지만 돌고지의 어린 도경이의 하늘은 손바닥만 했다. 어머니가 뽕잎을 따던 밭은 당신의 소유가 아니었다. 출가한 딸도 어려울 때는 친정의 소유도 내 것처럼 밀어붙이고 싶은 마음이 들었나 보다.

자식을 둔 어머니의 마음은 무엇에나 집착을 떨치려들지 않았다. 속이 깊은 춘원은 그런 어머니의 마음을 일찍 꿰뚫고 있었다. 뽕밭에서 중심을 지켜준 강아지마저 지금은 세상을 떠난 지 오래인 것을 안다. 그것뿐이었던가. 실단이 와의 애틋한 사랑이며, 문의 누님과의 어쩔 수 없었던 정사마저, 지금은 춘원의 가슴 한편에 오롯이 추억으로 남아있다. 추억은 꼬리만 남아 있는 하늘의 연처럼 더 가볍게 어디론가 떠다닐 것을 염려하기 때문이었을까, 가끔 춘원은 눈을 감고 추억에 거미줄을 치고 있다.

"내 춘원 선생께 얘기지만, 인생을 무겁게만 살아오자니 가끔은 어디론가 소풍이라도 가고픈 마음이 왜 없겠소이까. 마음을 가볍게 할 수 없는 이 굴레와도 같은 옷을 입고 있기에, 때론 그저 하늘에 깃털처럼 떠가는 흰 구름만을 보곤 할 때가 있다오."

어떻게 보면 어린애와도 같은, 아니 인간이기에 가질 수 있는 마음속의 풍경 하나를 펼쳐 보인다. 다소 긴장을 풀 수 없었던 춘원은 미각으로 몸을 풀었으며, 윤비의 한마디에 마음의 긴장을 늦출 수가 있었다.

춘원은 고개를 바르게 두고 눈 끝에 비친 윤비의 모습을 슬쩍 담고 있다. 여자이기에 여민 옷매무새에 앞서, 특수한 지위가 만들어낸 인간 계층의, 문화의 한 단면의 연출과도 같은, 흐트러짐 없는, 표면적으로 최고의 위엄과 색채와 문양이 윤비를, 왕비를 만들어내고 있다는 표현이 옳았다.

"인간이란 다 흐름이 아닌가 하옵니다. 유년시절을 빼면 다 놀이터가 아니듯이 말이옵니다. 소인도 물장구를 치고 놀았던 적이 있사옵니다."

춘원은 말을 해놓고 마치 어린아이처럼 조금은 멋쩍어한다. 사실 윤비도 냇가에 가서 발을 담근 지가 언제인지 모른다. 분명 기억의 저편에 숨 쉬고 있지만, 그것들은 이제껏 고개를 들지 못했다.

간택되기 전, 윤비는 작은 소망들을 가지고 있었다. 아무나가 가 닿을 수 없는 허망한 꿈이라도 좋았다. 고무줄놀이로 발바닥이 공중을 박차 오르는 것만으로도 행복했던 시절. 윤비는 지금처럼 왕비가 되리라는 꿈은 아예 꿈꿀 생각조차 해본 적이 없다. 꿈은 꾼다고 해서 이루어지는 것도 아니며, 꿈과는 너무나 동뜬, 어느 날 잡으려고 하지 않았던 것으로의 붙박힘에 윤비는 어쩔 수 없었다. 모든 게 하늘의 뜻이려니 하다가도, 너무도 힘들고 쓸쓸할 때면 하늘에 대고 투정 아닌 투정을 부린 적도 있었다. 그럴 때면 뜻하지 않게 친정에 두고 온 어머니 생각이 났다.

어머니. 다시 서로 얼굴을 대면할 수 없는 그리운 어머니. 어머니는 가깝고도 먼 나라에 있는 듯이 보인다. 궁궐에 들어오고 나서 어머니와 아버지는 아랫사람이 되어 머리를 조아리게 되었다. 부원군인 아버지와, 부부인인 어머니는 윤비 앞에서 말조차 직접 대화를 주고받는 것도 아니며, 반드시 제조상궁을 통해서만 해야 한다. 벽과 벽 사이에는 살얼음이 존재한다.

"우리가 독립이 된다면 길고 긴 고무줄을 늘려놓고 조선사람 다 모아 하늘을 향해 맘껏 뛰어오르게 하는 그런 놀이를 못할 게 뭐 있겠소. 춘원 선생도 동참할 수 있겠소?"

"못할 거야 없겠사오나……, 소인은 숨이 차서……."

춘원은 마른기침을 두어 번 해댄다. 건강상의 이유를 댔지만 사실은 조선에 고무줄조차 흔하지 않은 게 사실이었다. 현실은 그것만이 아니었다. 저들은 총을 만들어 쏘고는 했지만 조선인들은 고작 나뭇가지를 꺾어 만든 새총만이 자랑거리라도 되는 양 골목을 누비고 있다.

독립의 실현 가능성은 지금도 고종이 살아있을 때와 별반 다를 게 없어 보인다. 하늘이 무너져도 솟아날 구멍이 있다는

데, 무너지지 않은 하늘 아래 솟아나지 못하는 조선. 춘원은 가늠이 되지 않는, 아득한 독립 앞에, 지루한 장마처럼 때론 싫증이 나곤 했다.

누가 뭐래도 아직까지, 춘원은 조선의 독립을 위해 힘썼던 것은 사실이었다. 춘원의 삶 또한 일제의 감시와 감방을 여러 차례 드나들었던, 그야말로 자신의 몸 하나 추스르기 힘든 그로서는 여간 힘든 일이 아니었음을 누가 모를까 싶기도 했다.

윤비는 왕이 있지 않은, 그러나 조선 땅에서 가장 어른인 것은 누구든 부인하기 어렵다. 고종도 순종도 일제에게 부대껴서 제 명대로 살 수가 없었다. 조선은 다른 나라에 피해를 준 것도 아니면서 어쩌자고 일본의 손 안에서 숨도 제대로 쉬지 못하는 신세가 되었는가에 대해서는, 억울함을 어디에 대고 토로해야 할지 갑갑하기만 했다.

왕이 괴롭힘을 당할 때, 그 아래 백성들이야 어떻겠는가는 가히 짐작하고 싶지도 않다. 지배당하고 있는 것이야 말로 영어(囹圄)의 몸과 뭐가 다를 게 있을까 싶어진다. 가만히 내버려 두지 않고 한 나라를 지배하려드는 인간의 욕심이 화를 부르게 한다. 그 저의에 인간의 편협함과 잔인성이 보인다.

서로가 서로에게 웃자고 만난 것은 아니었다. 윤비는 이제껏 이빨을 드러내고 웃지 않았다. 하지만 웃을 날이 한 번쯤 있기를 소망했다. 우리의 영친왕, 그리고 해방이 되는 그날을 위해 윤비는 어쩌면 웃음을 아끼고 있는지도 모른다.

"마마, 너무 낙심은 마시옵소서. 하나님께서, 아니 부처님께서 우리 조선을 잘 보살필 것이 옳습니다. 소인도 두 손을 모으겠사옵니다."

춘원이 두 손을 모으는 듯한 자세를 취하고는 고개를 든다. 창호에 와 닿던 햇빛은 한낮이라지만 아까와는 달랐다.

"내 쓸쓸하고 외롭거든 한번 또 부르리다. 해방의 그 날을 위해 참선하는 맘을 가집시다. 하여튼 고맙소."

춘원은 윤비를 마주보고 뒷걸음질을 치며 가만히 방을 나선다.

"누가 시집을 가거나 장가를 가는 날도 아닌데……."

접시에 담아온 인절미는 가지런하고도 얌전한 맵시로 춘원의 입을 기다리고 있다. 앞에 앉은 김 상궁의 엷은 미소를 뒤로하고, 춘원은 점잖음 따위는 아랑곳하지 않은 채 냉큼 젓가락으로 인절미 한 점을 집는다.

"이 귀한 음식을 주시니 감사히……."

인절미를 입에 넣으니 춘원은 잠시 지나온 시절이 떠올려졌다. 끼니조차도 채우기 힘든 시절, 인절미는 어쩌면 사치품인지도 몰랐다. 쌀로 빚어낸 그 말랑거림의 촉감이 입에 닿았던 순간을 춘원은 잊지 못한다. 몇 점을 입에 넣고 나면 속이 든든하여 삼천리 방방곡곡 그 어디든지 뛰어다니고 싶은 욕구마저 퐁퐁 일곤 했던 적이 있었다.

그 이면에 어머니가 보인다. 어렸을 적 어머니는 고개 넘어 잔칫집에 갔다가 올 때면 자식이라고는 춘원뿐이던 시절, 주머니 한편에 인절미 몇 개를 손수건에 싸가지고 와서는 춘원의 입에 넣고는 했다. 춘원이 인절미를 맛있게 먹고 있을 때 환한 미소를 머금던 어머니의 표정이, 지금 앞에 앉아 있는 김 상궁과 같지는 않았지만, 조선의 땅에서 대를 이어가며 태어난 한 여성인 것은 분명했다. 그런 생각이 치밀자 바로 눈앞에 있는 김 상궁이 퍽이나 가련한 존재인 것처럼 느껴지기까지 했다.

윤비의 음성은 바람에 씻겨간 듯 들려오지 않고 있다. 김 상궁은 사실 세상의 것들이 궁금하기도 했다. 그만큼 궁궐은 세상을 은폐시키기 십상인 것이었다. 여태껏 김 상궁의 존재의 의미는 오로지 윤비였으나, 그렇다고 왕비를 모시는 상궁들은 숙맥처럼 살아가리란 법은 없다. 게다가 지금 조선엔 영친왕마저 있지 않다. 더 이상 잃을 게 없다지만, 자칫하다가는 이곳 낙선재마저 어떻게 될지 누구든 알지 못한다.

춘원이 물그릇을 들어 한 모금 마시고는 제자리에 내려놓는다. 뒤란에 머물러 있던 바람을 어디선가 불어온 바람이 밀어 냈다. 그 바람은 열린 창호문을 통해 춘원의 이마를 훑고 지나간다.

"우리가 뭐를 잘못했기에 한두 해도 아니고, 이렇게 지내야 한답니까?"

김 상궁이 어린애 투정하듯 그동안 담아두었던 어둠의 속내를 드러낸다.

"누구의 잘못이라고 이제 와서 따져본들 무슨 소용이 있겠소만, 다 모두의 부족의 소치가 아니겠소이까."

"우리의 못함이 뭐가 그리 있단 말입니까."

"사실 저들에 비해 뭐든 잘난 것이 없소이다. 경제력뿐만이 아니라 다 알고 있듯이 병력에 따른 무기는 우리 조선과 견줄 바가 아니지요. 군국주의 선봉이라 아니할 수 없는 대국이지요."

"그럼 우리도 비행기도 만들고 총도 만들면 되지 않소이까?"

김 상궁은 곁에 장난감 무기라도 있었더라면 들어 보일 듯했다.

"양반 타령이나 하고, 게으른 자들에겐 주어진 거라고는 뭐가 있겠어요. 그저 그늘 밑에 누워서 담배나 피워대면 그만 입죠."

춘원이 작심을 한 듯 한마디 한다.

"우리에 임금님은 술도 담배도 입에 넣는 걸 본 적이 없소만, 어찌하여 노심초사 눈치만을……."

눈으로 보았던 착한 임금 고종. 그 아드님인 순종은 말할 것도 없거니와, 둘이 앉아있노라면 일제도 부러워할 정도였다. 잠시라도 못된 일에 종용하며 임금을 기만하려드는 자들로부터, 세상의 것들을 내려놓고 부모와 자식 간의 깊은 애정이 밤늦도록 샘솟았던 적이 있고는 했다. 그럴 때면 지나가던 바람도 잔잔한 숨결에 날개를 접고 창가에 고개를 내미는 듯했다.

"그러나 그렇다고 우리의 조선이 그냥 주저앉을 수는 없소이다. 임진왜란이 그러했으며, 안중근의 정신은 결코 저버릴 수야 없지요. 그러나 지금……. 휴우……."

조선은 아직 안개 속처럼 그 어느 것도 보여주지 않고 있다. 작은 움틈이 이곳저곳에서 봄 길의 아지랑이처럼 피어올라 주기를 바랄뿐이었다.

"때론 듣기도 싫은 일본어를 배워야함에 심적인 부담도 되고……."

"그래도 알아야 되지요. 어떻게 공부할 시간이……."

"마마께옵서 공부하실 때 소인 어깨 너머로 배웠지요."

"황후께서도 일본어를……?"

"어디 일본어뿐입니까. 영어도 공부하시고, 새로운 문물을 받아들이는 걸 마다하지 않으시옵니다."

춘원은 오늘에 와서야 윤비를 조금이나마 알 것 같았다. 이제껏 궁궐의 벽은 그만큼 낮지 않은 탓도 있었겠지만, 사실 춘원은 개혁의 물결을 마다하지 않은 인물인 걸 스스로 알고 있다.

지금껏 이조 500년 역사가 해놓은 것이 무엇이며, 제대로 하지 못함이 과연 무엇인가에 이르러서는 부아마저 치밀었던 춘원이었다. 역사의 뒤안길에서 춘원은 저 언덕 아래의 것들의 잘잘못을 이제 와서 따져보았자 엎질러진 물과도 같은 조선. 그 땅을 지금 그는 밟고 있다. 춘원으로서도 어찌할 수 없을 때의 회한이란…….

춘원도 가끔 아픈 몸이었음에도 술을 마시곤 했다. 속이 답답해서였다. 과연 춘원만이 그러했을까? 그렇지 않아 보인다. 잔잔한 호수 밑처럼 조선 땅에 평화로운 사람은 조선 사람이라고 할 수 없었다.

"메아리처럼 공허한 바람만이 궁궐을 지키고 있음에 그 안에 사는 사람들의 심정을 묻지 않을 수 없소이다."

열린 뒷문으로 보이는 담장을 바라보며 춘원이 김 상궁의 의중을 엿보려 하고 있다. 김 상궁은 잠시 고개를 들어 상량 쪽을 바라보고는 슬며시 고개를 내린다.

"상궁으로서 자부심을 잃지 않았던 것만으로도, 살아온 것에 감사할 따름이옵지요. 하오나 소인도 사람이거늘…… 어딘들 왜 날고 싶지 않았겠어요. 갇힌 새들은 밖을 소망하지만, 소망한다고 해서 열리는 것이 아닐 때는 자신을 닫고 사는 인내가 왜 필요하지 않겠어요."

마치 앞에 앉은 춘원이 오라버니라도 되는 양 가슴에 담아두었던 것들을 내놓는다.

"조선의, 궁궐의 한 관례로 보아야겠지요. 운명이라 아니할 수 없겠소만, 어찌 보면 틀에 박힌 삶일진대 자신의 삶은 저만치 물러가게 해놓고 산다는 게 쉽지는 않겠지요."

춘원의 말 한마디에는 그동안 마디마디에 쌓였던 쇠사슬과도 같은 고리를 풀어주는 것처럼 김 상궁의 가슴에 위안이 되어주고 있다. 김 상궁이 버릇처럼 앞뒤를 훑어본다. 쥐새끼 하나 얼씬하지 않고 있다.

"힘들 때가 없었다고 말할 순 없겠죠. 그래도 어떡합니까. 다 제 운명이지요……. 이제 와서 부모님 탓이라고 돌릴 수도 없겠지요. 매일 아침 궁녀의 복식인 남치마에 옥색 저고리를 입을 때면 그래도 오늘 하루 마마께옵서 강녕하시옵기를…… 하고는 하루를 열지요. 더 이상의 행복은 없다, 라고 믿으며……."

그러면서 김 상궁은 버릇과도 같이 두 손을 모아 합장한다.

날고 싶은 마음을 금세 가슴에 접어둔다.

"누구든 맡은 바에 충실하면 그것으로 되는 것이지요. 세상이 바뀌니 어디 불충한 신하가 한둘이었겠소만, 어느 시대고 충신은 있게 마련 아니던가요?"

"그러시면 춘원 선생께서 충신이라 생각하시고 우리의 영친왕을 한번쯤 힘써주심이 어떠하신가요. 그 필치로 무엇인들 못 하오리오만은……."

춘원은 잠시 고개를 들어 천장을 바라본다. 단청도 하지 않은 맨얼굴의 서까래가 서로 악수를 하고 있다. 하지만 지금 조선과 일본은 서로 맞물린 서까래가 될 수 없었다.

"소인도 실은 끝까지 공부를 하지 못하여서 그리 훌륭한 인물이 아니올시다. 그나마 오늘에 이르러 궁궐에 오게 된 것도 다 윤황후의 부르심 아닙니까."

춘원은 자신의 부족함의 소치로 둘러대고 있다. 영친왕은 조선에 살고 있는 그 어떤 사람에게 있어서도 황태자였다. 그러나 세상은 그를 내버려 두지 않았다. 세상이 허물어지는 날 영친왕은 세상 앞에 얼굴을 내밀 수 있을지, 지금으로서는 그 누구도 장담할 수 없다. 그만큼 세월은 영친왕의 편에 있지 않았다. 거친 바람을 꿋꿋이 이겨내는 것만으로도 영친왕으로서는 어쩌면 다행한 일인지도 몰랐다.

"참선하심이⋯⋯."

호주머니에서 물건을 꺼내듯 툭 던지는 춘원의 말에서 건질 거라고는 그 어느 것도 없는 듯이 보인다.

"참선은 늘 하옵지요. 좋은 묘안이라도 있다면야 무슨 수를 써서 라도 우리의 영친왕께서 조선 땅에 올 수 있도록 해야 하겠지요. 그렇게만 된다면 저희로선 더 바랄 게 없겠지요."

조선의 황태자 영친왕. 왕족 중에서 단 한사람의 황태자의 책봉은 그리 만만하게 주어지지 않는다. 실상 주어진다 해도 그걸 지켜냄 또한 순탄하지 않다는 걸, 영친왕은 보여주고 있다.

일찍이 영친왕의 존재는 민비의 주검에서 기인했다. 민비 시절 고종의 승은을 입고 궁 밖으로 쫓겨났던 영친왕의 어머니 엄비는 다시 궁 안으로 들어설 엄두도 내지 못했다. 그만큼 민비의 기세는 시아버지인 흥선대원군마저 이국땅으로 쫓겨 갈 만큼 드셌다. 그 틈바구니에서 엄비는 고종의 승은을 입는다 해도 앞날이 보장되지 않았다. 후에, 아관파천에 앞장을 서게 됐고, 그렇게 해서 고종의 품에 가까이하기에 십상인 비좁은 러시아공관은 그야말로 둘만의 세계를 꿈꾸기에 제격인 곳이 되었다.

엄비는 그곳에서 승은을 입은 후, 치마를 둘러 입고 나오지 않아도 되었다. 왕과의 승은의 표시인 치마 둘러 입고 나오기는 엄비에게 해당되지 않았다. 그만큼 고종의 상대로 자리를 견줄 만큼, 누구든 엄비를 물리칠 상대가 되지 못했다.

"아이고, 내 정신 좀 봐. 내가 이러고 있을 때가 아니지. 마마께 올릴 수라상을 마련하지도 않고……."

김 상궁은 그제야 자신이 윤비의 곁을 떠나 있는 것을 새삼 느끼기라도 하듯 일어설 채비를 한다.

춘원은 그 눈치를 놓치지 않고 자리에서 먼저 일어난다. 수강재(壽康齋)라고 쓰여 있는 현판이 춘원의 등 뒤로 물러났다. 이제 언제 궁궐을 찾을지 알 수 없다. 궁궐과는 애당초 인연이 없는 걸로 알았던 춘원이 아니던가.

춘원은 방랑객도 아니오, 그렇다고 처박혀 글줄만을 읽어대는 외곬수도 아닌 바에야, 또 다른 곳에 가서 정신을 가다듬고, 수많은 생각의 집결체인 글을 써야 함은 물론이다. 삶과 글쓰기는 춘원의 업보가 아니던가. 하지만 때가 되면 해가 지듯이 쨍쨍하던 태양은 어느새 스멀스멀 온 누리를 비추지 못한다는, 가장 평범하고도 진리인 우주의 섭리를 깨닫지 못하는 것과도 같이, 때론 조선과 일본에 대한 미래의 갈피를 제대로 짚어내지 못하는, 그래서 그도 신이 아닌 한 인간으로 살아가는 중생에 다름 아니었다.

춘원은 아까 왔던 길을 되짚어 가고 있다. 궁궐을 들어올 때 공중에 떠다니던 그 많던 잠자리는 다 어디 가고 쓸쓸히 무리를 잃은 잠자리 몇 마리가 춘원의 눈앞에 아른거린다.

어느덧 이글거리던 태양도 한풀 꺾이고 있다. 곧 궁궐에 찾아들 낙조(落照). 이곳은 어쩌면 온통 낙조의 빛으로 살아가고 있는지도 모른다는 생각을 가지게 한다.

어둠이 노을을 삼킬 즈음, 궁궐로 숨어드는 새들과 몇 마리의 쥐들은 윤비의 눈에 보이지 않을 뿐 그 어디고 찾아들 게 뻔해 보인다. 고요함이 새를 부르고, 새의 부름 속에서 작은 미물도 살아가기를 꿈꾼다.

춘원이 궁궐의 입구에 얼추 다다를 즈음, 빈 공간에 침입한 풀들의 뽑힘을 보았다. 한곳에 모아진 풀들. 누군가가 빈 공간이어야 할 땅에 침입한 풀들의 물구나무서기를 해놓은 모습. 저것들은 필요에 따라서 약초도 되고 잡풀도 되고는 한다. 인간이 규제하는 공간에 침입한 풀들은 언제고 그 땅의 주인에 의해 제거된다는 사실을, 아무데나 생겨난 풀들은 알지 못한다. 뽑힘이 있는 줄 알았더라면 저 풀들은 필연 그 자리에 있지 않고 풀의 군락을 이룬 저편에 서서 뿌리를 박고 방긋 꽃도 피우고 했을 것이다.

춘원은 발을 잘못 들여놓았다가 뿌리가 하늘로 향하고 누워 있는 풀들의 진실을 들여다보려 한다. 하지만 아직 사물의 이치를 속속들이 지각하지 못한 채 눈을 다른 곳으로 옮기고 있다.

민족의 소원인 해방은 요원해 보이지만, 아직 춘원의 마음은 조선의 편에 있다. 식지 않는 태양처럼 춘원의 마음도 변하지 않기를 기대하는 것은 망상일까? 다 식지 않은 태양은 춘원의 등 뒤에 매달려 있다.

별장이라는 곳

"마마, 정신을 차리옵소서……. 이렇게 누워만 계시면 아니 되옵니다."

윤비의 귀에는 아무것도 들리지 않고 있다. 여기가 어딘가. 반쯤 열어놓은 창문을 통해 보이는 저 나뭇가지에 앉은 새들이 윤비를 부르는 것만 같았다.

새들도 저마다의 집을 가지고 있다. 둥지 잃은 새는 어디고 보이지 않고 있다.

이곳으로 오는 동안 윤비는 이내 눈을 감아버렸다. 이따금 눈을 떠보지만 눈에 잡히는 것은 아무것도 없었다.

나무를 배경으로 드러난 인색한 하늘 한 점. 거기엔 선조들의 지나온 과거가 걸려있다. 하늘은 안다. 하늘에 떠다니는 구름만도 못한 신세가 되어버린 지금, 윤비는 아무 것도 바라지 않는다. 이제껏 어떻게 살아온 것이 중요하지 않게 되었다. 버려진 것에도 꿈꿀만한 기력을, 곁에 있는 상궁들이 자꾸만 북돋아주려 하고 있다.

처음으로 밟아 본 깊숙한 어느 산속. 이승만은 윤비를 이곳으로 내몰았다. 그가 별장으로 쓰던 곳을 잠시 빌려준 셈이었다. 이름하여 정릉의 인수재.

예로부터 왕은 10리 밖에 나가지 않는다는 관례가 있어, 왕과 왕비는 궁궐 밖을 나가는 일이 극히 드물었다. 윤비는 그 금기를 깼다.

이곳은 사람소리가 들리지 않는다. 바람소리, 새소리가 전부가 되었다. 보이는 것이라고는 푸르름을 빼고 나면 아무것도 없는 듯했다. 달랑 건물 하나 놓여 있고, 손바닥만 한 정자 옆으로 몇 그루의 심어진 나무를 따라, 한편에 버려진 밭뙈기 하나가 놓여 있었다. 그 옆엔 작은 연못 하나가 자리해 있다. 그곳은 언뜻 보면 밭의 젖줄처럼 보였다. 밭을 등진 높다랗게 펼쳐진 나무 숲. 거기에선 이따금 들리는 새소리마저 처량함을 더해주고 있다.

윤비는 안다. 세월은 발버둥 친다고 해서 달라지지 않는다는 것을, 6·25라는 전쟁을 통해서 알게 되었다. 전쟁의 끝은 윤비에게 아무런 희망을 가져다주지 못했다. 그 끝에 새로운 어둠의 장막이 앞을 가리고 있을 거라고는 누구도 예측할 수 없었다. 윤비도 어쩌지 못하고 영친왕이 그러했듯 이곳으로 끌려오다시피 했다.

윤비는 아무래도 좋았다. 윤비에겐 세월을 요리할 수 있는 아무런 권한과 욕심마저도 저 하늘에 날려 보낸 지 이미 오래인 것을 안다. 윤비는 내 집 하나 갖는 것이 소원이 되어버렸다. 사양 왕조에서 얻을 것이라고는 그 어느 것도 없는 듯이 보인다.

열린 경무대.

세상이 가라는 대로 가서, 그 모든 과거를 잊고 살아야지 하면서도, 한편으로는 부아가 치밀어 견딜 수가 없었다. 내 집으로 간다는데……, 그것마저 거부당해야 하는 윤비는 세상을 등지고도 싶었다. 죽지못해 살아가는 삶이 어떤 것인지를 윤비는 앞으로 알 필요가 없게 되었다. 그 한편에 이승만의 모습이 보인다.

"이게 누구십니까?"

윤비가 들어서자 이승만은 앉았던 의자에서 몸을 일으키며 앞에 놓인 의자에 가서 앉는다. 이승만이 손짓으로 내준 의자에 윤비가 꼿꼿한 자세로 자리를 잡는다. 둘은 이렇게 앉아보기는 이번이 처음이었다.

윤비는 처음으로 정중앙에 앉아보지 못하고 이승만의 곁에 모로 앉아있다. 순간 세상의 반대편에 선 듯했다. 하지만 윤비는 아무런 내색을 하려들지 않고 있다.

경무대와 달리 궁궐은 굳게 잠겨 있다. 윤비는 세상이 달라진 것에 아직 익숙하지 못하다. 하지만 차츰 익숙해져야 한다는 것도 모르지 않는다. 투정은 하늘이라고 해서 받아줄 리 만무하다.

"그간 고생이 많았지요?"

이승만이 윤비를 슬쩍 바라보며 의례적인 투로 입을 뗀다. 사실 고생으로 말하자면 너나 할 것 없이 죽기 살기로 버텨왔던 것을 가만하면 윤비 역시 이렇게 온전히 살아남은 것만으로도 어쩌면 다행인지도 모른다. 전쟁의 참혹함을 겪어본 사람은 누구든 그 전쟁을 떠올리고 싶어 하지 않는다.

"그야 이 박사께서 이래저래 더 애쓰셨겠지만 서두, 우리 조선이 다시 일어설 기력이 있다는 것이 얼마나 다행인지…… 다 선조의 보살핌이 없고서야……."

윤비는 마치 참선하듯 허공에 대고 고마움의 표시를 하고 있다.

"이렇게 일어선 것도 그 밑바탕에 많은 희생이 있었기에 가능했지요."

"싸움이야 예전에도 일어났지만 이런 민족적 이념의 전쟁은 이제 다시 있어서는 안 되겠지요. 겪어서는 아니 될 전쟁이었음을 이 민족은 큰 교훈으로 삼아야겠지만, 앞으로 이 박사께서 나라를 하나로 잘 뭉쳐서 이끌어 가시리라 믿습니다."

윤비는 이승만의 업적 따위를 말하는 게 아니었다. 다만 그래도 이런 자리에 와서 스스로 말한 서로 떨어져서는 안 된다는, 그래서 뭉쳐야만 산다는 이승만이 누누이 말한 뜻을 은근히 내비친 꼴이 되었다.

"우리 민족은 이제 앞으로 나아가야 합니다. 통일의 힘을 우리가 키워야지요. 혹자는 날더러 미국 어쩌고 하는데, 난 원래 미국을 좋아한 사람은 아니올시다. 이 좁은 땅에 어디 설 곳이 있었습니까?"

"……."

윤비는 잠시 말을 아끼고 있다.

"사실 겨를이 없었지요. 어느 날 탱크가 느닷없이 서울을 밀고 들어오는 판에 어쩌리오. 세상이 이토록 뒤집히리라고는……."

그땐 윤비마저도 어찌해야 좋을지 정신을 제대로 차릴 수 없었던 게 사실이었다. 전쟁은 상대방이 알아차리지 못할 때 느닷없이 밀고 들어왔다.

"다 우리와 같이 위에 있는 사람들의 잘못이 없다고 말할 순 없지요. 아무튼 전쟁은 사람이 겪을 게 못되는 것을 조선 사람이면 다 알았을 것이오. 이제부터라도 이 박사께서 나라를 잘 보살핌이……."

윤비는 안다. 다시 왕조의 탄생은 없을 거라는 것을. 영친왕은 지금 한 가정을 지키는 것에도 여유롭지 못하다. 일본도 전쟁의 상처가 아직 아물지 않았다. 전쟁이 끝나자 군복을 벗어야했던 영친왕은, 전쟁이 인간에게 이로울 것이라고는 아무 것도 없음을 이제야 알게 되는, 인간 속에 꿈틀대던 싸움이라는 욕심의 결과는 상처만을 남긴다는 것을 배웠다.

이제 영친왕의 존재는 일본에서 아무런 쓸모가 없게 되었다. 이미 조선엔 이승만이 버티고 있다. 영친왕은 이승만의 적수가 못되었다. 사람은 때가 있는 법이다.

"지금은 예전과 같지 않습니다. 국제 정세에 밝아야 합니다. 따라서 개방의 시대로 가야 합니다. 갇혀서는 아무 것도 얻지 못하고 또 당하지요."

"늘 당하지 않았던가요? 일제 시대 때도 우리 조선은 수많은 핍박 속에 살아야 했고, 또 그 이전엔 어땠습니까. 임진왜란을 비롯 6·25까지 도합 열 번이나 외부의 침입을 받아왔지만 그때마다 선조들이 잘 버텨왔기에 지금의 우리가 존재하지 않나요."

윤비는 그래도 선조들의 헤쳐 나온 과거를 깎아내리려 들지 않고 있다.

"여하튼 앞으로는 사람이 죽지 아니하는 평화로운, 사람이 살 만한 곳을 만드는 것이야말로 이 국민의 바람이 아니겠습니까?"

그것은 윤비의 바람이기도 했다. 이승만은 잠시 사이를 두고 다시 입을 연다.

"전쟁으로 잃은 것은 생명이요, 그 희생 또한 우리가 채워야할 것이오. 안타깝지만은 어떡합니까. 인구의 증식도 아마 필요할 것입니다."

이승만은 여유 있는 표정으로 슬쩍 창문 쪽으로 눈을 두고 있다.

"우리 조상은 지혜가 있으니 분명 이 어려운 난국을 헤쳐나가리라 봅니다. 전쟁에 사람이 수없이 죽고를 반복해도 조선은 그때마다 굳건히 일어섰으며, 그 인구도 배가된 것을 보면 놀랍기도 하거니와, 우리 민족은 또 번창할 것입니다. 과거에 우리가 어땠습니까. 임진왜란 땐 인구가 400만으로 줄었던 것이, 영조에 와서는 700만으로 불어나서는 구한말에는 1300만이 되었다가 지금은 3000만이 아닙니까. 물론 한반도를 통틀어서 말이지만, 이젠 곧 남한만도 3000만에 달할 것이며, 그러다 보면 5000만도 불가능해지는 않을 것입니다."

윤비는 아는 대로 사실만을 이야기 하고 있다. 윤비의 말이 끝나자 이승만은 고개를 한번 갸우뚱 하고는,

"그렇더라도 싸움만은 그렇다고 볼 수 없습니다. 지금은 양보다 질의 시대입니다. 물론 중국이 이번에 수많은 군사를 앞세워 밀고 들어왔지만, 앞으로는 그렇게 싸워서는 곤란합니다. 국력은 양질의 것이어야 전쟁의 억제력을 가질 수 있지요. 그것을 위해서 미국과의 관계도 필요할 테고…… 그러자면 거기에 맞는 사람이 과연 누구냐? 국민들은 다 알 것입니다."

"……"

윤비는 더 이상 말을 잇지 않는다. 윤비로서는 국가의 장래를 이끌어갈 주인을 말하러 온 게 아니었다. 이제껏 세상을 낮추는 법이 무엇인가를 염두에 두지 않고 살 수는 없었다.

윤비는 흐르는 물을 막아 다시금 가두고 새롭게 이 민족을 이끌어갈 그 어떤 힘도 없다는 걸 알아온 지 이미 오래 되었다. 새로운 것에 끼어든다 해도 이미 역사는 꽤 흘러갔다. 영원히 궁궐에 빛이 밝혀 있으리라는 믿음은, 그러나 순종 승하 이후 그나마 남아있던 흐릿한 불씨마저 이미 재가 되어버렸다. 홀로

남아있는 존재는 언제고 처량함을 먹고 살아야 한다는 걸 몸소 느끼고 살아온 삶이었다.

"순종께서 떠난 지도 꽤 오래 되었지요?"

윤비 쪽으로 고개를 돌린 이승만의 입가에 묻어난 알 듯 말 듯한 엷은 미소가 윤비의 기분을 썩 좋지 않은 쪽으로 몰아가고 있다. 자칫 비아냥거리는 투로 들릴만했다. 사실 조선 사람이면 누구나 묻지 않아도 될 말인지도 모른다. 이제 20여 년이 넘은 세월이 말해주듯 순종의 떠올려짐도 그만큼의 간격을 넓혀놓았다. 오래도록 윤비 곁에 순종이 살아있었다면, 오늘과 같이 이승만을 만나지 않아도 되는지 그 누구도 알 수 없다. 권력 앞에서는 그 누구도 다툼이라는 무기를 드러낼 것이고 보면, 결국 어느 한쪽은 상처만을 안은 채 쓸쓸히 저물어가는 해를 바라보게 될 것이다. 그래도 윤비는 작은 희망 하나를 건지러 왔다.

"그러면 이제 윤황후께서는 어디로 가시렵니까?"

이승만은 이제껏 눌러왔던 마음의 칼 하나를 뽑는다.

"그야 내 집으로 가야지요."

지금 윤비는 이승만의 칼을 받을 준비가 되어있지 않다. 윤비의 말은 하나도 틀리지 않는다. 윤비는 집을 가지고 있는 새와도 달랐다. 집이란 평민이라고 해서 가지지 않으리라는 법은 없다. 윤비는 조선의 왕비였다.

"내 집이라니요?"

이승만은 따지려는 듯 윤비의 얼굴을 지긋이 바라보며 말했다. 어느새 이승만의 앉음새는 달라져 있었다. 뒤로 누우려는 듯 고개가 아까보다 훨씬 뒤로 젖혀져 있다. 누가 보아도 거만을 넘어서 무시하는 태도로 보인다.

"낙선재가 내 집인 것은 모두가 알지 않습니까?"

윤비 또한 상대가 이승만이라고 해서 고개를 굽힐 듯한 모습은 어디고 보이지 않는다.

"이제 거긴 누구의 집도 될 수 없습니다. 다 국가에서 관리하게 되었습니다. 누구든 들어가서는 아니 됩니다."

이승만은 언제나처럼 눈 밑을 미세하게 떨었지만, 이제껏 어지간한 일에는 얼굴 표정 한번 바뀌지 않던 윤비의 얼굴엔 일순 파르르 경련이 일면서 대번에 굳어졌다. 어이가 없다는 말이 입가에 맴돌 뿐이었다. 여태껏 살아왔던 집. 그 집이 불에 타서 없어졌단 말인가. 도시 윤비의 눈앞엔 하늘에서 늘어뜨린 두레박 하나 걸려 있지 않았다. 세상의 일이란 왕비에게도 다르지 않다는 걸 윤비는 겪고 있다.

"낙선재가 누구의 집이던가요. 바로 내 집입니다. 내 집으로 간다는 데 뭐가 잘못 됐단 말이오."

윤비는 겨우 맘을 가다듬고 다시 입을 뗀다.

"허허, 그러실 게 아닙니다. 지금의 현실을 잘 아실 텐데…….
이제 왕조는 존재하지 않습니다. 그러니 국가에서 궁궐을 관리
해야 함은 물론이지요."

"그래요?"

그래요, 라는 말에 억양을 높였으나, 그것은 마지막 남아 있
던 잎새 하나가 힘없이 떨어진 것과 다르지 않다. 윤비 곁에 버
티고 서 있던 상궁들마저도 숙였던 고개를 든다. 상궁들은 오
로지 윤비를 위해 존재하고 있다는 듯 이승만을 바라보는 시
선은 고울 리 없다. 아무리 경비가 삼엄한 경무대라고는 하지
만, 어떠한 경우라도 개의치 않으려 하고 있다. 어떤 상궁들인
가. 잘못된 경우라면 가차 없이 목을 베곤 하던 궁궐이 아니
었던가. 거기서 보낸 세월은 하릴없이 고개만을 숙이며 살아
온 삶은 아니었다.

"대신 다른 곳을 준비해 놨으니, 그리로 가서 쉬어야 합니
다."

이승만의 약간 떠는 듯한 특유의 음성은 너무나 차갑고 완
고해서 마치 신하에게 명령이라도 하는 것 같았다. 어이없음이
윤비의 가슴을 잡아 뜯고 있다.

이승만은 언젠가 개혁에 뛰어들었다가 감옥까지 갔던 적이

있었다. 그 뒤편에 의친왕이 있었다. 의친왕의 옹립은 화를 불렀다. 그러나 그때 그를 덮어준 게 윤비의 시부인 고종이 아니던가. 그때의 은덕을 그는 잊었단 말인가. 굳이 은덕을 따지지 않더라도, 그는 한때 양녕대군의 16대손이라고 자처하며 다니지 않았던가.

명령만을 해왔던 윤비는 처음으로 이승만의 명령을 받아야만 했다. 그것은 사양왕조의 낙조와도 같았으나, 한편으로는 한 개인의 퇴락과도 같은 거였다.

윤비 앞에 밤길이 나타났다. 아무도 보이지 않는, 그야말로 별 하나 깨어있지 않은 밤. 밤하늘엔 초승달 하나라도 품을 기세가 없어 보인다. 길 없는 길. 짚어도, 짚어도 허방인 듯싶은, 암흑과도 같은 빛 한 점 들지 않는 동굴 속으로 들어온 느낌이 들었다.

곁에 있는 상궁들은 윤비를 부축하려든다. 아무래도 윤비의 안색이 심상치 않았기 때문이었다. 상궁들은 윤비의 마음을 꿰뚫고도 남았다. 속이 부글거리기는 곁에 있는 상궁들도 다르지 않다. 하지만 울분과 굴욕의 상처를 보듬어 안아야 하는 책임이 상궁들에게 없지 않았다. 윤비의 표정 하나 하나를 먹고 사는 게 어쩌면 상궁인지도 몰랐다.

이승만은 문을 빠져나가는 윤비의 뒷모습을 얼핏 보았다. 상궁들 사이로 드러난 윤비의 뒷모습은 또 하나의 스러지는 석양빛과도 같았다.

이승만은 스러져가는 빛을 아무렇지도 않게 바라보다가, 다리를 포개 앉은 채 담배 하나를 꺼내 입에 문다. 담배연기는 잠시 눈앞에 아른거리다가 연기의 집인 듯 천장을 향해 소리 없이 피어올랐다. 천장에 닿은 연기는 아무런 반향음도 남기지 않은 채 사방으로 흩어지며 형체를 잃어갔다.

밤하늘을 올려다본다. 아직 작은 입자의 수분은 하늘에서 뿌려주지 않고 있다. 암청색의 높다란 하늘에 매달려 있는 별들. 그러나 시선을 내려오다 보면 별들의 반짝임은 그 끝이 길수록 어둠을 밝혀내지 못한다. 별들의 배경은 오늘도 밝지 않다.

다시 지상에선 별들의 잔치가 한창이다. 제각기 몸통에 불빛을 달고 어디론가 날기를 반복한다. 나는 것들에도 필연 인생의 살아가는 한 과정처럼 분명 목적과 순리에 의한 것임을 소리 없이 지구상에 드러내 보이려 하고 있다. 거리는 일정하지 않으나 그 개체수가 하나가 아님을 서로 뽐내고 있다. 불빛들은 윤비의 눈을 사로잡는다. 아니, 어렸을 적 추억을 건져내고 있다. 그 배경에는 부모가 있었기에 아름다운 추억도 가능했다. 그 때의 반딧불이는 부모보다 먼저 세상을 떠났을 게 분명해 보인다. 그런 것을 생각하니 윤비는 참으로 오래도록 산 느낌이 들었다.

어둠은 반딧불이의 선명도가 말해준다. 어둠이 짙을수록 가슴에 매단 불빛이 더 투명하게 드러난다. 그것들은 창자 하나 드러내지 않고 불빛만을 반사하는 맑디맑은 갑충류의 맨 위에서 모두의 등불이 되어주고 있다.

어렸을 적 윤비는 무수히 떠있는 별들을 보러 밖으로 나갔다가 그만 불빛을 달고 허공중을 날아다니는 반딧불이에 반해버렸다. 풀숲에 앉곤 하던 반딧불이. 그 반딧불이를 윤비는 이때다 싶어 성큼성큼 달려가서는 그 불빛을 움켜잡곤 했다. 그런 짓거리에서 멀어질 즈음 윤비는 궁궐에 들어왔다.

반딧불이는 윤비의 손아귀에 쉽게 들어오지 않고 있다. 이리 쫓고 저리 쫓고를 반복해야 했다. 몸은 어릴 때의 그것처럼 가볍지만은 않았다. 그래도 좋았다. 반딧불이는 윤비의 손아귀에서 붉은 빛을 토해냈다. 윤비의 아담한 손가락 사이를 비집고 나온 불빛은 마치 궁궐의 곳곳을 비춰주던 등불과도 같아보였다. 운치와 예절이 숨 쉬던 궁궐은 이제 다시 볼 수 없게 되었다.

이렇게 밤이 되면 불빛만을 쫓아 반딧불이를 잡으며 어디론가 걷고 싶어졌다. 윤비는 아무 것도 할 수 있는 게 없다. 궁궐을 떠난 왕비는 자연만을 먹고 살 수는 없었다. 왕비의 고통은 울타리를 벗어나는 데 있다고 해도 과언은 아니었다. 길들여지고 키워지는 데 걸린 세월이 한순간에 허물어지고 갈 곳마저 캄캄할 때는, 죽은 앞날과도 다르지 않았다. 윤비는 그 길을 몇 해를 밟아왔다.

지척을 분간하기 어렵게 되자 처음엔 불안감 따위가 슬며시 찾아왔다. 그러다 어둠에 익숙해지자 차츰 견딜만했다. 바로 옆은 도랑이 있는 곳이기도 했다. 자칫 발을 헛디뎌 넘어질 뻔했다. 왔던 길을 되짚어보니 낮에 한번 왔던 곳 같았다. 그땐 두 상궁이 곁에서 부축을 했기에 편히 걸을 수 있었다. 윤비는 혼자 걷는 것에 익숙하지 않았다. 윤비 곁엔 언제나 상궁들이 병정과도 같이 지키고 서 있다.

아무래도 좋았다. 저 날아다니는 반딧불이는 될 수 없지만 이렇게 밤을 혼자서 껴안는 것도 그리 나쁘지 않았다. 다행히 짐승이나 가시덤불과 같은 것들은 윤비 앞에 나타나지 않았다. 다만 저만치의 골짜기 어디선가 소쩍새의 울음만이 윤비를 부르고 있는 것만 같았다. 이렇게라도 밤새 걸어서, 그렇게 해서 다다른 곳이 궁궐이라면 얼마나 좋을까 싶기도 했다. 하지만 끝이 보이지 않는 길. 밤하늘과 들길은 한없이 열려있건만 윤비는 지금 가야 할 곳을 찾지 못하고 있다.

윤비는 잠시 풀숲에 앉았다. 고개를 들자 무수히 박힌 별들 중에서 쏜살같이 아래로 떨어지는 별을 보았다. 괜히 서글퍼졌다. 꼭 자신을 흉내 내는 것만 같아서였다. 하늘의 꼭대기에서 떨어지니 그 맘이 오죽할까. 이름 없는 별들이기는 하지만 가족과도 같이 옆에 있는 별들을 두고 떠나는 마음 어떨까 싶기도 했다.

윤비가 바라본 하늘은 자손이라는 선물 하나 남겨 주지 않았다. 하늘을 원망해 보아야 서글프기는 매한가지인 것을 안다. 상궁들만이 그 심정을 안다. 곁에 있어서가 아니다. 생산할 수 있음에도 어쩔 수 없을 때의 심정이란, 하늘이 준 대로 믿으려 하다가도 때론 심술을 느끼곤 할 때면 아무 데고 주먹질이라도 해대고 싶을 때가 있는 법이다. 왕비고, 상궁이기 이전에 한 여자로서의 상실감이 없다고 말할 수는 없기 때문이기도 하다. 윤비는 떨어지는 별에게도 필연 이유가 있을 거라는 믿음을 가지려 한다. 그게 편했다. 윤비는 예고도 없이 떨어지는 별과도 같은 것이 인생인 것을 새삼 밤하늘을 보며 배우고 있다.

"마마, 마마, 어디 계시옵니까?"

"마마, 어디 계시와요?"

각기 다른 음성이 저만치에서 어둠을 뚫고 반복해서 들려왔다. 누구를 부르는 것인가? 저 부르는 음성에도 뜻이 있어서 부르거늘, 나 때문에 괜히 이곳까지 와서 고생이구나, 라는 생각이 들자 그림자처럼 평생을 따라 다녀야 하는 두 음성 앞에 윤비는 그만 어디고 숨고도 싶었다. 영원한 것은 아무 것도 없다는 것을 가슴에 새기는 것만이 전부가 아닌 것을, 상궁들의 음성이 일깨워 주고 있다.

윤비는 순간 갇혔다. 어둠에 갇히는 것은 뚫고 가면 되었지만 사람에게 보여 지면 상대는 자유롭지 못하다. 그 상대가 윤비의 그림자이기에 더 그랬다. 윤비는 마치 술래잡기라도 하고 있다고 느낀다. 숲에서 일어나 저만치의 어둠에 대고 시선을 두고 있다. 거긴 상궁들의 보이지 않는 끈이 드리워져 있다.

"마마, 어디 계시옵니까?"

아까처럼 애절한 음성의 끝에 램프의 작은 불빛이 이쪽을 향해 오고 있다. 저 불빛만 보이지 않았더라면 다만 며칠이라도 아무도 없는 곳에서 살아 보았으면 싶기도 했다. 하지만 왕비의 옷은 생명이 다할 때까지 벗어서는 안 된다는, 그것은 선조들로부터 이제껏 이어져 내려온 궁궐의 법도를 배반하는 것에 다름 아니었다.

윤비는 눈을 질끈 감았다. 하지만 눈을 감았다고 해서 달라질 것은 아무 것도 없었다. 윤비는 어둠이 벗겨지기만을 기다리는 새들과는 달랐다. 날개 부러진 새는 낮이 오는 것을 두려워한다.

"저기……."

유 상궁의 목소리가 질끈 감았던 윤비의 눈을 뜨게 한다.

"마마 아니시옵니까?"

윤비가 기어이 큰기침을 한다. 어둠속에서도 고개를 숙였을 두 상궁의 모습이 확연히 드러나지는 않았지만, 어둠속이라고 해서 달라질 것은 없다.

"마마, 이러시면 아니 되옵니다. 옥체 다치시옵니다."

잠시 두 상궁은 머뭇거린다. 풍채가 좋은 유 상궁이 그만 윤비 앞에 등허리를 대고 앉는다. 등불은 실루엣보다 더 선명한 윤곽을 드러냈다.

"마마, 얼른 소인에게 업히시옵소서. 발치에 혹시 뱀이라도 나오면 어찌하옵니까?"

유 상궁의 말이 등 뒤를 넘어갔다. 불빛은 목소리가 흐른 곳을 비추고 있다.

윤비는 어느새 어린애가 되었다. 어쩔 수 없었다. 밤은 깊었고 누구도 보지 않아서 좋았다. 윤비는 어머니의 등에 업히고는 여태껏 누구의 등에도 업힌 적이 없었다. 열세 살에 어머니 곁을 떠난 후 어머니는 어쩌다 떠오르는 그리움의 대상이었던 게 전부였다. 어머니의 마음을 모르고 살아왔던 자신이 때론 얼마나 후회스러웠는지 이제야 알게 되는, 그래서 앞으로는 그래서는 안 되겠다고 다짐을 할 즈음 어머니는 세상을 등졌다. 지나간 일을 생각하면 딸이란, 왕비란 그런 것이었다, 라고 말하기엔 지나온 세상살이가 너무 야속했다.

어머니가 해주는 밥이 아니더라도 오순도순 이야기하며 밥상에 앉고도 싶었다. 이만큼에 와서 세상을 등진다는 것에, 윤비 또한 자유롭지 못하다는 걸 새삼 느끼고서야 희망 하나라도 목에 걸고 싶은 마음 없지 않았다. 그것을 위해 죽을 각오를 하고 참아내야 함에도, 윤비 또한 때론 한 연약한 여인인 것에 어찌할 수 없는 현실의 벽이 싫었다. 게다가 요즈음 들어 50줄의 끝자락에 놓인 나이가 되니, 왜 이렇게 마음이 허해지는지 모르겠다. 정작 역정을 낼만한 일에는 뭉뚝한 연필 끝처럼 잘도 무뎌지고 덤덤한 때도 있으면서, 작은 일에는 잘 깎아 날선 연필 끝처럼 날카로워 쉬 노여워져 슬퍼지기 일쑤다. 나이 들어 머릿속의 뇌도 어느덧 쇠했을까, 가끔 하찮은 것에도 상궁들에게 분풀이라도 하듯 언성을 높였지만 그때마다 상궁들은 언제나 변함이 없다.

이 어두운 밤길을 유 상궁은 윤비를 업고 자신의 무거운 몸을 쓰러지지 않으려 가까스로 가누고 있다. 잘해줘야 할 텐데,

내 꼴이 이래서…….

윤비는 유 상궁의 등에 업힌 채로 저만치 밤하늘의 별 몇 점을 바라본다. 깜박 이대로 잠들어 버리고 싶은 충동을 잠시 깨우려 든다. 세상을 내려놓으니 어느 날부터 하늘이 보이기 시작했다. 시시각각 변하는 하늘을 보고 세상은 영원히 잡을 수 없는 것이며, 또한 흘러가는 것임을 배웠다.

등불이 윤비 앞을 밝힐 때마다 어둠은 그만큼씩 물러났다. 어둠을 오려낸 자리엔 상연중인 배우의 자리처럼, 저 어둠속의 시선은 모두 이곳으로 쏠린 듯했다. 등불의 배경엔 어둠이 있고, 어둠속엔 곤충의 눈이 불빛을 더듬는다. 하늘이 별을 품고, 별은 반짝이는 지상의 모든 것들과 일일이 소통한다. 별들은 시냇물처럼 소리를 내지도 않고 살며시 얼굴을 드러냈다가 날이 밝기 전에 어디론가 도망친다.

여기 와서 처음엔 몰랐지만 아무런 할 일도 없이 시간을 보내는 윤비는 차츰 지쳐갔다. 그럴 때면 밭에 커가는 작물이라도 호미질을 하고 싶을 때가 있고는 했다.

"고생이 많구나."

유 상궁의 귓가에 윤비의 음성이 들려오자 갑자기 자신의 핏줄에 대고 얘기하는 것처럼 온몸에 전율을 느낀다. 유 상궁의 귓가에 뿌려진 윤비의 입김은 유 상궁으로 하여금 민망스런 생각까지 들게 했다. 세상천지 이렇게 자신의 등에 윤비가 업힐 줄이야. 유 상궁은 언제나 그랬듯이 숙이고 있는 고개를 더 숙이며 말을 이어갔다.

"아니옵니다. 다 소인이 제대로 모시지 못한 탓이옵니다. 마마."

발길을 옮길 때마다 고르지 못한 전압처럼 조금은 불규칙한 음성이 유 상궁의 등 뒤로 전해졌다. 숨소리는 갈수록 잦아들지 않았다. 어느새 윤비의 체온이 유 상궁의 등 뒤로 전해져오는 것만 같았다. 유 상궁은 두려워해야 할지, 아니면 경외심을 뭉뚝하게 만들고 있는 것은 아닌지, 마치 눈앞의 어둠처럼 짚어내지 못하고 있다.

"그만 내려라. 이쯤 왔으니 혼자서도 갈 수 있으리라."

등불을 밝히던 김 상궁이 가던 길을 멈춘다. 유 상궁은 윤비의 뒤쪽을 받치던 한쪽 손으로 김 상궁을 툭 친다. 어둠 속에서 몸의 감각은 식물의 덩굴손처럼 서서히 오는 것이 아니라 곤충의 더듬이처럼 더 예민해진다. 어서 가자는 뜻이었다. 왕비의 명령을 지배한, 또 다른 인간 본연의 자세가 밤의 공기를 가른다. 본연의 질서는 어쩌면 위험성을 뛰어 넘는 데서 나오는지도 모른다는 생각을 가지려 한다.

상궁들은 한두 해 궁궐에 있지 않았다. 수십 년을 한결같이 반복하며 살아왔다. 그때 모든 궁궐 문화의 예의범절을 배우고 익혔다. 하지만 이런 산골짝에 와서 어떻게 해야 하는지를 누구에게 묻거나 배우지 않았다. 모든 게 덤불 속을 헤쳐 나가듯 조심조심 한 발짝씩 내디딜 뿐이었다. 한 번도 가보지 않은 길은 그러나 두 상궁이 가야 할 길이기도 했다. 그 중심에 있는 윤비. 순정효 황후 윤비. 그 윤비의 생이 다하는 날까지 상궁들은 악착같이 살아야 했다. 절대로 먼저 세상을 등져서는 안 된다. 하늘이 주신 시간에 시간을 더 보태서라도 삶을 움켜쥐어야 할 것 같았다. 그래야만 될 것 같았다.

윤비는 아직 어린애였다. 등에 업힌 윤비는 못이기는 척한다. 윤비는 또 다른 윤비로 변해있는 것 같았다. 그 꼿꼿한 기개와 한 점 흐트러짐 없이 정좌해 있던, 조선의 왕비, 윤비가 아니던가. 그 기세가 다 어디 갔단 말인가. 천둥 번개가 내리쳐도 꼼짝 않을 윤비는 지금 밤하늘의 별들에게도 고개를 숙이고 있다. 그런 생각을 하니 등에 업힌 윤비가 마치 꽃잎처럼 가볍게도 느껴졌다. 가는 데로 업혀 가는 윤비. 그래도 마음속의 깊은 한 구석에는 윤비의 분부를 거역했다는, 씻지 못할 작은 앙금으로 남아있다. 피부가 짓무르면 약을 바르고 붕대를 감으면 얼마쯤 가서 낫게 마련이다. 하지만 마음의 상처는 그와 같지 않다. 그래서 사소한 것에도 늘 신경을 써왔던 두 상궁들이었다.

"힘들겠구나. 너희들이 애쓴다."

유 상궁의 등 너머에서 밤이슬의 미세한 입자를 감싸 안은 것 같은 부드럽고 촉촉한 음성이 귓가에 맴돌았다. 예전엔 미처 들을 수 없었던 음성이었다. 윤비의 애처로운 말 한마디가 유 상궁의 앞을 가려놓는다. 유 상궁은 애써 밤이슬이 더 촉촉하게 내리고 있는 거라 믿으려 한다.

"아니옵니다, 마마. 아무 염려 마시옵소서……."

눈에 맺힌 이슬은 속일 수 있어도 습기를 머금은 유 상궁의 음성은 속일 수가 없다. 상궁을 걱정해주는 왕비가 있을까 싶어지자 금세 콧날이 시큰해졌다.

"내가 너희들을 못 믿어서가 아니라 세상을 믿을 수 없기에…… 미안하구나……. 저승에 가거들랑 나를 미워하지 말게나. 너희들의 맡은 바 임무는 충실했다. 빨래 하나, 밥 짓는 거 하나, 김치 하나 제대로 못 담근다고 부끄러워 말아라. 너희는 누가 뭐래도 조선의 충실한 상궁이었음을 자랑스럽게 여겨야 하느니라."

윤비는 여태껏 가슴에 모아두었던 속내를 툭 던진다. 그 말들을 두 상궁은 하늘에서 떨어지는 말이라고 믿으려 한다.

"예, 마마."

대답은 그렇게 했음에도 가슴에 손을 얹고 싶어졌다. 윤비의 말은 그르지 않았지만 그렇다고 다 믿기에는 어딘가 모르게 쑥스러움이 앞을 가린다. 부지런하게…… 부지런하게…… 그러다 보면, 굶지는 않겠지……. 흙은 씨앗 하나를 내팽개쳐도 열매 하나만은 주인을 기다린다. 조선의 상궁은 죽지 않았다는, 그래서 끝이 날, 후대가 없을 조선의 땅에 떳떳한 상궁으로서의 씨앗 하나쯤은 떨구고 세상을 등지고도 싶었다.

　"저기가 내 집, 아니 우리들의 집이로구나."

　희미한 불빛 한 점 저만치에 홀로 떠 있다. 바람 불면 꺼질 듯한, 그러나 윤비의 마음과도 같이 그 불빛 한 점 불씨처럼 살아있다. 나 떠나가면 저 불빛도 살아 숨 쉴까. 하나의 불빛은 하나의 생명을 부지하는 등대와도 같이, 오늘 하루를 비우려 했던 마음마저 변함없이 반기려 드네. 나 힘없이 스러지려 해도 쉬 꺼지지 말고, 신발 한 켤레 댓돌 위에 갖다 놓을 테니 신발이라도 누구든 볼 수 있게 한 가닥의 작은 불빛이라도 거두지 말게. 그러하면 후에 내 누구든 저승에 오면 내 옷 입혀 반기리.

　윤비가 유 상궁의 등에서 내려 신발을 벗는다.

　"마마, 진정하시옵소서. 오늘과 같은 일이 다시금 있어서는 아니되는 줄 아옵니다."

유 상궁은 천지신명께 비는 한이 있더라도 오늘과 같은 일이 다시 일어나서는 안 된다는 다짐을 해본다.

"나도 어찌하여 그곳까지 갔는지 모르겠구나. 아마 밤이슬을 맞고 싶었던 게지……. 아무려면 어떠냐. 담엔 찾지 말거라. 세상 뜬 구름이 머물지 않는 이유를 내 이제야 알겠구나."

"마마, 그러 하오면 저희들은 어떡합니까. 저희의 존재의 이유는 오로지 마마께 있음을 저 하늘에 알린 지 그 몇 해이옵니까. 이 비천한 몸 한껏 마마께 바칠 준비가 돼 있사옵니다. 부디 저희를 생각해서라도……."

"아무튼 어서 자거라."

"예, 알겠사옵니다. 마마."

유 상궁의 단정치 않은 옷고름이 윤비의 눈에서 차츰 멀어져 간다. 순간 사라진 모두의 모습은 램프를 켠 벽에서 영사막처럼 큰 그림자 몇 개가 자막이 지워지듯 서서히 물러나는 것처럼 보였다.

토막 난 밤. 남은 밤. 윤비는 무엇을 해야 하나. 잠은 저만치 도망가서 가식적인 어둠만이 윤비를 껴안고 있다. 별을 보는 것도 하루 이틀이었다. 딱 일 년에 한 번씩 그 별들은 윤비에게 다가왔다. 칠월 칠석 날이었다. 견우와 직녀가 오작교에서 만나 그립던 사랑을 나눈다는 그날은 부모가 살아계실 때부터 명절과도 같았다. 어머니는 견우와 직녀 이야기만 나오면 견우는 신틀아비라고 하고 직녀는 베틀어미라 하였다. 조금은 슬프고도 애틋한 만남의 아름다움을 수놓았던 그 꿈들. 그러나 윤비에겐 그 꿈마저 사치와도 같았음을 그 누가 알까. 그 꿈들 속에서 허무함을 보았고 그 꿈들은 윤비를 비껴갔다.

순종은 하늘에 있다. 하지만 순종은 내려오지 않고 있다. 수많은 밤은, 그러나 견우와 직녀가 만난 밤도 못 되었던 밤인 것을 하늘은 안다. 지금 윤비 곁에는 아무도 없다. 순종만이 보이지 않는 것은 아니었다. 영친왕도, 덕혜옹주도 지금은 소식 하나 전해주지 않고 있다. 살아있음, 그것은 곧 죽음과도 다르지 않다. 모두의 갇힌 섬에서 빠져나오려 허우적대지만 누구 하나 지푸라기라도 건넬 사람은 있지 않다. 갇힌 섬. 거긴 아무 데고 갈 수 없는 집 앞을 막아선 높다란 산과도 다르지 않다. 어느새 밤하늘은 연신 미세한 수분의 입자들을 생산해내고 있다.

"마마, 저희들을 이대로 죽게 하옵소서……. 소인들은 이제 더 이상 살아서는 아니 되옵니다. 하늘이 저희들의 소행을 다 보았사옵니다. 속히 엄명을 내려 주옵소서……."

오십 년의 세월동안 윤비 곁을 떠난 적 없는 상궁들. 그 세월 속에서 무릎 꿇어 사죄한 적은 애당초 있지 않았다. 궁궐의 규범은 그만큼 만만하거나 허투루 흘러가지 않는다.

방바닥에 한두 방울의 수분을 머금은 작은 덩어리가 떨어진다. 시선을 바르게 두지 않으면 언뜻 드러나지 않는 무색의 투명한 액체는 그동안의 끈끈했던 그 모든 받듦의 정이라도 떼려는 것처럼 보였다. 상궁들의 흐느낌은 사그라지질 않고 자꾸만 동공을 흐리게 한다.

윤비의 시선은 두 상궁에게서 벗어나 있다. 쳐다본다고 해서 달라질 것이라고는 그 어느 것도 없는 듯이 보인다. 떨어진 눈물과도 같이 다시 제자리에 담을 수 없는, 하나의 현실만이 눈앞에 있다. 어떠한 판단도 서로의 과오를 씻기에는 애매하다. 그저 하늘의 저주려니 싶다가도 돌연 황당함 앞에서는 추함의 몰골들이 지워지지 않고 있다. 저주의 신은 윤비 편에 있지 않았다. 아니, 상궁들의 편에 있지 않았다. 콩밭에서의 일들은 필연 무슨 몹쓸 콩깍지가 씌웠던 게 분명해 보인다.

"아니다. 내 잘못이 왜 없겠냐. 분수에 맞지 않아서……. 처신마저 하늘의 뜻으로 돌릴 순 없지."

윤비는 슬쩍 돌려서 말하려는 듯하다가, 하늘의 뜻마저 닫아버린다. 하지만 상궁들의 가벼웠던 처신과 웃지 못 할 행동들은 후대에 기록될 일 없이 시간과 바람과 함께 떠돌다 가뭇없이 스러질 것이었다.

"마마, 어찌 그런 말씀을……. 아니옵니다. 하늘은 그냥 있는 게 아니옵니다. 소인, 높디높은 품위와 질서를 무너뜨린 죄 모두 아낌없이 받겠사옵니다."

용서는 어느 한쪽이 사과해서 될 일이 있고, 그렇지 않을 때도 있게 마련이다. 그렇더라도 돌이킬 수 없는 결과는 기억에서 더 오래 머물 수밖에 없다. 오늘 있었던 일들은 더욱 그랬다.

"마마, 보시옵던 책 보옵시고 저희가 올 때까지 편히 계시옵소서. 그럼 소인들은 이만……."

상궁들은 손에 호미를 들고 집을 나선다. 밭은 산을 등지고 낮게 앉아있다. 한낮은 덥기는 해도 고개를 숙이면 몸은 콩잎이 얼추 가려주었기에 그래도 참을 만했다.

허구한 날 가만히 윤비만을 지키고 앉아 있을 수가 없었다. 무엇이라도 가꾸어야 했다. 마마께 맛난 콩밥이라도 올려야 했다. 벌써 이곳에서 몇 해째를 보내고 나니 이젠 농사일도 어느 정도 이골이 나 있었다. 그러기에 콩을 잘 키우는 방법도 알아냈을 뿐 아니라, 농부의 땀 흘림이 무엇인지를 호미를 통해서 상궁들은 여태껏 알지 못했던 숨겨진 보람 하나를 건져낼 수 있었다.

사실 상궁들은 궁궐에 들어오지 않았더라면 아마 들에서 살았을지도 모를 일이었다. 지금도 그렇지만 그 당시 농사일 말고는 그다지 할 일이 널려 있지 않았던 게 사실이었다.

밭둑에 서면 땅의 지열이 훅, 하고 끼쳐왔다. 콩잎들은 바람이 일 때마다 푸른빛의 잎새를 뒤채며 살랑살랑 춤을 춘다. 햇빛과 바람을 먹고 사는 콩잎 사이로 비늘을 단 물고기가 수면위로 올라오듯 두 상궁들의 모습이 조금 드러났다가는 이내 자맥질 하듯 콩잎 속으로 사라지곤 한다.

힘은 들었지만 둘은 그동안의 못했던 이야기들을 서로 주고받으며 땀을 닦고는 했다. 힘듦을 어느 정도의 행복과 보람으로 바꾸는 데는 그다지 오래 걸리지 않았다. 요령과 욕심이 콩을 자라게 했다. 아니, 풀만을 제거하면 되었다. 하늘은 거개의 작물들을 스스로 자라게 했다.

궁궐에는 콩밭이 있지 않았다. 벼농사만을 본보기로 작은 논을 만들어 벼가 자랄 수 있게 해놓은 게 전부였으며, 그 이전엔 한편에 누에를 치던 때가 있기는 했다. 윤비도 누에를 좋아했다. 뽕잎을 딸 때면 잎새가 실한 것으로 골라 땄다. 누에들은 먹이를 주면 소나기 오는 소리를 내며 잘도 먹었으며, 그런 누에를 보면서 시부인 고종을 생각했다. 순전한 장려의 뜻이었겠지만, 누에고치를 많이 빼내서 비단을 고종임금께 바칠 수 있다는 믿음이 있었기에 가능했던 일이고 보면, 이젠 지난 시절의 한 부분으로만 기억에 남을 뿐이었다.

햇볕이 쨍쨍한 날 윤비가 나선다.

하루 이틀도 아니고 좀이 쑤셔 견딜 수가 없었다. 이곳은 딱히 갈 곳도, 그렇다고 쉴 곳도 그다지 마땅치 않았다. 넓고 웅장했던 궁궐의 전각들만이 기억 속에서 얼굴을 내밀 뿐이었다. 거기에 비하면 이곳은 살 만한 곳이라고 말할 수는 없다. 갑갑함을 먹고 사는 윤비. 그 윤비가 치장을 한다. 윤비의 꿩이 그려진 문양의 적의(翟衣)는 장롱을 지킨 지 오래였다.

호미를 잡더라도 상궁들 앞에서 추한 꼴을 보이고 싶지 않았다. 우아한 왕비로 남고 싶은 마음 없지 않았다. 고상한 호미질은 당신의 품위를 스스로 떨어뜨리지 않을 게 분명해 보인다. 아무도 보아주지 않아도 좋았다. 혼자의 행차도 괜찮을 듯싶었다. 한낮의 위험 따위는 존재하지 않았다.

옷을 입는 데 한참을 걸렸다. 누구의 도움을 받지 않고 입으려니 왠지 동작들이 어설펐다. 속엣것들이 한둘이 아니었다. 윤비는 사실 어찌 보면 어린애와도 같은 삶이었다, 라고 말할 수 있다. 그동안 손수 한 게 그다지 없어 보인다. 옷을 다시 입어보기를 반복했다.

상궁들은 지금 밭에 있다. 거울 대신 윤비는 스스로 입은 옷을 한번 훑어본다. 죽어 있던 꿩의 문양이 윤비를 감싼다. 윤비는 이제껏 무슨 연회라도 있을라치면 남색 공단 바탕에 꿩의 문양이 박힌 적의를 입어왔다. 참으로 오랜만에 입어보는 옷이었다. 꿩은 개성이 강해서 여간해선 길들여지지 않는다. 그래서 궁궐에선 왕비의 상징이 된 지 이미 오래였다.

꿩이 날지 않고 문밖을 나선다. 경계를 게을리 하지 않는 꿩의 습성이 그렇듯 윤비 또한 여느 때와 달리 살금살금 꿩의 발짝을 흉내 내려 하고 있다. 혹 상궁들이 보아도 어쩔 수 없다지만 그저 밭의 한편에 조용히 앉아 있다가 오면 그만이었다.

날지 못하는 꿩은 콩밭으로 들어선다. 처음으로 들어본 호미. 아니, 어렸을 적에도 몇 번 호미질을 했었다. 그저 집의 화단에 채송화며 봉숭아를 비 온 후 옮겨 심느라 호미질을 해댔던 게 전부인 것을 가만하면 오늘은 모처럼 농부의 아낙네가 되어 흙냄새를 맡게 되었다.

햇볕은 제법 따사로웠다. 하늘을 향해 치솟아 올라 울어대던 종달새의 울음소리조차도 때를 넘긴 지 이미 오래였다. 밭의 주변엔 우거질 만큼 아카시아와 같은 등속들의 작은 나무들이 꽤 자라나 있었다.

윤비는 상궁들을 피해 멀찍이 고랑 속으로 파고들었다. 상궁들의 굽힌 등이 콩잎에 가려졌다가 이따금 그 모습이 드러나곤 했다. 고랑에 숨어있던 억세지 않은 풀들을 호미질 해대자 금세 땅내가 폐부 깊숙이 파고들었다. 콩을 심고 비가 몇 번 오지 않았음에도 벌써 콩잎은 무성해져서 윤비가 고개를 숙이면 얼추 가릴 지경이었다.

윤비의 눈앞에 보라 빛의 작은 등불이 켜져 있다. 가만히 보면 그것들은 콩잎 속에서 작디작은 연약하기 이를 데 없는 무더기 진 꽃의 모양새로 새로운 손님을 맞이하고 있다. 서로 대조적이라고 할 수 있는 실체 앞에서, 그러나 꽃들은 눈 하나 깜짝 않고 콩의 줄기를 감싼 채 매달려 수줍게 웃고 있다. 콩잎이 무성할수록 꽃들은 숨어서 핀다. 곧 꽃들은 꼬투리를 만들고 꼬투리 속에 알맹이를 숨긴다. 꽃들은 윤비를 부르지 않았지만 이렇게 나오길 잘했다는 믿음마저 주고 있다.

그늘 아래 이처럼 아름다운 꽃잎을 누가 만들어 놓았을까. 윤비는 이마에 흐른 땀을 옷소매로 지그시 눌러 닦으며 하늘을 올려다보았다. 구름의 배경이 파랬다. 해가 잠시 구름에 갇혔다가 곧 해는 구름을 지나 하늘에 모습을 드러냈다.

멀리서 혹은 가까이서 들리는 것 같은 상궁들의 속삭이는 음성이 들려왔다. 윤비는 상궁들에게 들키지 않으려 일부러 살금살금 고양이 걸음으로 밭의 풀들을 숨죽이며 김을 매기 시작했다. 다행히 고개 숙여 일을 하다가 어쩌다 고개를 쳐든 적도 있었지만 용케도 들키지 않았다. 상궁들도 땅만을 쳐다보며 개미들의 움직임과도 같이 부지런히 풀을 뽑고 있을게 분명해 보인다.

뒤를 보니 벌써 밭을 매던 두럭이 줄어있음을 알 수 있었다. 생산적인 것에 익숙하지 않았던 윤비는 육체를 통해서 정신의 맑음마저 가져다준다는 사실을 체득하고 있다.

밭은 상궁들의 몫이었다. 하지만 상궁들의 일을 조금이나마 줄일 수 있다는, 그래서 상궁들의 편에도 한번쯤 선다는 게 그리 나쁠 것은 없어보였다.

이렇듯 모두의 더불어 사는 게 세상인 것에 윤비라고 해서 고개를 저을 수는 없었다.

두 편으로 갈라선 밭매기. 자리를 내어준 땅은 알까? 날아가는 새들도 아무렇지도 않게 하늘을 난다. 하늘은 공허했고 모든 식물들이 그러하듯 밭들의 곡식도 햇빛과 한모금의 수분만으로 커가기에 충분했다.

지나온 자리가 훤했다. 윤비는 어느새 자신도 모르게 상궁들을 의식하지 않게 되었다. 일을 할수록 재미를 붙여갔다.

바로 그때였다. 유 상궁은 둑으로 나가 참았던 오줌을 누려고 몸을 일으키는 순간이었다. 모든 것은 순간이었고 그 찰나는 행동으로 바꾸기에 충분했다. 잽싼 동작만이 전부가 되었다. 분명 꿩은 꿩이었다. 유 상궁의 눈을 속일 수는 없었다. 유 상궁은 놓칠세라 후다닥 몇 발짝 달려가 꿩을 덮쳤다. 꿩은 유 상궁의 품속으로 들어온 게 분명했다. 꿩은 고개를 숙인 채 뭔가를 주어먹고 있는 듯했다. 횡재가 따로 없었다. 꿩의 또렷한 무늬는 순간 유 상궁을 끌어들였고 결코 그걸 놓쳐서는 안 되었다. 꿩은 윤비의 몸보신으로도 충분해보였다.

곁에 있던 김 상궁도 인기척에 놀라 일어선다. 그게 끝이었다. 유 상궁을 바라보는 김 상궁은 그만 앞이 노랬다. 이걸 어쩌나. 하늘이 무너지고 세상이 뒤집힌다는 것이 어떤 것인지를 김 상궁은 지금 겪고 있다. 김 상궁은 못 본 체를 할 수 있는 거였다면 얼마나 좋을까 싶기도 했다. 잠시 멀뚱히 서 있던 김 상궁은 순간 퍼뜩 정신이 들었다. 김 상궁은 자라고 있는 콩을 의식하지 않고 부복하듯 그 앞으로 재빨리 가서는 엎어진다.

상궁들의 흐느낌에 몸을 털고 일어선 것은 상궁들의 하늘이었다. 하늘 아래 서 있는 윤비. 윤비는 몸을 추스른다. 보패를 붙이지 않은 어여머리가 엉망이 되었다. 아무리 윤비라고 하지만 어찌해야 좋을지를 모르고 있는 듯했다. 아니 서로의 잘잘못을 따져서는 아무 것도 건질 게 없다는, 그러나 밭은, 하늘은, 오늘의 어이없음을 푸근하게 껴안을 수 없을 것 같은, 언짢은 예감들이 자꾸만 윤비 곁에서 맴돌고 있다.

윤비의 발치에서 흐느끼고 있는 상궁들은 하나의 짐승과도 같아 보였다. 아니 차라리 두더지가 되어 땅속, 그 깊은 곳으로 파고들었으면 좋을 듯싶었다. 하지만 두 상궁은 하늘 아래 고개를 땅으로 처박힌 채 일어설 줄 모르고 있다. 구름은 산등성 위에 한 움큼 걸려있다. 하늘은 멀쩡했다.

윤비는 잘도 참아주는 듯했다. 그해 가을 곡식은 상궁들의 바람대로 잘도 여물어갔다. 겨울은 그 곡식을 다람쥐처럼 까먹으며 그런대로 버텨냈고, 그 씨앗은 봄에 작년처럼 밭에 뿌려졌다.

작물들이 자랄 때 윤비는 또 하나의 꿈을 꾼다. 새장을 연다. 갑갑했다. 어디론지 떠나고 싶었다.

작은 새 한 마리가 윤비 앞을 가로질러 날아갔다. 저만치에 논두렁을 단장하는 사내의 모습이 보인다. 이따금 들리는 새소리뿐 들판은 한껏 조용했다.

맞은편으로 산을 병풍삼아 낮게 내려앉은 마을의 모습도 보였다. 정겨웠다. 윤비는 오랫동안 그런 모습을 볼 수 없었다.

"김 상궁, 좀 쉬었다 가자."

"예, 마마."

김 상궁은 얼른 손에 쥐고 있던 보자기를 바닥에 깐다. 바로 옆엔 산소 하나가 누워있다. 산소 주변엔 온갖 식물들이 저마다 꽃을 피우며 각기 다른 얼굴을 내밀고 있다.

"저기, 저 마을을 보아라. 보기 좋구나."

길도 제대로 열려져 있지 않은 오솔길을 여태껏 걸어온 윤비였다. 운동이 부족했던 윤비였기에 힘겨운 걸음인 것을 상궁들은 알고 있다.

산소를 배경으로 작은 나무들은 그 운치를 더해주고 있다. 숲속 그 어딘가에서 새들의 울음소리가 윤비를 맞이하고 있다. 윤비도 가만히 앉아 자연에 도취된 듯 만물을 바라보고 있다.

"마마, 뭐라도 드셔야 하옵니다."

김 상궁은 말을 해놓고 빈말이려니 하고 싶어졌다. 그냥 떠나보자고 말한 윤비의 분부대로 준비한 게 있을 리 없다. 그저 간단히 나서는 길로 알았다. 지겨운 산 속을 벗어나면 그동안 짓눌렸던 가슴속의 그 모든 것이 훤히 트일 것만 같은 봄날이었다.

"괜찮다."

말은 그렇게 했음에도 그 억양이 아쉬움을 담고 있다. 얼른 상궁들은 주변을 뒤진다. 그 동작에 나무에 앉아있던 새 한 마리가 얼른 다른 곳으로 물러난다. 가는 뱀처럼 연한 줄기를 키운 칡순이 보였다. 아직 길게 자라지 않은 줄기는 부드러운 솜털로 가득했다. 박 상궁이 얼른 줄기를 잡아당겨 끊는다.

막상 주위에는 입에 담을 만한 게 눈에 띄지 않고 있다. 낫이 있었더라면 소나무 가지라도 자르고 싶었던 상궁들이었다. 그 가지에서 나오는 진액을 먹었던 기억을 가지고 있는 상궁들이었다.

상궁들은 다시 자리로 돌아왔다. 햇볕이 짙푸른 입새를 실하게 키우고 있는 한가한 한낮이었다.

고개를 들면 소나무 잎새 사이로 노란 송화가 매달려 있다. 아무도 닿는 이 없는 송화는 바람이 심하게 불면 여문 것들은 가루를 분분히 날릴 것만 같았다.

"마마, 송화라도……."

윤비가 송화라는 말에 고개를 든다. 소나무들은 주변에 널려 있었다.

"색깔이 참 곱구나. 저걸 먹어 본 지도 퍽 오래 됐구나."

상궁들은 짓궂은 아이처럼 폴짝거리며 송화를 딴다. 작은 알갱이가 점점이 박혀서 하나의 송화가 되듯이, 윤비는 한때 수많은 궁녀들을 하나로 모을 수 있었던 왕비였다. 지금은 다 송화가 바람에 흩날리듯 어디로 갔단 말인가.

"마마, 목이라도 축이심이……."

상궁들이 따낸 송화가 윤비의 손바닥 위에 놓여있다. 윤비는 가만히 송화를 쳐다본다. 윤비는 유독 송화색과 인연이 있었음을 새삼 느끼고 있다. 지금 윤비는 평상복인 송화색 회장

소고의에 감색 치마를 입고 있다. 감색은 궁궐 안에 여성의 상
징으로 여겨져 왔다.

처음 윤비는 송화색 소고의를 입었을 때, 세상을 다 얻은 것
같은 느낌을 떠올려 본다. 간택이 끝나고 집으로도 갈 수 없
었고, 곧바로 별궁으로 가서 황후로서 모든 교양과 예의범절
을 익혔다. 그때 윤비는 송화색 소고의와 다홍겹치마에 원삼
(圓衫)을 입고, 머리에는 온갖 수식(首飾)을 다하고 낭자머리(주:
쪽진 머리 위에 딿은 머리를 덧붙여 비녀로 찌른 머리)에 칠보(七寶)
족두리를 쓴 모습은 그야말로 태자비다운 기품이 넘쳐흘렀다.

가례식은 또 어떠했는가. 어여머리에 나무로 만든 틀을 얽
은 큰머리를 하고 비녀는 용잠(龍簪)을 꽂고, 머리 양쪽에는 갖
가지 보패를 붙인 반자를 달았는데 숨만 크게 쉬어도 가늘게
떨렸다. 얼마나 호화로웠던지 상궁 3명이 옆에서 부축을 하
지 않으면 안 될 정도였다. 하지만 이젠 모든 게 헛되고 헛되
었단 말인가.

들판은 궁궐과는 사뭇 달랐다. 궁궐처럼 위엄이라고는 찾아
볼 수 없는 대자연의 숨결이, 되레 윤비를 조금은 낯설게 하고
있는지도 몰랐다.

"음, 맛이 괜찮구나."

윤비는 지금 어렸을 때의 미각 하나를 꺼내 씹고 있다. 윤비

도 한때 친구들과 어울려 송화란 걸 따먹던 시절이 있었다. 그 친구들은 지금 다 어디로 갔는지 알 길이 없다.

"마마, 황공하옵니다."

뭐든 잘 가리려 들지 않는 윤비의 마음을 상궁들은 모를 리 없다. 산 속은 아무것도 먹잘 게 없어 보인다. 7년의 세월은 윤비로 하여금 인내의 시간으로 남아있다. 정릉의 산속은 인기척조차 없는 암흑천지와도 같았다. 세상과의 체념이 사람을 얼마나 고독하게 만드는지 모른다. 그렇기에 곁에 있는 상궁들은 마음에 병이 찾아들지 않도록 보살핌이 무엇보다 소중했다.

"내일 동이 트기 전에 일찍 준비 하거라. 어디로든 떠나보자."

처음에 상궁들은 하마터면 고개를 번쩍 들 뻔했다. 이제껏 잘 참아준 윤비였다. 이곳으로 보낸 이승만은 아직 눈길 한번 준 적이 없다. 요즈음 들어 며칠째 잠을 설치곤 하던 윤비였다. 밤에 눈을 감고 있으려니 세상 이렇게 끝나는가 싶었다. 잊고 있었던 고향의 하늘이 보고 싶었다. 위엄과 체면도 한계가 있다는 생각이 치밀자 이제껏 견뎌온 세월이 야속하기도 했다.

"마마, 아니 되옵니다. 경비를 피해서 가시렵니까? 그러다 혹 다치시기라도 하면……."

상궁들은 처음에 만류했다. 길도 제대로 나있지 않은 뒷산을 윤비가 오르는 것은 여간 쉽지 않아 보인다. 그러다 무슨 안 좋은 일이라도 일어나는 날엔 상궁들은 두고두고 후회할 게 뻔해 보인다.

"걱정 말아라. 염소는 물을 두려워하고, 오리는 물을 좋아한다. 오늘은 용기 있는 염소가 되어보자꾸나."

윤비에게 있어 궁궐은 오리였고 밖은 염소였다. 무엇이든 느껴보고 싶었다.

"저기 푸르게 자라고 있는 게 보리밭 아니더냐."

윤비가 저만치에 대고 손짓했다. 거기엔 줄지어 늘어선 푸른 보리 싹이 한 뼘은 넘게 자라고 있었다.

어디서 날아왔을까. 보리밭 위에 작은 물체가 높이 떠 있다. 종달새였다. 지저귀는 소리가 윤비의 귓가에 울린다. 제 집을 지키느라 살고 있는 터전을 떠나지 않고 쉼 없이 날갯짓을 해대는 종달새에게서 윤비는 또 하나의 이치를 배우고 있다.

종달새는 집을 가지고 있다. 낙선재의 하늘엔 누구든 지켜주는 이 없어 보인다. 갈려고 해도 갈 수 없는 곳이 되어버린 낙선재.

윤비는 지금 자신이 궁궐에 들어오기 전에 살았던 곳을 마지막으로 한번 밟고 싶어졌다. 사실 혼자서 찾아가고 싶었다. 하지만 윤비는 평생토록 혼자의 몸이 될 수 없었다. 그것 또한 궁궐의 법도였다.

"너희들도 이렇게 밖을 나서니 가슴이 탁 트이지 않느냐?"

"예, 마마. 그렇긴 하온데……."

갑갑했던 것은 곁에 있는 상궁들도 마찬가지였다. 궁궐은 벽은 그만큼 높았기에 가끔은 세상을 사는 구경도 하고 싶어졌던 것은 사실이었다.

"오늘은 소풍이라도 온 것 같구나."

모든 걸 내려놓았을 때 또 다른 행복이 있을 거라 믿었다. 하지만 윤비는 모든 게 말처럼 쉽지 않았다. 굳건히 지키는 것만이 자신이 할 수 있는 일이라 믿어왔던 맘속의 다짐들을 허물어뜨리는 일이란 자신을 포기하는 것과 다르지 않다는 걸 몸소 체득하며 살아왔던 지난날이고 보면, 살아가는 날이 얼마 남았는지 알 수는 없지만, 온갖 풍상을 겪어온 윤비로서는 더 이상 달라질 게 없어 보인다.

"너희들은 궁궐에 오기 전에 뭘 했느냐?"

이제껏 묻지 않았던 물음들이었다. 윤비는 심심해서 물은 게 아니었다. 비록 궁녀들이지만 좀 더 가까이 가고픈 하나의 마음의 표시로 보아야 옳다.

"예, 마마. 소인은 놀았사옵니다."

몸집이 좀 비대한 유 상궁이 먼저 입을 연다.

"소인도 고무줄을 하며 놀았던 기억밖에 떠오르지 않사옵니다."

오랜 세월이었다. 김 상궁은 윤비와 같은 연배에 있었기 때문에 궁궐에 들어오지 않았더라면 아마 친구가 되어줄 수도 있을 터였다. 사실 김 상궁은 궁궐에 발을 들여놓고 나서 얼마동안 후회를 했던 적이 있었다. 서로 헐뜯고 편협하기 이를 데 없는 궁녀들은 깊은 정은 안 주고 남남처럼 지내기 일쑤인 것에 때론 정나미가 떨어지곤 했다. 하지만 그래도 옆에 있는 박 상궁은 마음이 잘 맞아 윤비를 모시는 데 어려움이 없어서 좋았다.

그때였다. 허공에 떠있던 종달새 한 마리가 순식간에 곤두박질 쳐서는 보리밭으로 몸을 숨기고 있다. 아마도 제 집을 찾아간 모양이었다. 새들은 인간의 눈을 피해서 산다. 인간도 때론 인간의 눈을 피해 산다. 윤비가 그랬다.

윤비의 안색이 좋아 보이지 않는다.

"마마, 어디가……."

김 상궁은 눈치를 먹고 살아왔다.

"먹은 것도 없는데 소피가……."

상궁들은 얼른 주변을 둘러보며 서로의 눈치를 본다. 유 상궁이 바로 근처 숲속으로 들어선다. 잡목들 사이로 숲속은 아무도 보아주는 이 없는 이곳에 언제 키웠는지 진달래꽃을 지우고 대신 연분홍의 탐스런 철쭉꽃을 피워 올렸다. 연하고 꽃잎이 실한 모습은 마치 왕비의 옷처럼 우아해 보였다.

숲속에서 유 상궁이 나오고 있다.

"마마, 안으로 드시옵소서……."

말이 잘 떨어지지 않았다. 유 상궁의 마음 한구석에는 뭔가 찔리는 데가 있었다. 숲속은 아무래도 편안한 곳이 아니기 때문이었다. 그나저나 상궁들의 손에는 아무것도 들려있지 않았다. 궁궐의 법도를 따를 수 없는 게 지금의 현실이 되었다. 대변을 보는 매우틀과 소변을 볼 때 쓰는 요강인 지는 순종이 살아있을 때 쓰곤 하던 옛일이 되었다.

윤비가 치마를 추스르고 유 상궁의 뒤를 따른다. 윤비는 후사를 두지 않은 왕비였다. 곁에 있는 상궁들도 자식을 낳아본 적이 없다. 그만큼 숲속에서 속속곳을 내리는 일은 쉽지 않아 보인다. 아이는커녕 남자를 사귀어 본 일이 없는 여자들이었다. 남자를 모르고 살아가는 사람들은 하늘이 내려준 욕심 하나를 내려놓고 사는 사람이라는 사실을 애써 받아들이려 하는 인간의, 여성의, 인내와 오히려 그것을 참됨으로 알고 살아가려 애쓰고 있는 사람들일지 모른다는 생각을 가지려 한다. 무릇 사람들은 하나를 잃게 되면 필연 또 하나의 다른 무엇이 보태지는 삶이 찾아오리라는 믿음을 애써 갖고 싶어 하는지도 모른다.

"얘들아, 가보자."

한참 만에 윤비의 모습이 보였다. 윤비는 서두르는 기색이 없어 보인다. 길은 상궁들의 호위를 받을 만큼 그 범위를 허락하지 않았다.

산 쪽 어디선가 뻐꾸기 소리가 들렸다. 그 소리의 울림이 모든 들판을 깨우는 듯싶었다. 이어 거기에 질세라 육중한 꿩의 울음소리가 두어 번 들렸다. 제각기 내어 지르는 소리는 사람의 마음을 한적하게 해준다. 모든 한적함은 욕심마저 잠재운다.

무릇 하늘 아래 사는 사람들은 하늘 높이 비상할 수 없다. 그래서 임금이 용포를 입었는지도 모른다. 이제 조선의 임금은 끝난 지 오래다.

윤비는 쓸쓸할 때면 영친왕이 떠오르곤 했다. 윤비에게 있어 삶의 보람으로 알고 살아왔던 영친왕은 형수인 윤비가 지금 어디에 있는지 조차 알 길이 없다. 그러기는 덕혜옹주도 다르지 않아 보인다. 모두가 옛일이 되었을까? 이러다 영영 윤비에게 식구가 없어질지도 모른다는 불안감마저 든다.

이곳 정릉에는 생선 한 토막 얻어먹을 수 있는 게 쉬운 일이 아니다. 그렇기에 그리운 사람들을 만난다는 사실 자체가 어쩌면 사치인지도 모른다. 하지만 윤비에겐 실현되지 않는 꿈이라도 꿈꾸듯 해왔던 시간들이었다.

윤비는 모든 걸 참아야 했다. 눈으로 보고 있지 않아도 영친왕 또한 쉽지 않은 삶을 살아갈 수밖에 없어 보인다. 해방 후 일제는 영친왕의 존재를 헌신짝처럼 대할 수밖에 없게 되었다. 패망의 끝은 잘 길들여진 영친왕에게도 절망으로 다가왔다. 설 곳이 없었다. 윤비도 그것을 걱정해 왔던 게 사실이었다. 해방이 되면 조선 사람들은 일본 사람이 된 영친왕의 존재를 인정하려 들지 않을 게 뻔해 보인다. 그러므로 하루 빨리 영친왕은 조선 사람이 되는 게 우선이었다. 하지만 영친왕의 발목은 일본에 잡혀 있어 옴짝달싹 못 하는 신세로 누구 하나 거들떠보려 하지 않고 있다. 세상은 가고 영친왕의 존재는 서서히 저물고 있다.

"허허, 이 집만 비가 내렸나보구나."

윤비가 저만치에 욕심 많은 농부의 논을 가리키며 말했다. 이 작은 마을 앞에는 발동기 소리조차도 들려오지 않고 있다. 물이 차인 논의 끝에는 바람이 몰고 온 지푸라기와 꽃가루의 날림으로 연록의 주름 띠를 이루고 있었다. 논이 걸차 보였다. 언뜻 보면 들판은 새의 날음만이 전부인 것처럼 보인다.

풀내음이 싱그럽게 코끝에 와 닿았다. 이어 나비 한 마리가 윤비 곁으로 스쳐지나 갔다. 논둑에 핀 꽃이 나비를 부른다.

나비의 흔들거리는 날갯짓이 몸의 균형을 유지하려는 듯, 바쁜 듯 너울거린다.

얼마 걷지 않아 저만치에 여인네 하나가 무엇인가를 머리에 이고 이쪽으로 오고 있는 모습이 보였다. 점차 가까워 왔다. 순간 여인네는 놀란 듯한 표정을 짓는다. 그러더니 얼른 이고 있던 함지박을 내려놓고 윤비 앞에 다소곳이 선다. 여인네의 허리가 숙여지며 두 손바닥이 땅에 닿는다. 따사로운 햇살이 잠시 한 여인네의 등을 어루만진다.

왕비는 이름 모를 한 여인에게서 절을 받고 있다. 아무도 보아주는 이 없는 이 들판에 한 백성은 아직도 조선 왕조를 부인하려 들지 않는 마음의 갸륵함에 윤비는 말했다.

"애쓰오. 열심히 살아야지. 고생이 많소."

궁녀들의 옷차림만을 보아온 윤비는 처음 보는 여인에게서 정겨움마저 느끼게 해준다. 수수한 옷차림, 먹고 살려고 들로 나가는 조선의 여인네는 누가 보아도 순박해 보인다.

"가물어서 걱정이옵니다."

여인네는 고개를 숙인 채 다소곳이 말했다.

"기우제라도 지내야 할 것을……."

윤비는 농사를 짓지는 않았지만 선대왕들이 그러했던 일을 모를 리 없다. 세종 때며, 숙종 10년에도 그랬다. 그땐 가뭄으로 인해 출궁한 궁녀가 수십 명에 달했다. 그 무고한 궁녀들은 지금 세상에 있지 않다. 원한만이 남아있다. 가뭄의 이유가 자신들이 어려서 집을 떠나 그 원한이 뭉쳐서 그렇게 됐다는 것을 결코 부모들은 알지 못한다.

"물 있수?"

곁에 있던 박 상궁이 내려놓은 함지박을 바라보며 말했다.

"네, 있습죠."

여인네는 얼른 보자기를 걷어내고 주전자를 꺼내 빈 그릇에 물을 따른다.

"마마, 드시옵소서."

그릇을 받아 든 박 상궁이 윤비 앞에 고개를 숙여 물그릇을 내민다.

"오, 목이 마른 걸 보니 많이 걸었나 보구나."

윤비가 물을 마시고 저만치에 난 한길을 바라보며 말했다. 거긴 먼지를 풍기며 달아나고 있는 트럭 한 대가 보였다. 문득 피하고 싶은 마음이 들었다. 불현듯 순종이 떠올랐기 때문이었다. 원체 섬약하기 이를 데 없는 순종이었던 것을 곁에 있던 윤비는 모를 리 없다. 언젠가 시종이 구해온 장난감 기차를 보고 참 신기 하도다, 하며 이게 어떻게 가느냐고 마치 괴물이라도 보는 양 두려운 기색을 숨기지 않았던 순종이고 보면, 이처럼 달리는 차를 직접 보았다면 어떠했을까 싶기도 했다. 옛날 양반들의 재미있는 실패담이나 인물평등의 비교적 가벼운 얘기며, 어린 아이에 유독 관심이 많았던 순종. 일제는 그런 순종을 조선의 마지막 임금으로 앉혔다.

여인네의 함지박이 가던 길을 가고 있다. 길은 트여 있었지만 상궁들은 오늘의 갈 길이 어디가 끝인지 알 수 없다. 윤비 따라, 바람따라 흘러가면 그만이었다.

앞에 작은 과수원이 보인다. 만발했을 꽃을 지운 잎새들이 그새 무성해졌다. 햇빛은 잎새를 키우고 잎새는 과실을 키운다. 햇빛은 점점 따사로워졌다. 하지만 참을 만했다.

나무들 옆으로 알록달록한 무늬의 옷이 보인다. 거리를 좁혀 올수록 아이들의 걸음이 느려짐을 알 수 있었다. 상체를 뒤로 빼는 듯한 몸놀림이 그것을 증명해 주고 있었다. 아무래도 아이들은 어른들의 존재를 조금은 두려워하는지도 모른다는 생각을 가지려 한다. 낯가림은 나이가 적을수록, 여자일수록 더 빠르게 반응한다. 게다가 안 보던 복장은 아이들로 하여금 더 그러했을 것이다. 두 계집아이였다. 아이들을 본 지가 언제였는지 모른다.

아이들의 모습에서 사람은 왜 사람들을 보며 살아가야 하는지를 몸소 느끼게 해주는 순간임을 새삼 일깨워 준다. 윤비도 아이들의 모습에 눈을 떼지 못한다.

"어딜 가니?"

유 상궁이 아이에게 다가가 머리를 쓰다듬으며 말을 건다. 그저 예닐곱이나 되었을까? 머리를 양 갈래로 딴 모습이 어릴 적 자신을 보는 것 같은 착각마저 들게 했다. 아이들은 대답대신 손을 들어 저만치에 있는 마을을 가리킨다.

아이들은 어느새 얼굴이 빨개졌다. 부끄러워서 그런 것인지 아니면 조금은 생경한 장면을 맞닥뜨린 때문인지 잘 알 수가 없었다. 그냥 볕 때문인지도 몰랐다.

아이들의 눈이 처음부터 윤비에게 모아지고 있었다. 아이들은 어른들의 눈을 피하는 듯하면서도 윤비의 모습을 놓치려 들지 않았다. 우아한 모습에서일까, 아니면 동화에서나 볼 수 있을 것 같은 신비롭고도 생경한 모습이 아이들의 호기심을 끌고 있는지도 몰랐다.

"몇 살?"

이번에도 입 대신 다섯 손가락을 펴 보이고는, 마저 모자랐던지 다른 한쪽의 손가락을 두어 개 빌린다.

"귀엽기도 해라."

그 모습에 김 상궁이 싱긋 웃으며 말했다. 잠시 김 상궁은 4~5세의 어린 나이에 궁궐에 들어온 아이들을 떠올린다. 그 어린 나이에 부모의 등에 업혀서 아무것도 모른 채 평생을 궁궐에 갇혀 지내게 된다. 운명이 너무 어린 나이에 결정되는 것을, 여기에 있는 상궁들은 수없이 보아 왔다.

그래도 나중을 보며 그들은 궁녀로서 복종하며 힘을 키워나간다. 김 상궁은 일찍 들어온 아이들을 부러워 한 적은 있었다. 김 상궁도 윤비의 지밀나인으로서 수없는 나날을 지켜왔다. 하지만 그 아이들은 후에 상궁의 최고 자리에 오를 수 있다는 꿈을 키운다.

입궁 후 정식 교육을 받아 학식을 높이고 통솔력이 있으면 드디어 제조상궁에 이르게 된다. 제조상궁이란 연조가 가장 오래된 상궁이며, 왕과 왕비를 최고로 가까운 곳에서 모시는 우두머리 상궁으로서, 그 위세가 영의정이나 육조판서도 두렵지 않은 존재였다. 무슨 벼슬이라도 할라치면 제조상궁의 눈에 들어야 했다. 제조상궁의 입김은 왕도 움직이게 할 수 있음은 물론이다.

"할머니, 할아버지는 계시니?"

윤비가 아이를 바라보며 묻는다. 한 아이가 정신이 든 듯 얼른 대답한다.

"예."

"그럼 올해 햇수가 어찌 되었느냐?"

두 아이는 잠시 머뭇거린다.

"나이가 어찌되더냐?"

다시 김 상궁이 아이에게 일려준다.

그 중 한 아이가 얼른 알아듣고 입을 열었다.

"올해 환갑잔치 한다고 했어요."

아이는 대답을 해놓고 쑥스러운지 아니면 조금의 두려움에 서인지 몸을 움츠리는 기색이 보인다. 윤비는 고개를 쳐들며 저만치 하늘을 본다. 흰 구름 몇 점 단 하늘은 청명하기 이를 데 없어 보인다. 1907년 가례란 걸 올린 윤비는 이제 저만한 나이의 세손이 있을 법했다. 하지만 텅 빈 하늘처럼 윤비는 왕세자 하나 두지 못했다. 아이의 발길을 더 이상 잡을 수 없었음인지 윤비가 아이들을 바라보며 말했다.

"어여 가거라. 부모님 말씀 잘 듣고……."

아이들은 머리를 꾸벅해 보이며 가던 길을 잰 걸음 했다.

눈앞에 야산이 보이고, 그 아래로 밭뙈기가 이어져 있다. 산기슭 아래로는 작은 도랑이 하나 흐르고 거기엔 온갖 것들이 푸르름을 달고 하늘을 향해 팔을 벌리고 있다.

"뭔 향기가 이토록 단내를 풍기더냐?"

바람에 살포시 밀려든 꽃의 향기가 윤비의 후각을 깨운다. 바로 몇 발작 지나자 거긴 도랑을 사이에 두고 피어난 흰 방울들이 군락을 이루며 환하게 웃고 있다. 찔레꽃이었다. 윤비는 왠지 그 꽃이고 싶어졌다. 한 여인이고 싶었다.

윤비가 꽃무더기 앞으로 슬쩍 다가가 꽃에 대고 얼굴을 파묻는다. 윤비의 얼굴이 잠시 꽃 속에 숨었다. 가시가 달린 꽃나무는 자신의 가시로 몸을 방어하며 겨울을 지났고, 봄은 그 많은 꽃들을 소리 없이 뿜어 올렸다.

박 상궁이 얼른 찔레꽃 아래로 몸을 굽힌다. 거긴 미처 꽃을 만들지 못한 죽순처럼 치밀어 오른 대궁이 한 뼘 넘게 자라고 있었다. 박 상궁은 손가락으로 아랫부분을 분지른다. 그리고 얼른 연한 가시가 달린 껍질을 대강 벗겨내고 입에 넣는다. 먹을 게 귀하던 시절이었다. 질겅질겅 씹으니 그 맛이 어릴 때의 미각을 불러왔다. 그런 짓거리를 한두 번 한 게 아니었다. 그러기는 다른 상궁들도 다르지 않아 보인다.

"마마, 뱀이라도 나오면 어쩌시옵니까."

김 상궁은 가시와 뱀이 맘에 거렸다.

"괜찮다. 무섭다고 꽃에 취해보지도 못한단 말이냐."

윤비가 꽃잎에 대고 말했다. 선명하지 못한 말의 음색이 상궁들의 귀를 기울이게 했다. 윤비는 아무것에나 취하고 싶었다. 젊었던 시절 윤비의 향내 나는 몸은 순종의 차지가 못 되었다. 그때 홀로 곱게 핀 꽃도 아름답게 빛날 수 없음을 알았다.

226

얼마쯤 있었을까. 윤비는 꽃들에게서 얼굴을 뗀다. 꽃들은 눈 하나 깜짝 않고 당당히 윤비 앞에서 눈부시게 반짝거린다.

그때였다. 무슨 생각에서였을까.

"저 꽃들을 꺾어라."

윤비의 음성에 꽃들이 파르르 떠는 것 같았다. 파르르 떠는 꽃잎을 단 나뭇가지는 상궁들의 차지였다. 세 상궁은 조심하며 가시를 피해 한 움큼씩 꽃의 모가지를 꺾는다.

"마마, 그만 꺾어도 되겠사옵니까?"

더 이상 손이 따가워 꺾을 수가 없었다. 김 상궁은 겁이 많아 다른 상궁들에 비해 절반도 꺾지 못했다.

"얘들아, 그 꽃을 모조리 머리 위에 꽂거라."

윤비는 그 자리에 앉아서 상궁들이 꽂아주는 꽃들을 머리로 받아낸다. 순간 뙤머리가 부풀어졌다.

"마마, 어찌 하시려고요?"

"그냥 꽂고 싶었다."

상궁들의 조심스런 손길은 윤비를 하얀 꽃으로 단장해 놓고, 그 꽃들은 윤비를 내려다보며 웃고 있는 것 같았다. 윤비가 일어선다. 꽃길이 열린다.

무슨 맘이었을까. 윤비가 잰 걸음으로 가다가는 몇 바퀴 몸을 빙그르 돌고 있다. 윤비가 꽃과 함께 웃고 있다. 윤비는 홀로였다. 윤비는 아무데고 길을 만든다. 상궁들은 노심초사하며 그 뒤를 따른다. 들판은 길이 아닌 길은 잘 허락하려 들지 않았다. 순간 윤비가 앞으로 벗어난다. 머리 위에서 꽃무더기가 떨린다. 그러다 저만치에서 꽃무더기가 고꾸라졌다. 놀란 상궁들이 달려간다. 하늘은 푸르렀다. 윤비는 상궁들을 보자 하늘을 향해 그만 드러눕는다.

"하늘이 좋구나. 이게 소풍이로구나. 밤하늘에 별이 보일 때까지 이렇게 누워 있고 싶구나. 어서 너희들도 눕거라."

상궁들의 시선이 윤비를 피해있다. 하늘은 윤비를 내려다보고 있다. 하늘은 낮달 하나 만들어 놓지 못했다. 밤은 아직 멀었다. 윤비는 아예 눈을 감아버린다. 어디선가 작은 새 한 마리가 놀란 듯이 낮게 날아갔다. 이어 뒤질세라 다른 한 마리의 새도 따라 날아갔다. 들판은 사람의 흔적을 남기려 들지 않는다.

바람 한 점 어디서 불어와 풀잎을 살며시 흔들어 놓고 도망친다. 저기 갈 길은 어디인가. 거긴 끝없는 길이기도 했다.

프로펠러는 돌고 있다

"마마, 오늘이 바로 영왕께옵서 고국에 오는 날이옵니다. 소인 공항에 나가봐야 할 시간이······."

김 상궁은 고개를 조아리며 윤비 앞에 선다.

"그래, 어서 다녀오너라. 내 걱정은 말고······."

세월은 더디게 흘러갔다. 윤비 역시 생각 같아서는 단숨에 달려가 부둥켜안고 싶었다. 얼마 만에 밟아보는 고국의 땅이던가. 50여 년은 결코 만만한 세월이 아니었다.

나라를 잃은 설움을 이미 어린 나이에 뼈저리게 느끼며 이국땅에서 홀로 이겨내야 했던 지난날이고 보면, 이젠 다 늙어서 걷지도 못하는 몸이 되어 지금에서야 돌아올 수 있음을 어디에 한탄하랴 싶었다. 걸어서 나갔던 몸은 걸어서 들어와야 했다.

윤비는 수많은 날들을 하늘을 보며 우리의 왕전하(王殿下), 우리의 왕전하, 하며 그리움에 목말라 했다. 순종을 잃고 그 누가 있을까 싶었다. 시누이인 덕혜옹주와 시동생인 영친왕은 윤비에게 혈족과도 같았다.

너무도 오랫동안 놓아주지 않았던 일제의 야욕 앞에 광복을 맛보았지만, 영친왕은 그동안 살아온 일본 땅을 쉽게 저버릴 수 없었다. 그의 우유부단함이, 그들이 이제껏 지켜준 안위와 길들여짐은 영친왕을 어쩔 수 없는 지경으로 몰아갔다.

윤비로서도 참으로 오래도록 견뎌온 세월 앞에 야속함의 눈물을 남몰래 뿌려온 밤은 하루 이틀이 아니었다. 누구든 대신할 수 없었던 삶의 올가미를 윤비라고 해서 풀어낼 수 없는 노릇이었다. 무수한 삶의 굴레 속에서 오늘과 같은 날이 있기까지는 윤비의 바람을 저버리지 않은 영친왕의 부인인 이방자 여사가 있었다.

몇 해 전 보았던 비전하(妃殿下)인 이방자 여사. 윤비는 너무나 반가웠다. 비록 조선인은 아니지만 영친왕과의 끈이 된 이상 어쩔 수 없는 관계였다.

"대비마마……."

"오오! 비전하……."

서로는 손을 잡고 놓지를 못한다. 얼마 만이던가. 시댁인 조선 땅을 한번 밟기가 이방자로서는 여간 쉽지 않았다. 서로는 누구보다 영친왕의 마음을 잘 알고 있다. 둘은 안타까운 영친왕의 살아온 날을 생각할 때면 오늘처럼 눈물이 앞을 가리곤 했다. 무어라 할 말이 있을까 싶었던 두 사람. 피차가 원하지 않은 만남으로 인해 이제껏 살아온 인연 앞에, 서로는 같이 살며 피붙이를 생산하고, 서로의 사정을 어디에 하소연 할 길 없는 둘의 만남은 하늘이, 아니 인간이 맺어준 고약한 인연이거늘, 영친왕은 아무런 저항도 하지 못하고 한 여자를 받아들이지 않을 수 없었다. 이방자 역시 당신의 배필인 영친왕과 함께 나란히 신문에 나고서야 그런 사실을 알 수 있었다. 그 꽃다운 나이에 한 남자에게 어느 날 느닷없이 빼앗긴 자신의 심정은 겪어보지 않고는 누구든 말할 수 없다.

"그래 언제 오리오? 우리의 왕전하는……."

윤비는 마치 출가한 딸이 영영 못 오게 되는 것처럼 안달하듯 애타게 찾고 있다. 이방자는 그런 윤비의 심정을 모를 리 없다. 부딪치며 살아온 세월 속에서 영친왕이 그랬듯이 이방자 또한 시댁으로서 조선의, 궁궐의 것들을 차츰 알아가야 했다.

"왕전하께서 몸이 성하지 않사옵니다. 이런 몸으로 어찌 고국 땅을 밟을 수가 있냐고 한탄하시옵니다. 본인의 뜻이 이러

하온데 어쩌시겠습니까."

"비전하, 어찌 그것밖에 모르오. 옆에서 잘 되도록 보필을 해야지요. 조선의 땅은 왕전하의 고향이오. 몸이 어떻든 내 나라 내 고향을 간다는데 무슨 문제란 말이오. 그럼 죽어서 거기 묻힐 겁니까?"

윤비의 음성이 어느새 높아졌다. 윤비는 말을 끊지 않는다.

"내가 무슨 낙으로 세상을 산단 말이오. 지금껏 자나 깨나 왕전하의 앞날이 걱정되지 않은 날이 며칠이란 말이오. 난 늙지 않소? 죽은 후에 열 번 온들 무슨 소용이 있겠소이까. 업혀오시든 어떤 모양으로라도 와야 하오. 여기가 부모의 나라가 아닙니까. 꼭 모셔야 하오. 단 몇 년이라도 함께 살아봅시다."

"예, 대비마마. 돌아가거든 높으신 뜻을 알아듣도록 전하겠사옵니다."

그렇게도 절도 있고 굳건하던 일본 군인인 영친왕은 어느새 사라지는 노병이 되었고, 이젠 몸으로 아파오는 늙은 영친왕이 되었다. 이렇듯 50여 년의 세월은 한 소년에서, 그 소년을 끌고 간 늙은 여우인 이등박문의 나이가 되어 조국인 조선 땅을 밟지도 못한 채 스러질 운명에 처했다.

"그렇다면 다행이오. 비전하라고 해서 늙지 말란 법은 없소이다. 뒤뜰에 깔린 조약돌이라고 해서 영원 무구한 것도 아닌 바에야. 하물며 사람이란……."

기다림이 긴 사람은 그 기억도 희미해지게 마련이지만, 윤비는 그렇게 생각하지 않고 있다. 어릴 적 영친왕의 기억이 너무나 또렷하게 남아있다. 마지막 인사를 드리던 그 기억은 윤비로서도 자식을 떠나보내는 마음과 다르지 않다. 곁에 아무도 없는 윤비는 지금 영친왕과 덕혜옹주만이 삶의 전부가 되었다고 해도 과언은 아니었다.

"그렇긴 하온데, 정부의 힘이 있어야 하올 텐데요……."

이방자는 조선의 정부에 관한한 여태껏 무엇 하나 부탁할 엄두를 내지 못했던 게 사실이었다. 이승만 정부는 이제껏 도움은커녕 가슴의 분노를 키우지 않으면 다행이었으나, 다시 들어선 정부는 그와는 달랐다. 박 의장이라는 젊은 군인 출신의 대통령이 그러했다.

"내가 언젠가 청와대로 김 상궁을 보냈소. 아마 잘 될 것이오."

윤비는 가만히 있지 않았다. 윤비 역시 이 정부의 호의가 아니고서는 다시 낙선재에 돌아올 수 없었으리라.

"마마, 대성공이옵니다. 박 대통령께서 그렇게 호의적일 줄 몰랐사옵니다."

흥분을 감추지 못했던 김 상궁의 음성이 윤비의 귓가에 맴

돈다.

김 상궁은 그때 아침 일찍 몸단장을 하고 낙선재를 나섰다. 윤비의 분부를 받은 김 상궁의 발걸음은 가볍지만은 않았다. 궁궐이 있는 한, 왕비가 살아있는 한, 시대가 변한다 해도 어디까지나 상궁의 본분이 있는 법이다. 조선 500년을 이어내려온 하나의 자존심을 먹고 사는 사람들이었다. 흔들림 없어야 했다. 김 상궁은 윤비의 분부로 영친왕의 가례 때 일본까지 다녀온 사람이 아니던가. 그때의 경험은 하나의 큰 힘이 되었다. 천왕의 부인에게 직접 윤비의 안부를 전했던 사람이 바로 김 상궁이었던 것을 감안하면 무엇이든 못해낼 게 없어 보인다.

청와대는 생각했던 것보다 웅장하지 않았다. 늘 궁궐의 높다란 건각 속에서 생활해온 김 상궁이기에 청와대라고 해서 크게 다른 것은 없었지만 양복을 입은 사람들의 모양새가 익숙하지 않아 조금은 생경해 보였다.

계단을 따라 치마폭을 감싸 안고 김 상궁은 청와대 안으로 들어선다. 얼마쯤 기다렸을까. 곧 검은 선글라스를 쓴 박정희 대통령이 김 상궁 앞으로 다가온다. 김 상궁은 순간 조금은 두렵기까지 했다.

"이리 앉으시죠. 오느라 수고하셨습니다."

대통령은 짐짓 부드러운 말투였으나, 김 상궁의 마음가짐은 쉬 누그러들지 않고 있다. 숨겨둔 눈길을 볼 수 없기 때문이기도 하지만, 눈길을 어디다 주어야 좋을지 조금은 난감해 하고 있다. 버릇은 쉬 변하려 들지 않고 있다. 왕의 눈길을 단 한 번도 마주한 적이 없었던 김 상궁이고 보면, 그 옛날의 왕은 아니지만 현재의, 최고의 자리에 오른, 어쩌면 왕과도 크게 다르지 않은 위치에 있는 대통령이 아니던가. 하지만 김 상궁은 가만히 있지 않는다.

"황후께옵서 박 대통령 내외의 안녕을 여쭈라 하옵나이다."

고개를 약간 굽힌 김 상궁의 모습이 공손하고도 깔끔한 조선의, 궁궐의 예법 하나를 청와대에 떨어뜨려 놓는다.

"가시거든 전해 주시죠. 황후의 보살핌으로 저희들도 다 평안하오며 무슨 일이 있으시면 곧 연락을 하시어 그 때에 따라 도울 수 있는 길을 찾아보겠다고⋯⋯."

박 대통령은 앞에 놓인 담뱃갑을 손으로 당겨서 한 개비를 꺼내 문다. 예의 여태껏 왕을 보아온 김 상궁이었지만 김 상궁의 눈에는 아무래도 생경한 광경이었다. 그것은 김 상궁에게 있어 아직 익숙하지 않은 현대풍의 한 습관처럼 보였다. 고종 임금과 순종은 단 한 번도 담배를 피우지 않았었다. 술마저도 거부해 오던 두 임금의 모습이 언뜻 대비되는 것이었다. 그러나 순종이 떠난 지 몇 해이던가. 세월은 담배 연기의 사라짐처럼 보이지 않게 흘러갔다.

"아뢰올 말씀은 영친왕의 환국을 소망하매 황후께옵서 도움을 받고 싶어 소인 무례한 발걸음을 했사옵니다. 하오나 그것은 오랜 기간 동안 갈망해온 황후의 소원인 것을 옆에서 줄곧 지켜보며 소인도 늘 안타까웠던 것은 사실이옵니다."

"아, 그러지 않아도 늘 마음에 걸리는 문제였습니다. 어찌 세상이 무심했던지 그동안 정부를 대신해서 깊은 유감의 말씀을 드리고 싶습니다. 다시는 그런 억울한 세상이 오지 않도록 이 나라를 굳건히 세워야 하겠지요. 참 안됐습니다. 인질이라니 그게 말이나 됩니까. 국력입니다. 이제는 우리도 잘 살아야지요. 그래야만 영친왕과 같은 비극이 다시는 이 땅에 발붙이지 못할 것 아닙니까. 그러니 황후께서도 잘 도와주시리라 믿습니다."

"소인의 마음 든든합니다. 그러시면 구체적인 날짜를 알 수 있겠습니까?"

"뭐 날짜야 따로 있겠습니까. 얘기가 나온 김에 가능한 한 빨리 진행토록 해야지요. 그래야만 그동안의 고통에서 조금이나마 탈출구를 찾는 게 아닙니까. 모두에게 잘못이지요. 내버려 둔 한국도 그러하지만 그토록 아무런 신경도 쓰지 않은 일본은 말할 것도 없지 않나요. 영친왕이 어디 그들의 필요한 도

구입니까? 인간 이은이기 이전에 한 왕자 아닙니까? 길거리에 버려진 왕자. 그래, 병원에도 보내주지 못하는 일본 사람들의 무심함을 내가 먼젓번에 질책했지요."

그랬다. 이방자 여사는 처음으로 일본을 찾은 박 의장을 만날 수 있었다. 이방자 여사는 그때 박 의장의 호의적인 면에 고마워 한 것을 김 상궁은 전해 들어서 알고 있다. 오늘의 이 만남도 그것에의 밑거름이 되었다고 보아야 옳다. 결국 영친왕의 병원으로의 이송은 박 의장의 말 한마디에 전격적으로 이루어졌다. 그때 덕혜옹주의 문제도 거론되었다. 대뜸 박 의장은 덕혜옹주가 누구냐고 물었다. 아! 윤비의 시누인 덕혜옹주. 그 여인을 모르다니……. 감춰진 여인. 사람들에게서 지워져 가는 여인. 파도에 저 멀리 떠밀려서 가뭇없이 사라질 여인이여. 그 여인이 지금 일본 땅에 정신을 잃고 병원에 누워있다. 조선의 하늘은 화창한데, 궁궐의 하늘은 푸른빛이 감도는데 주인은 어디에도 보이지 않고 있다.

청와대는 조용했다.

저만치에 강아지 한 마리가 창밖으로 가로질러 달려가는 모습이 보였다. 김 상궁의 돌아오는 길도 그 강아지의 발길만큼이나 가벼웠다.

"너무 늦었소. 그렇지 않소. 내버려 두다니. 내 무능한 죄. 조상을 무슨 낯으로 본단 말이오."

윤비의 다문 입에서 미소 하나 건질 수 없었다.

"말해서 무엇 하옵니까. 전들 왜 그런 맘 없겠사옵니까. 영왕
께서도 늘 그러셨어요. 고국 땅 밟고 싶다고……."

이방자는 그때 서두르지 않았던 것을 지금에 와서 후회의 눈
빛을 보이고 있다. 그만큼 고국의 땅은 가깝고도 멀었다. 고국
의 땅은 엄밀히 말해서 아무나가 밟지 못한다. 인질이 아니더
라도 조선의 황족은 일본의 황족의 전례를 따라야 했다. 속국
의 설움은 그들의 뿌듯함으로 채워졌다.

일본에서, 일본 장교로서 소위 계급장을 달아야 했던 영친
왕. 그것도 부족하여 본인의 의지와는 아무런 상관도 없이 주
어진 짝을, 더욱이 일본 황족의 여자와 결혼을 해야만 했던 영
친왕. 처음에야 어떠했는지 그 심정을 영친왕만이 알겠지만,
분명 영친왕은 기쁨의 결혼식을 올린 것은 사실이었다. 그래
서는 안 되었다. 화려한 결혼식이었지만 그 속에 장송곡이 없
다고 보아지지 않는다. 조선인들의 가슴은 누구 하나 기쁘지
않았던 게 사실이었다. 그만큼 영친왕은 한 마리의 순한 양으
로 일제는 키웠다.

모범생인 영친왕. 천황의 초대에 흡족해 할 수밖에 없었던 영
친왕. 어린 영친왕이었기에 천황이 차고 있던 시계를 선물로 주

었으니 그 얼마나 기쁨으로 가득했을까 싶다.

식물은 가끔 물만을 주어도 잘 자란다. 사람의 정성은 상대방을 방황의 항로에서 멀리 빗나가지 않게 만든다. 만일 영친왕의 심성이 형왕인 의친왕과도 같았더라면 과연 일제들은 그렇게 대할 수 있었을까?

벌이나 독사를 키우는 것과, 토끼나 양을 키우는 것은 분명 같지 않으리라. 반항을 제거해야 함은 항상 위험이 따르게 마련이다. 하지만 모험만이 큰일에, 목표에 희망을 걸 수 있다. 군의 장성에게 총은 그냥 채워지지 않는다. 천황의 그늘에서 믿음을 가질 수 있다는 것은 방아쇠를 당기는 데 더 좋은 조건은 없다. 영친왕은 그런 자리에 있었다. 무엇이든 하려면 할 수 있었다. 조선인으로서 일본 천황의 존재를 보는 것은 절대적으로 아무나에게 주어지는 것은 아니다. 하지만 영친왕은 달랐다. 회의와 파티의 자리에 영친왕을 앉히게 했다. 조선의 아이로서 더 성장할 수 없었다. 아니, 그렇게 만들어 놓은 교묘한 전략의 명수인 일제를 영친왕이 넘기엔 역부족인 것을 안다.

안중근은 황족 위에 있었다. 황족의 자존심을 지켜준 유일한 총잡이였다. 새나 매를 잡아서는 안 된다. 그것은 훈련이라는 밑거름으로만 존재해야 한다. 인간의 복수는 어쩌면 복수를 하게끔 만드는 근원을 찾아가는 회전축의 중심에 머물러야 한다. 고종이 죽었을 때 형인 흥친왕 이재면은 어디에 있었나. 형으로서의 체면을 지키려면 아우를 지켜줘야 했는지도 모른다. 안중근의 총을 빼앗아 형의 존재를 알렸어야 했는지도 모를 일이었다. 그랬더라면 안중근은 더 오래도록 살아있을 게 분명해 보인다. 그의 시체는 지금껏 드러나지 않고 있다.

그런 안중근의 희생이 있었음에도, 그럼에도 조금은 안타까운 욕심은, 좀 더 일찍 이등박문을 쓰러뜨렸다면, 그랬더라면 영친왕은 지금과 같은 볼모의 삶을 살지 않았을지도 모를 일이었다. 하지만 그러했음에도 표면적으로는 크게 달라지지 않는 것처럼 보였다. 병합이 그러했으며 고종의 승하 또한 심상찮은 주검이 그러했고, 영친왕의 생활 또한 크게 달라지지 않았으며, 오히려 일본 여자와의 결혼이라는 그들의 계략에 그저 조선은 속수무책으로 지켜 볼 수밖에 없었다. 한 남자의 결혼이 주는 의미는 안락과 평안으로 가는 축제의 마당으로 영친왕을 몰고 갔다.

봄빛이 따사로운 어느 바닷가. 영친왕과 이방자는 오솔길을 따라 드넓은 바다에 닿았다. 육지의 끝은 언제나 바다였지만, 얼마 가지 않아도 일본의 바다는 눈에 들어왔다.

영친왕이 다 돌아다녀보지 못한 조선과는 달랐다. 아니, 그땐 왕족을 떠나서 너무 어렸다. 사면이 바다인 일본은 한쪽을 더 이상 바닷물이 들어올 수 없게 되어버린 조선과는 달랐다. 어쩌면 영친왕은 지금 물속에 갇혀 있는 것과 다르지 않아 보인다. 물길을 건너지 않고는 조선에 닿을 수 없다.

오른편으로 솔밭이 보인다. 바닷바람은 해송들을 키웠다. 그 앞으로 크고 작은 바위가 낮은 산처럼 한가로이 앉아 있다. 갈매기 몇 마리를 앉게 한 바위는 오랜 시간 속에서도 깎기지 않고 바다 주변의 풍광에 묵묵히 일조하고 있다. 영친왕은 그 풍경을 종이에 그려 넣고 싶은 충동에 사로잡힌다.

군복을 입은 스물 세 살의 영친왕. 그 곁을 따르는 양장 차림의 한 여인. 그녀는 세상의 한 남자의 여자가 되었다. 그녀 스스로가 아닌 하늘이, 아니 천황의 어명에 따른 운명에 순응하려 한 남자에게 정을 주지 않을 수 없게 되었다. 일본인 여자 마사코(주: 方子, 일본식 전통에 의해 남편의 성을 따라 이방자라는 이름으로 불리게 된다). 여인은 아직 영친왕의 팔에 손을 걸지 않고 있다. 쑥스러움은 어느 여성에게 한정되지 않는 법이다. 이제 평생토록 떨어지지 않아야 할 책임과 그에 따른 애정을 가슴 깊이 간직하려 추억 만들기에, 정이 들기에 한발 한발 다가서고 있다.

"가슴이 탁 트이는 것 같지 않소?"

"네, 저도요. 모처럼 나오니 이렇게 좋을 수가……."

좋은 경관에서 우러나오는 향기는 옆에 있는 사람을 하나의 신선함으로 받아들이기 어렵지 않아 보인다. 둘은 육체의 꽃을 피울 나이에 이르렀건만 아직 서로의 이성은 가져본 적 없는 순수한 연인이었다.

"우리, 저쪽에 가 앉읍시다."

발길이 가닿는 그 끝의 촉감이 부드러웠다. 모래 탓이었다. 둘은 바다를 마주보며 나란히 모래사장을 깔고 앉았다. 해는 잠시 구름에 갇혀 있다. 바닷물이 출렁거리며 흰 거품을 내뿜었다. 바닷물이 발치 앞까지 밀려왔다. 바닷물의 출렁거림이 거셀 때면 옷자락까지 물방울이 튀어 올랐다. 물방울은 다리를 한쪽으로 눕힌 이방자의 종아리에도 차가운 듯 그렇지 않은 듯 올라앉는다.

"이놈에 물방울들이 감히……."

그러면서 영친왕은 매끈히 뻗은 이방자의 다리를 쓰다듬으려다 그만 손을 거둔다. 괜한 물방울을 탓하는 척, 애정 어린 눈길을 보내고 있다. 영친왕은 일찍이 어렸을 때 궁녀들과 놀았던 시절을 빼고는 여자랑 같이 있어본 적이 없었다. 그만큼 영친왕은 여자에 대한 순수한, 이성적 호기심만이 가득한 사랑이라는 말랑거림을 한 움큼 움켜잡고 싶은 마음 없지 않았다.

"호호, 아니옵니다. 인간도 자연과 호흡을 해야지요."

그러면서 의식적으로 뒤로 조금 물러앉는다.

"저길 보아요."

바다 저만치에 목선 하나가 떠있다. 아마도 고기잡이 배인 듯싶었다.

"우리, 저기다 대고 와! 라고 하며 한번 소리 질러 봅시다."

영친왕은 드넓은 바다를 보자 그만 그동안 쌓여 있던 말 못할 온갖 사연들을 저 넓은 바다에 뿌리고 싶어졌다.

"저는 목소리가 크지 않아서……"

"괜찮소. 자아, 자아."

"와~, 와~."

둘은 손나팔을 만들어 바다의 저만치에 대고 소리쳤다. 파도소리가 둘이 질러대는 소리를 절반도 넘게 빨아들였다.

모래가 거품을 내뱉은 바닷물을 뽀글거리며 빨아들였다. 바닷물이 다시 그 위에 올라와 앉고는 했다.

갈매기 한 마리가 바다 위로 가로질러 날아갔다. 깔고 앉은 모래사장의 주변에는 부서진 조개껍데기로 뒤덮였다.

영친왕이 한쪽 손을 모래사장에 대고 벌떡 일어난다. 저만치 터벅터벅 걷는다. 이방자는 영친왕의 멀어져 가는 뒤를 가만히 보고 있다.

곧 영친왕의 손바닥엔 얄팍한 작은 돌 몇 개가 담겨져 있다. 이윽고 영친왕은 낮게 한쪽 몸을 숙인 후 돌 하나를 바다를 향해 힘껏 던져본다. 물수제비였다. 조선에서 행하여졌던, 물장난에 불과한 놀이였지만 영친왕은 아직도 잊지 못하고 있다. 창덕궁의 부용지에서 그 언젠가 궁녀들이 보는 앞에서 던져보았던 적이 있었다. 그때 궁녀들의 만류를 무릅쓰고 던졌던 손끝을 지금 영친왕은 기억해내며 바닷물에 대고 물수제비를 먹인다. 돌은 두어 번 물 위를 튀기고는 이내 바닷속에 숨어버린다.

영친왕은 사격이 표적에 맞지 않았을 때처럼 다시 몸을 가다듬고 몸을 낮게 숙여 아까처럼 돌팔매질 해댄다. 돌은 잘게 출렁대는 물결을 가르며 퐁퐁퐁 작은 물수제비를 네댓 개 만들며 미끄러져 갔다. 강가였더라면 돌이 튀겨내는 소리를 들을 수 있으련만 바다는 바닷물에 와 부딪는 작은 소리를 일절 삼켜버린다.

"와우!"

이방자는 기쁨에 박수를 친다. 영친왕은 그런 이방자를 눈 속에 넣는다. 영친왕은 금세 이방자에게서 보았던 미소가 자신에게 번지고 있음을 느낀다. 순간 서로는 하나가 된 듯했다.

이렇듯 작은 것에도 서로의 흡족함을 느껴가고 있다. 아니, 청춘의 사랑은 더디게 흘러가지 않는 다는 것을 둘은 확인이라도 하고 있는 것처럼 보였다.

차갑지도, 그렇다고 훈훈하지도 않은 바람 한 점이 둘의 이마를 훑고 지나간다. 바닷바람은 비릿한 내음을 몰고 왔다. 영친왕의 곁에 앉은 바람 같은 여인. 부드럽고 가냘픈 한 여인으로서의 천박하지 않은 여자. 그 여인은 지금 조선의 한 남자를 사랑하지 않으면 안 되었다. 지구가 무너진다 해도 달라질 것은 없는 듯이 보인다. 서로가 서로에게 아가페적인 사랑 외에는 터부시 되는, 그래서 서로에게 희생하지 않고서는 살길이 없을 것처럼 보인다. 둘은 암흑만이 존재할 거라는 어렴풋한 예감 하나를 저버리고 싶었다.

둘은 이렇게 아무도 모르는 곳에 와 있다. 조선의 하늘은 푸르고, 일본의 하늘은 그렇지 말라는 법은 없다. 그래서 영친왕은 늘 그런 하늘을 보며 그리움을 달래며 살아왔다.

어느새 둘은 하나의 멋진 그림과도 같았다. 뒤에서 바라보는 모습이 더욱 그랬다. 이방자는 어느 결에 영친왕의 팔에다 손을 넣는다. 난생 처음으로 느껴보는 미묘한 감정들을 영친왕은 몸으로 느끼고 있다. 더 깊은 사랑이 안 올 것 같지는 않았다. 천왕의 얼굴이 전부인 것처럼 보였던 세상은, 그러나 다른 세상이 앞에 놓일 줄은 미처 알지 못했다.

영친왕에게 있어 한 여자를 꿈꾼다는 것은 어쩌면 사치에 불과했는지도 모른다. 군 생활은 그만큼 여유로움을 가져다주지 못했다. 오로지 조국 아니, 일본을 위한 군사 훈련에 몰입해 있어야 했던 시간들이고 보면, 영친왕이라고 해서 왜 회한인들 없었을까 싶다.

여인이 없지는 않았다. 이미 아버지 고종께서 11살 때 짝지어준 민(閔) 규수가 있기는 있었다. 아무것도 모르고 놀고만 있던 나를 부른 것은 어머님인 엄비의 지밀상궁들이었다. 복건에 초립을 쓰게 했으며, 연두 두루마기에 남빛 전복을 입게 했다. 그 날의 기억은 어렴풋하지만 영친왕은 아직껏 잊지 못하고 있다. 인연은 참으로 묘해서 어린 민 규수와는 동갑에 생일까지도 같았다. 그게 끝이었다. 이토록 오랫동안 만날 수 없는 몸이 될 줄은 미처 몰랐다. 조선의 사람들은 민 규수의 안타까움이 백 년 한으로 남아있지 않기를 모두 바라고 있다. 지금 아버지 고종은 살아있다.

작금의 이 만남을 아버지 고종이 모르길 바라고 있다. 몰래 한 사랑. 그렇다. 아버지가 거역한 사랑은 과연 사랑으로 꽃피울 수 있을까 싶어질 때가 있기는 했지만, 아버지는 지금 보이지 않고 있다. 조선이란 곳에서 이곳으로 건너오기란 그리 쉬운 일은 아니다. 그렇다면 영친왕은 영친왕으로서의 삶을 꾸려야 했다. 아니, 적어도 영친왕의 삶이 아닌 천황의 지시에 따른 삶을 외면할 수 없는 현실을 직시해야 했다. 결코 천황에게 실망을 주어서는 안 된다는 믿음을 심어준 천황.

바다는 영친왕을 괴롭히지 않아서 좋았다. 폐부 깊숙이 들어오는 비릿한 바닷바람은 그 모든 지나온 힘겨웠던 일들을 조금씩 정화시켜 주고 있는 듯싶었다.

곁에 앉아있는 이방자는 바다를 바라보고 있다가 영친왕과 이야기를 하며 눈이 마주칠 때면 햇살이 바닷물에 부딪는 반짝거림보다도 더 영롱한 눈빛으로 영친왕을 감싸 안았다. 부드러운 낯빛의 이방자. 여태껏 경험하지 못한 한 여인의 부드러운 미소가 영친왕의 가슴을 녹이고 있다.

영친왕은 가만히 팔을 걸고 있던 이방자의 손을 벗어나 슬쩍 여인의 어깨를 감싸 안는다. 영친왕으로서는 스스로 행하여지는, 쉬운 일 같았지만 여간한 용기가 필요했다.

"마사코. 난 세상을 나쁘게 보고 싶지 않소. 웬고 하니, 남들은 비록 가엾은 정략의 희생자라고 하겠지만 그건 나의 운명이요, 또 나의 갈 길이라 하지 않을 수 없소. 내 기꺼이 받아들이리라. 이젠 당신이 있으니 더 힘이 될 터이고……."

"힘내세요. 서로의 태어난 나라는 다르지만 모두의 인간은 다르지 않다고 봐요. 첨엔 어쩔 줄 몰라 했지만 이젠 오히려 맘이 편하답니다."

"그래요. 이왕 이렇게 된 삶인데 서로를 아끼고 살아야 하지 않소?"

영친왕은 감싸 안은 이방자의 어깨를 안으로 더 끌어들인다.

"저도 그렇게 생각해요."

이방자의 나지막한 음성이 모래 위에 뿌려졌다. 영친왕은 짐짓 흡족한 마음으로 말을 이어간다.

"서로의 풍습이 다르긴 하겠지만 깊은 사랑은 결코 서로를 배반하지 않으리라 믿어요. 그러기 위해선 그 어떤 험한 길이 있더라도 함께 힘을 합친다면 또 못할 게 그 무엇이겠소. 그것만이 부모님을 아니, 자신을 위한 길이 아니고 무엇이겠소."

사실 영친왕은 성인이 되도록 절망의 끝에 서보려 했던 적이 없지는 않았다. 하지만 그때마다 어린 영친왕은 고국에 있을 아버지 고종을 생각하며 꿋꿋이 견뎌냈는지도 모른다. 아버지 고종은 영친왕이 떠나오기 전 아들에게, 가거들랑 어떤 일이 있더라도 오로지 참고 또 참아야 하느니라, 라고 말했던 것을 기억해낸다. 그것은 서로가 서로를 위해서 던져지고 받아들인 하나의 묵계와도 같았다. 서로가 서로를 편하자고 한, 말 못할 허락 속에서 고종은 아들의 일본행을 슬며시 묵인할 수밖에 없었다.

　앞으로 이방자와 살아갈 일이 꿈결 같다고 말할 수야 없지만, 지금 영친왕의 부푼 가슴은 그 누구도 막을 수 없을 것처럼 그 깊은 곳에 사랑의 씨앗 하나를 잉태하려 하고 있다.

　"마사꼬……."

　"네."

　"당신이 날 어느 정도 이해해 줄지……."

　사실 이방자는 영친왕에 대해서 일일이 관심을 가져오지 않았던 것은 사실이었다. 이럴 줄 알았더라면 영친왕을 좀 더 일찍 눈여겨보았으면 어땠을까 하는 맘을 가져보았다. 하지만 그녀의 가슴은 그럴수록 더 외롭고 쓸쓸할지도 모른다는 생각이 들었다.

　"그 말은 오히려 제가 해야 할 말인지도……. 실은 저도 영왕께서 이해해 줄 일이 너무 많은 여자이기에……."

　이방자도 조금은 두려웠던 게 사실이었다. 서로가 서로를 좋아해서 그렇게 만났더라면 시작과 끝의 아무런 두려움 없이 다가설 수 있을 게다. 하지만 어느 날 느닷없이 엮어진 만남을 사랑이라는 이름으로의 승화에 두려움이 없다, 라고 말할 수는 없다. 이방자의 운명도, 영친왕의 운명도 그랬다.

　"고백이 하나 있소이다."

"……."

여태껏 누구에게도 터놓고 얘기할 수 없었던 가슴속의 비밀과도 같은 이야기들……. 아, 영친왕은 언제나 홀로였다.

"사실 난 조선인이라고 말할 순 없을 것 같소……."

"무슨……."

"피는 조선인으로 태어났으나 지금은 일본 사람에 더 가깝소. 그러니 이도 저도 아닌 사람. 어쩌면 좋소. 누가 어디로 가겠냐고 묻는다면 난 무어라 답을 내리기 어려울 것 같소이다."

영친왕이 툭 내던진 말의 의미는 사뭇 의미심장하게 들렸지만, 실상 영친왕의 눈가에는 이슬 하나 맺히지 않고 있다. 세월은 참으로 한 소년을 어쩔 수 없는 처지로 몰고 갔다. 아버지 고종도 어쩔 수 없었던 운명의 장난 앞에 속수무책이었다. 말릴 수 없었다. 천황의 어명을 거역할 수 없었던 조선의 왕 고종. 그래서 영친왕은 태어나 자라다 만 곳이 조선이 되었다.

"너무 상심 마세요. 이젠 제가 조선의 여자가 되렵니다. 아니, 조선의 풍습이 어떠하다는 것도 알아가고 있습니다. 전 조선의 며느리인 걸요."

밉지 않은 이방자의 입에서 영친왕이 미처 생각할 수 없었던 말들을 끄집어내고 있다. 하긴 이제 이방자가 한 말처럼 영친왕이 그러했듯이 본인도 조선의 풍습과, 조선의 피가 섞인 자식을 생산해야 한다.

내선일체(內鮮一體). 서로가 융화되어야 하고, 하나가 됨으로써 일본은 존재한다. 하므로 그들은 조선 왕가의 피를 섞는 것을 통치의 비결로 여기고 있다. 그 희생양이 영친왕과 곁에 앉아있는 이방자인 것을 그녀는 알고 있다. 그들의 정책이 영친왕을 통해서 성공의 길로 접어들고 있다. 그렇게 본다면 고국에 하나밖에 없는 누이동생 덕혜옹주마저도 자유롭지 못하다. 영친왕으로서도 맘을 놓을 수 없는 부분이기도 했다.

고국에 있는 순종과 윤비. 이렇듯 영친왕의 세자책봉은 둘 사이의 사속(嗣續)에 기인했다. 윤비는 한없는 낭떠러지기와도 같은 절망감 속에서도 세상을 견뎌왔다. 영친왕의 어머니 엄비는 사투와도 같은 험난한 길에서 영친왕을 가질 수 있었다. 순종의 대를 이을 왕세자, 즉 다음 임금으로 충분히 오를 수 있다는 일념으로 고종의 마음을 사로잡기에 이르렀을 거라는 믿음을 가지게 한다. 결국 그 뜻은 이루었지만, 일제는 그 모든 엄비의 소망을 짓밟아버렸다.

낙선재의 뒤뜰에 핀 꽃은 하루 이틀에 시들지 않는다. 꽃들은 싱싱한 줄기와 잎새를 바탕으로 그 환한 웃음을 훤히 드러내 보이고 있다.

그 화사한 낯빛. 수줍은 듯 피어난 고종의 고명딸 덕혜옹주. 지금은 그림자조차도 보이지 않고 있다. 영친왕이 그러했듯 덕혜옹주마저도 윤비의 곁을 떠나갔다. 살포시 피어나는 꽃을 삽으로 뿌리 채 떠서 저 일본이라는 땅에 묻었다. 영친왕은 그곳에다 아침이면 물을 주고 시들어 버릴까 노심초사하며 들여다보고 있다. 덕혜옹주에게 있어 기댈 곳이라고는 오로지 오라버니인 영친왕밖에 없었다.

"왕전하께 봉서 올렸느냐?"

윤비는 앞에 고개를 조아린 김 상궁에게 묻는다. 김 상궁은 윤비의 소식을 타국의 영친왕에게 계절이 변하지 않더라도 언제고 안부를 전하곤 했다.

"네, 마마. 아직……."

"어서 올려라. 내 맘이 왜 이토록 쓸쓸하단 말이냐. 아무도 살지 않는 암흑이 따로 없구나. 덕혜는 잘 있는지. 언제나 웃음을 잃지 않았으면 좋으련만……."

윤비는 부모가 아무도 없는 덕혜가 가여웠다. 아니, 어린 나이라는, 한 소녀인 것에 마음이 더 가는 것이었다.

윤비는 아무나 이야기 할 수 없었다. 주변에 몇몇 상궁들이 있기는 하지만 그렇다고 시시콜콜 속내를 드러낼 수 없는 없었다. 어쩌다 창가에 바람 한 점 다가와 두드려도 때론 서글퍼지는 것이었다. 상궁들과는 할 말이 있고 못할 말이 있거늘, 같은 왕족으로서 영친왕이나 덕혜옹주라도 있었더라면 이렇게 쓸쓸히 뒹구는 낙엽과도 같은 신세가 되지는 않았을 터였다. 무슨 재미로 산단 말인가. 모든 게 운명이려니 하다가도 무엇에 갇힌 듯 마음은 늘 착잡하고 공허했다.

뒤뜰에 까치가 운다고 좋은 소식을 물고 오지는 못했다. 세상은 어느 날 문득 달라져 보일 것 같지는 않았다. 변화되지 않는 세월은 너무 오래도록 흐르고 있다.

김 상궁은 윤비의 분부대로 붓을 잡는다. 종이 위에 적어 내려가는 사연은 곧 윤비의 속마음과 다르지 않다.

　밤새 침수제절(寢睡諸節) 안녕하시오. 아뢰올 말씀은 벌써 덕혜옹주가 마마께옵서 떠난 지 한 해가 지났거늘 어찌하여 좋은 소식은 없고, 그렇다고 단숨에 달려가 볼 수도 없는 지경이고 보면 그 안타까움이야 이루 말할 수 없으매, 오늘도 몇 자 적어 올리나이다. 이곳은 마마를 위시하여 모두 영왕의 근심 덕택으로 무사하오니 아무 걱정 마시옵고 다만 영왕께옵서 옥체 강녕하시옵기를 축수하나이다.
　마마께옵서는 곁에 있는 덕혜마마의 상심이 더 깊지 않은지 늘 궁금히 여기사와 모쪼록 꿋꿋이 자라나는 나무가 되어 언젠가는 다시 고국의 품으로 올 수 있을 것을 축원하는 바이옵니다. 그것은 온 백성의 뜻이기도 하거니와, 그것 또한 조선의 국권 회복에 다름 아닌 것이라 하지 않을 수 없을 것이오며, 뜻이 그러 하면 천지신명께서도 분명 조선의 편에 있을 것이라 믿어 의심치 않을 것이옵니다.

일찍이 조선왕조 500년 역사 이래 한 사람도 아닌 누이동생 덕혜마마까지 먼 땅으로 가야 함은 없었거늘, 어찌하여 이 대에 와서 그런 고충의 겪으심을 그 어떤 조선인인들 무심할까 싶사옵니다. 마마께옵서도 왕전하의 두루 보살핌으로 말미암아 그 외로움을 다소 누그러뜨릴 수 있을 거라 조금의 위안을 삼기는 하지만, 원체 일제의 계략의 표독함이 극치에 달했음을 마마께옵서도 그 점 앞서 잡을 수 없었던 무능함을 한탄하옵사, 밤잠을 지새우다시피 하던 날이 하루 이틀이 아닌 것을 곁에서 보아오면서, 같이 눈물을 머금을 때가 있으매, 세상 언제 밝은 날이 오려나 정한수 떠놓고 낙선재 뒤뜰에서 밤이면 떠오르는 달을 보며 빌고 또 빌고 있사옵니다. 하늘이 조선의 편에 있다면 이것은 분명 우리 땅에 찬란한 역사가 다시 찾아올 수 있으리라는 믿음에 다름 아닐 것이옵나이다.

아무쪼록 이 땅에 하나밖에 없는 덕혜마마의 근심이 줄어

드는 날 마마의 용안은 밝아질 것임을 믿어 의심치 않는 바
이옵니다. 나라와 나라 사이에 존재하는 모든 벽이 허물어
질 수 있는 날이 하루 빨리 올 수 있기를 기원하오며, 부디
왕전하께옵서 옥체 평안하옵기를 비옵나이다.

1926년 8월 12일
조선의 땅, 낙선재에서

어둠의 그림자. 덕혜가 이곳으로 온 지 얼마 되지 않아 영친
왕이 머물고 있는 사택은 그야말로 밝은 햇살이 무수히 내리
쬐고 있지만, 밖을 잘 나오려 들지 않는 덕혜는 영친왕의 고민
이었다. 같은 집에 사는 것과 다름없다지만, 집안의 평화는 너
무 먼 곳에 있는 듯싶었다.

"전하께서 한번 들어가 보시지요. 요즘 잘 보이질 않아
서……."

이방자 역시 조금은 애가 탔다. 덕혜의 아픔은 곧 영친왕 부
부의 아픔과도 다르지 않다는 걸 둘은 알고 있다. 덕혜는 아직
어리다. 성인이 되었더라면 그래도 세상을 참아내며 살아가는
데 좀 더 수월할지도 모른다. 하지만 덕혜는 아직 15세의 다 자
라지 않은, 그야말로 수줍음이 가득한 한 소녀에 불과했다. 덕

혜의 의지와 상관이 없는 삶은 그러나 조국이 아닌 타향에서
의 타의에 의한 삶을 꾸려가야 함이었다. 아니, 끌려가야 했다.

"글쎄 내가 가 본다고 달라질까?"

영친왕은 고개를 갸웃거린다. 그런 덕혜의 심정을 모를 리
없는 영친왕이었다.

"그래도 그게 아니에요. 오라버니 말을 잘 들을지 누가 압니
까. 조선말이 서투른 내가 무슨 소용이 있겠어요."

이방자는 그런 덕혜옹주에 대해 안타까워한다. 한 여자로서
아직 어린 덕혜의 모습이 눈에 밟혔다. 하찮은 짐승도 다른 집
으로 팔려 가면 그 집에 적응할 때까지는 먹는 것은 고사하
고 그 집에 적응하느라 눈물을 흘리곤 한다. 자기 집이 그리워
밤새 울어대는 짐승들의 울음소리는 그 모든 것을 깨운다. 덕
혜는 영혼이 살아 숨 쉬는 정신과 감정을 먹고 사는 한 소녀
였다.

"어디 그럼 함께 방으로 가봅시다."

둘은 바로 곁에 있는 덕혜의 방으로 향한다. 둘은 고양이의
발걸음처럼 조심스레 문을 연다.

"그래 뭣 좀 먹었느냐?"

덕혜는 입을 다문 여린 나팔꽃의 꽃잎처럼 입을 열려고 하
지 않고 있다.

"아기씨, 이러면 안 돼요."

덕혜를 향해 조선말을 겨우 꿰맞춘 이방자의 음성이 방 안에 살포시 내려앉는다.

"어제는 죽을 조금 드셨사옵니다."

곁에 있던 시종이 낮은 음성으로 거든다.

"한창 나이인데 죽이 뭔가. 쯧쯧."

영친왕이 혀를 끌끌 찬다.

"얼른 힘내서 산책도 하고 그래야지요. 그러면 안 돼요."

이방자는 마치 부모인 것처럼 덕혜를 다독인다. 이방자는 안다. 어느 날 영친왕과 부부가 된다는 사실에 놀라던 기억. 그때 이방자도 지금의 덕혜처럼 방 안에 처박혀 밖으로 나올 줄 몰랐다. 달라진 세상이 두려웠고 모든 게 무서웠다. 어쩌다 밤하늘을 쳐다보며 꿈꾸던 낯모를 이성과의 만남도 한순간에 날아갔다. 그래서 세상은 혼자인 것처럼 여겨졌다. 부모조차도 눈에 들어오지 않았었다.

"자아, 그러지 말고 오늘은 좀 밖에 산보라도 하자꾸나. 어여 입매도 다시고……."

그러면서 영친왕은 불현듯 자신의 어린 시절을 떠올린다. 그래도 그땐 이등박문이라는 그림자 같은 늙은 여우가 늘 영친왕의 일거수일투족을 보며 모든 것에 만족을 주려고 애쓰고 있었다. 먹는 것은 물론 물질적인 선물과 이곳저곳으로 구경도 시켜주며 선심 아닌 선심을 쓰고는 했다. 그 그림자는 오래가지 않았으나, 그 여운은 아직 영친왕의 가슴에 하나의 애증의 자국으로 남아있다.

그때 영친왕은 너무 어렸기에 멋모르고 따라왔다. 처음엔 낯설어했지만 이등박문은 영친왕 앞에 자신의 무릎을 굽혀가며 갖은 아양을 떨며 영친왕의 비위를 맞추곤 했다. 그 어떤 굴욕도 영광의 상처로 자리 잡으면 그만인 듯싶었다. 하지만 지금의 덕혜는 그와 같지 않다. 이미 예민한 시기로 접어들었음은 물론이며 한 여자는, 개구쟁이인 한 사내아이와 같지 않다. 영친왕은 그런 자신의 어린 시절이 덕혜옹주와 대비되는 것이었다.

한 사람이 끝나기도 전에 다른 덕혜라는 누이동생이 자신의 전철을 밟게 될 줄은 미처 몰랐다. 덕혜는 세자도 남자도 아니었다. 물려주고 싶지 않았다. 누이동생까지 되풀이 되는, 그로 인하여 삶의 궤도를 이탈하고픈 숨 막히는 시간들의 견딤이 너무 고통스러워 차라리 저 먼 세상의, 사람이 살지 않는 곳으로의 삶을 그리게 되는 현실의 대물림은 자신으로 끝맺게 되는 줄 알았다.

"덕혜야, 저 창밖에 나는 새를 보아라. 방 안에 있어서는 아무엇도 얻어지는 게 없다. 피부에 와 닿는 시원한 바람이 사람을 깨운다. 일어서게 한다."

그러면서 영친왕은 자신도 그렇게 일어섰노라고 말은 하지 않았지만, 분명 오빠의 말은 틀리지 않는다는 분명한 믿음 하나를 심어주려 하고 있다.

덕혜가 무슨 생각이 들었는지,

"오빠, 이따가 바람 한 번 쏘일게요."

라고, 작은 소리로 말한다. 그 음성이 갑갑하던 방 안에 바깥바람 한 점을 몰고 온 것 같았다. 굳어 있던 영친왕의 낯빛에 은은한 화색이 돈다.

해는 물체보다 그림자를 작게 만들었다가 조금씩 늘려나간다. 그 속도는 여간해서 드러나지 않다가도 저녁쯤이면 속도가 빨라지는 착시 현상과도 같은 것을 만들곤 한다. 사람의 마음은 어둑해지는 만큼 성급해진다. 아직 그림자는 물체의 크기를 많이 부풀리지 못했다.

가을 햇살은 그다지 따사롭지 않아서 좋았다. 영친왕도 입맛이 없기는 마찬가지였다. 그래서 둘은 김밥을 손수 만들고 있다. 밖에서 먹는 음식으로는 그만이었다. 덕혜도 싫어할 것 같지는 않았다. 조선에서도 먹어본 적이 있기는 있었다. 그땐 아무나가 먹을 수 없는 귀한 음식이었던 걸로 기억 된다.

덕혜가 영친왕의 뒤를 따른다.

"덕혜야, 저렇게 서 있는 나무들을 보아라. 아무런 불만도 없이 수명이 다하도록 저렇게 붙박혀 있는 저것들의 심성을 우린 배워야 한다."

얼마쯤 걸었을까. 영친왕은 길옆으로 보이는 나무들을 향해 보란 듯 한마디 한다. 겨우 끌고 나오다시피 밖으로 나온 오랜만의 외출이었다. 도시 덕혜 앞에서는 말 한번 붙이기가 여간 쉽지 않았던 것을 감안하면, 오늘은 큰 수확이 아닐 수 없다. 어떻게든 마음의 풍요를 가져다주는 게 필요했다.

고개를 숙이며 걷던 덕혜가 한참 만에 입을 뗀다.

"저 나무들은 함께 어울릴 친구도 곁에 있고, 그리고 무엇보다 감시가 없으니 저보다 열배 아니 백배는 행복할 거예요. 그래서 저렇게 높이 자랄 수 있는 게 아닐까 싶어요."

덕혜가 빗장 하나를 풀 듯 나직한 목소리로 허공을 보며 지껄였다. 시선을 거둘 즈음 이름 모를 새 한 마리가 허공을 가로질러 어디론가 날아간다. 자유로운 새들은 어디고 거리낄게 없어보여서 좋았다. 나는 것에는 새로운 게 보인다. 덕혜의 눈 앞엔 새로움의 희망이 보이지 않고 있다.

"그래도 기왕에 태어난 인생이니 절망을 가져서는 안 된다."

영친왕이 괜스레 길섶에 솟아오른 풀을 하나 뽑아내며 가

법지 않은 투로 말한다. 그 말끝에 덕혜의 음성이 이어진다.

"전 이 땅에 살고 싶지 않아요. 차라리 죽는 편이……."

그 고운 입에서 거칠기 이를 데 없는 말들을 뽑아내고 있다. 놀라기는 곁에 있는 이방자도 마찬가지였다.

"그러면 안 된다. 돌아가신 아버님을 생각해서라도 참아야 하느니라. 세상의 끝이 어딘지 모르지만 결코 세상은 저들의 편에 있지 않을 거다."

실상 말은 그렇게 했지만 영친왕은 괜스레 부인인 이방자의 심사를 건드린 꼴이 되어버린 것 같아 맘이 편하지는 않았다. 영친왕은 이럴 때면 중립을 지켜야 하는지도 모른다는 생각을 하게 된다. 하지만 조선은 그저 가만히 있은 죄밖에 없다. 그들의 욕심은 끝이 어디까지인지 알 수 없다.

덕혜가 태어날 때부터 이미 궁궐은 일제의 차지였다. 덕혜는 그때부터 눈치란 걸 배웠다. 아버지 고종의 무릎에 앉아 수염을 잡아당기면서도 일제 앞에서는 재롱을 멈춰야 한다는 것을 스스로 알아냈다. 아버지 고종은 지금 한을 품은 채 세상을 등졌다. 지금 생각하면 차라리 일찍 세상을 떠난 것이 어쩌면 다행인지도 모른다.

딸을 위해 아무것도 해준 게 없는 고종은, 이럴 줄 알았더라면 딸인 덕혜를 세상 밖으로 나오게 하지 않았을지도 모를 일이었다. 하지만 임금도 앞날을 알 수 없는 한 인간에 불과했다. 또한 왕은 불쌍했다. 최상위 씨의, 종족의 말살에 다름 아닌 피의 섞음. 저들이 꿈꾸는, 드러나 보이는 모략 속에서 조선의 왕족은 속수무책으로 이끌려 다녀야만 했다. 알고 보면 강요된 삶을 거부할 수 없는 왕족은 차라리 편하게 살아가는 백성의 부러움을 살 게 못되었다.

"우리, 저쪽에 앉아요."

이방자는 풀들이 짧게 자란 곳에 간단한 보자기를 깔고 준비해온 김밥을 내놓는다.

"어서 들어보아요. 뭐든 먹어야 해요. 그래야 밝게 비치는 햇살도 볼 수 있잖아요."

이방자는 덕혜 앞으로 먹을 것을 챙겨준다. 덕혜는 마지못해 김밥을 입에 넣는다. 그 모습을 보고 있는 영친왕 내외는 그래도 신통한 마음을 가지려 한다. 밥을 입에 넣는 것만큼 덕혜에게는 사는 것 또한 그와 다르지 않아 보인다.

무뚝뚝하게 뵈던 영친왕도 덕혜 앞에는 눈 녹듯 살가워지려 하고 있다.

"조선에서의 일들은 가능하면 잊고 지내야 한다. 새로운 땅, 밥이 입맛에 맞지 않는다고 먹지 않으면 살아갈 수 없듯이 현실을 직시하며 살자꾸나. 세상살이가 쉬운 게 어디 있겠느냐."

영친왕의 말 한마디가 덕혜의 가슴속 그 깊은 곳까지 울릴 수 없다 해도 뭔가 아버지 고종을 대신해서라도 가만히 있으면 안 되었다.

"산다는 것에의 눈치를 본다는 삶이 과연 참다운 삶인지 잘 모르겠어요. 그리고 저들은 아마도 제가 없어져주기를 내심 바랄 거예요."

덕혜는 목이 메는지 물을 두어 모금 들이킨다.

"무슨 말을 그렇게 하느냐. 아버님께서도 그 많은 고통과 핍박 속에서도 견뎌낸 걸 모르느냐. 더욱이 지금의 왕족이란 근력을 잃어가는 노인과도 다르지 않다는 걸 알아야 하느니라. 속국의 설움을 이겨내는 방법은 맘을 단단히 먹고 살아가는 것밖에……."

영친왕은 입으로, 귀로 뭔가를 자꾸만 넣어줘야 할 것만 같은 생각에 정작 자신은 음식을 제대로 먹지 못하고 있다. 하지만 야외로 나온 것에는 만족했다. 사람의 마음을 가라앉혀 주는 데는 자연만한 게 없다는 걸 영친왕은 겪어왔다. 시간이 있으면 어디로든 함께 여행이라도 해주고 싶었다. 그런 것은 어릴 때 이등박문에게서 배웠다.

"남기지 말고 마저 다 들어요."

서너 개 칼질한 자국을 남긴 김밥을 보며 이방자가 말한다.

덕혜는 이미 젓가락을 놓은 상태였다. 이방자는 덕혜를 대할 때마다 어머니와 같은 심정이 되었다. 가여웠다. 언제였던가. 조선을 찾았을 때 서로 눈이 맞부딪칠 때면 어쩔 줄 몰라 하며 배시시 미소를 보내던 어릴 때의 기억이 새삼 떠오르곤 했다. 그 해맑던 얼굴은 어디로 간 걸까. 해가 지고 다시 아침의 맑은 햇살이 비치는 것과도 같이 그렇게 변할 수는 없는 것인가.

윤비 앞에서 유치원에서 배운 노래를 뽐내기라도 하듯 서슴없이 불러대던 덕혜였다. 그 귀엽던 몸짓은 다 어디로 가고 외로운 신세가 되어버린 지금, 덕혜는 윤비 앞으로 봉서 하나 올릴 수 없는 몸이 되어버렸다. 자신 하나를 추스르기가 얼마나 쉽지 않다는 걸 덕혜는 겪어오고 있다. 곁에 집안의 어른과도 같은 존재인 윤비라도 있었더라면 마음에 위로가 되었을 터였다. 마음의 비는 그칠 줄 모르고 내린다.

"일기는 쓰고 있니?"

영친왕이 아이에게 교육을 시키듯이 묻는다.

"……."

"허허, 그럼 되나. 좋던 싫던 사람에게는 그 날의 한 일을 되짚어 보고 반성하는 데서 내일의 기약도 할 수 있지 않니? 세상일을 적어 보아라."

세상을 감내하며 살아가는 왕족의 일들은 곧 역사가 될 수 있었다. 훗날 누가 보아도 그것은 기록으로서도 가치가 있기에 충분해 보인다. 왕족의, 당사자의 억압된 심정은 하나의 겨레의 아픔이 배어있기 마련이었다.

"소화도 시킬 겸 저쪽 공원으로 옮겨요."

이방자가 앉아있던 자리를 추스르고 길을 앞서 나간다. 이따금 사람들의 모습이 눈에 띄지만 영친왕은 애써 개의치 않으려 든다. 아까부터 쓰고 있던 모자의 차양을 조금 내린다. 간혹 그를 알아보고 예를 갖추려는 사람들이 있어 조금은 멋쩍어 하던 영친왕이었다. 이렇게 나와서는 알아주는 이 없는 것이 오히려 편했다. 아무도 알아주지 않는다 해도 서운할 것은 없어 보인다. 조선에서의, 세자로서의 받던 정당한 받듦과 남의 나라에서 받는 동정어린 듯한 대우는 엄연히 같지 않다. 하지만 군인의 몸이었기에 계급장으로서의 대우는 어쩔 수 없었다.

"날씨가 너무 좋아요. 곧 단풍이 들겠지요. 이곳 일본도 아름다운 나라예요."

앞서 걷던 이방자가 길섶에 자란 나무를 보며 말한다.

"우리들의 앞날도 오늘의 날씨만큼이나 좋을 거라 믿소."

영친왕은 당당한 군인으로서의 면모가 보인다. 영친왕은 아버지 고종을 닮아 키가 크지는 않지만 군인으로서 튼튼한 어깨와 씩씩한 발걸음을 가지고 있다. 그렇게 길러졌다. 덕혜 앞이라서 그런지 오늘따라 쓸쓸한 기색이 하나도 보이지 않고 있다. 그래야만 된다는 것을 덕혜의 얼굴을 보고 알아냈다.

덕혜는 아직 고개를 쳐들려 하지 않고 있다. 마치 죄를 지어 하늘을 보기가 두려운 사람처럼. 햇빛은 그런 덕혜의 모습을 씻겨주려는 듯 부드러운 햇살 한 점 뿌려놓는다.

"저기, 그늘이 있는 의자에 앉아요."

공원은 아니지만 길옆의 빈터에 마련된 의자에 가 앉는다. 가족이 산보를 올 수 있다는 것에 감사의 마음을 가지려 하는 영친왕은 그래도 모처럼 기분이 언짢지는 않았다. 영친왕은 오늘의 날씨와도 같이 어느 정도 시간이 흐르면 좀 나아지리라는 믿음 하나를 가지려 한다. 이국땅에서 쓰러지면 안 되었다. 살아야 했다. 누구의 도움의 손길이 없다는 것도 안다. 덕혜라는 가냘픈 한 떨기 꽃이 꺾일까봐 걱정하는 오라버니 영친왕은 그래도 고종의 한 핏줄인 것에 달리 할 수는 없었다.

"덕혜야, 뭘 생각하느냐?"

말수가 적은 영친왕이 덕혜의 숙인 고개에 대고 슬며시 말한다. 덕혜는 아직 어리다. 그게 맘에 걸린다. 덕혜는 지금 아마도 바다 건너 조국에 있을 어머니 생각을 하고 있는지도 모른다. 덕혜의 어머니 양귀인은 어린 덕혜를 떠나보내고 처음엔 공부만을 하러 떠나는 줄 알고 싫어하지 않았다. 하지만 차츰

266

그런 것들이 그들의 계략임을 알아내고 어린 것을 생각하며 많은 눈물을 흘렸다. 덕혜에겐 둘도 없는 어머니. 그 어머니를 생각해서라도 덕혜에게 잘 해줘야 한다고 맘은 먹었음에도 현실은 그렇지 않은 것에 영친왕도 때론 답답한 세상에 대고 돌팔매질이라도 하고 싶을 때가 있곤 했다.

"오빠, 제게 소원이 있어요."

한참 만에 덕혜가 입을 연다.

"무슨······."

"어머니를 언제 볼 수 있는 거죠? 이러다가······."

덕혜는 영영 못 만나기라도 하는 것처럼 나직이 말한다.

"조선에 갈 기회가 있겠지. 그때 보면 되지."

"자꾸만 어머니가 꿈에 보여서······."

"어머니도 오늘의 어려움을 잘 견뎌내고 지혜롭게 살아가기를 바랄 거야. 어머니를 볼 수 있다는 꿈을 갖고 살다보면 그 소망은 어디로 달아나지 않을 거야. 힘을 내야지."

영친왕은 덕혜에게 좋을 대로 말을 해준다. 그 꿈이 허망할지라도 꿈을 놓지 않고 살아가는 방법은 따로 있지 않다.

"우리 종종 이렇게 나와요."

이방자는 어디고 낯설지 않다. 자신의 땅에서 타국의 남자를 남편으로 맞고 살아가는 가장 원천적인 힘은 바로 자신의 땅

에 있는지도 모른다. 그런 것을 감안하면 낯선 땅을 밟고 있는
두 사람의 심정을 어떻게 다 알까 싶었다. 참으로 힘겨운 나날
은 언제까지 이어질지 그 누구도 알지 못한다.

이방자가 일어선다. 둘은 이방자를 따라 일어선다. 사람의
그림자가 아까보다 조금은 길어진 듯싶었다. 하지만 셋을 비추
고 있는 태양은 여전히 시들 줄 모르고 있다. 일본의 땅은 아
무리 걸어도 조선은 보이지 않는다. 바다에 떠있는 섬 하나. 그
곳에 희망은 쉽게 찾아들지 않고 있다. 섬은 외롭게 떠있는 하
나의 별과도 다르지 않게 보인다. 섬이 아닌 곳으로 떠나는 날
둘은 온전한 태양과 별과 달을 볼 수 있을 거라 믿어본다. 오
늘 밤, 온전한 달과 별이 있는 곳에 서신을 하나 올려야겠다고
영친왕은 맘먹는다.

저편 하늘을 멀찍이서 바라보고 있사옵니다. 거긴 우리
의 땅, 조선. 거기에 계신 마마께옵서도 옥체 강녕 하시 온
지요. 소인 바다 건너 이국에서 오늘도 무사히 하루를 마
쳤사옵니다. 이 은덕 마마의 염려 덕택이 아닐까 하옵니다.

오늘따라 왠지 조선의 별 하나를 갖고 싶었사옵니다. 그
리움에 사무칠 때면 무엇이라도 움켜쥐어야 하는데 이곳
은 갖고 싶은 게 별반 있지 않은 게 사실이옵니다. 제아무

리 좋은 보석이 있다 한들 조선의 달밤에 비친 달빛만은 못할 것이오며, 아무리 맛있는 진미라 할지라도 낙선재 앞뜰에 놓인 우물가의 물 한 모금만은 못할 것이옵니다. 그 곁에 물 깃는 무수리의 모습이라도 볼 수 있다면 얼마나 정겹고 좋은 풍경에 며칠은 굶어도 살 수 있으련만, 아련히 떠오르는 머릿속에 그저 그려보는 것으로 만족을 느끼려 하고 있사옵니다.

마마께옵서 걱정하옵는 덕혜는 아직 마음의 자리를 잡지 못하여 다소 걱정은 되오만은 차츰 나아질 것이라 믿사옵니다. 오늘은 야외에서 함께 김밥도 먹었사옵니다. 원체 입이 짧아 많이 먹지를 못해 애태우기도 하지만 그렇다고 연명이 안 될 정도는 아니기에 그나마 다행이옵니다. 점차 나아지도록 소인 신경을 쓸 것이오니 너무 걱정 마시옵기를 바라오며, 무엇보다 쓸쓸한 낙선재를 지키고 계실 마마를 생각하면 소인 가슴이 미어지는 것 같은 느낌을 지울 길 없사옵니다.

생각하면 참으로 어려움을 겪는 이왕가이기에, 그 단란했던 지난날이 있었음은 무엇과도 바꿀 수 없었던 아름다운 추억이 아닐 수 없사옵니다. 낙선재의 뒤뜰에서 뛰어놀던 추억이 새록새록 한데, 아름다운 노을이 지듯 아련한 추억만이 울고 있는 지금, 새삼 붙잡고 싶은 일들은 더 늘어나는 것만 같사옵니다.

달려가고 싶어도 갈 수 없는 곳, 보고 싶어도 볼 수 없는 곳은, 그러나 그 풍광만은 영원히 변치 않는 조선의 땅, 조선의 궁궐이 되어야 할 것이옵니다. 이 소인도 아름다운 국토의 보존, 그리고 독립된 민족의 꿈이 반드시 이루어지는 날을 고대해 보는 것이옵나이다. 그 꿈이 비록 멀다고 해도 참아낼 것이며, 온전한 민족의 정기가 궁궐 안으로 스며드는 날 백성들의 평안 또한 유지되는 것이라 아니할 수 없을 것이옵니다. 부디 그날까지 마마께옵서 옥체 강녕하시어 밝은 웃음으로 만나 뵈올 수 있기를 소망하는 것이옵니다. 오늘은 이만 줄이옵니다.

1926년 9월 15일
바다 건너 타국에서 이은

윤비에게 1963년 11월 22일의 하루는 짧고도 길게 느껴졌다. 긴 세월 동안 윤비는 오늘을 기다려 왔다.

"아무 말도 할 수가 없었사옵니다. 마마."

김 상궁이 어렵게 입을 뗀다. 하늘은 말이 없다. 벽에다 대고 고함을 지르면 벽은 그 울림만으로 되돌아올 수 있으련만, 영친왕이 누워서 바라본 하늘엔 구름 한 점 떠가는 모습을 느낄 수 없음이 그저 보는 이로 하여금 눈물만 솟구치게 만든다.

짐작을 못한 건 아니었다. 윤비는 창문을 열고 밖을 내다본다. 담장 너머 저만치에 입새를 몇 장 매달았던 나뭇잎마저 어느새 다 떨어져 그 쓸쓸함을 더해주고 있다. 겨울이 성큼 온 것 같은 날씨였다.

윤비는 가만히 낙선재의 앞마당을 바라본다. 옛일이 주마등처럼 스친다. 어린 생각시(주: 생머리를 한 어린 궁녀)들에게 막대기로 총을 만들어주며 군대놀이를 하곤 했던 영친왕. 그러면서도 의젓함을 잃지 않으려 뒷짐을 진 채, 아침이면 상궁들에게 그래 잠은 잘 잤소? 하며, 그 날의 안부를 묻고는 하던, 당당했던 영친왕의 모습이 눈앞에 보이는 듯했다.

"마마, 고정 하시옵소서……. 영친왕비께서 이곳에 오신다고 했사옵니다."

윤비가 밖을 나선다. 숨어있던 바람이 윤비의 얼굴을 훑고 지나갔다. 바람의 촉감이 제법 차디찼다. 윤비는 아무것도 느끼지 못하고 있다. 같이 살고 싶었다. 같이 산 세월이 떨어져 살았던 시간에 갑절만이라도 되었더라면 싶었지만, 세상은 모든 걸 허락하지 않았다.

"푸우, 푸우."

윤비가 빈 하늘에 대고 바람을 일으킨다. 하늘은 꿈쩍도 않고 있다. 그러기를 몇 번. 윤비는 뒤뜰을 왔다 갔다 한다. 그것은 윤비의 버릇과도 같았다. 그것은 자신의 힘으로 무엇인가에 부딪쳐 어찌할 수 없음을 뜻하는 하나의 동작이 되었다.

윤비의 뒤를 따르는 상궁들. 바람 따라, 윤비 따라 이리로 저리로 끌려 다닌다. 세상이 끝이라고 여겼을 때, 기적을 바라는 헛된 마음 또한 윤비답지 않다는 걸 스스로 모를 리 없는 윤비였다.

"내가 얼른 떠나야 하는데……. 괜스레 살아서 무엇 하나……."

그런다고 해서 건질 것은 아무것도 없다. 그저 허공에 대고 지껄인 말은 바람을 따라 아무데고 떠다니면 그만이었다. 호령할 수 없는 입장에 서면 가랑잎 하나 굴러가는 것을 보아도 하찮아 보이지 않을 때가 있는 법이다. 그나마 내 집 하나 있는 게 어딘가 하다가도, 옛 시절이 떠오르곤 할 때면 선조의 대를 제대로 잇지 못한 회한이 윤비를 휘감고 지나가곤 했다.

"마마, 쌀쌀하옵니다. 그만……."

김 상궁은 하염없이 서성대는 윤비를 채근한다. 윤비는 시계가 없다. 상궁들의 입이 곧 시계였다. 시계를 그토록 신기하게 쳐다보던 순종은 지금 곁에 있지 않다. 영친왕이 고국에

온 걸 보면 기다림이라는 시간이 먼 것 같아도 어느새 곁에 와 있다. 소망이 다르지 않기는 곁에 머물고 있는 덕혜옹주도 매한가지였다.

윤비는 자신의 처소인 석복헌을 두고 안쪽에 있는 수강재로 발길을 옮긴다. 그새 달라졌을까? 오라버니가 고국에 왔다는데 그 사실을 아는지 모르는지 그저 윤비만을 물끄러미 바라보고 있다. 휑한 눈길이 어찌 보면 섬뜩해 보인다.

"오라버니가 왔다는데 아무것도 모르고……"

윤비가 지껄인 말은 혼잣말이 되었다. 윤비는 물끄러미 덕혜를 바라보고 있다가 한발 다가가서 두 손으로 덕혜의 손을 잡는다. 손길은 여전히 따스하다. 자식이 없는 윤비는 때론 딸과 같이 느껴지기도 했다. 덕혜를 볼 때면 고종의 떠올려짐은 자연스러웠다.

사실 윤비는 황후가 되고 싶어서 된 게 아니었다. 고종의 헤이그 밀사 사건으로 말미암아 아들인 순종이 황제가 되었고, 따라서 윤비는 자연스레 황후가 된 것이었다. 그러므로 황후가 된 것을 덮어놓고 좋아할 일도 못되었다. 순종은 아직 아버지인 고종이 버젓이 왕위에 있는데 몸이 성치 못한 자신이 왕위에 오른 것은 어쩌면 조선의 멸망을 부채질 하는 꼴이 될까 몹시도 두려웠던 게 사실이었다. 그리고 얼마 뒤 그들은 명치

천황의 칙어가 발표됨으로서 고종의 귀엽디 귀여운 자식인 영친왕을 그예 빼앗아 가버렸다. 그런 일제는 곧바로 병진년 8월 29일, 이른바 한일병합이라는 조선의 멸망을 공식적으로 공표함으로서 사실상 임금의 위상을 잃어버리게 했다.

윤비는 이런 저런 생각이 들자, 불현듯 덕혜가 얄밉기도 하고 또 야속하다는 생각이 들었다. 어쩌면 어려운 처지의 영친왕에게 짐이 되어버린 여인이란 생각이 들어서일는지도 모른다. 자신의 처지를 추스르기 어려운 영친왕. 그런 영친왕은 덕혜를 늘 생각해야 했다. 누구보다도 덕혜의 사정을 잘 아는 영친왕이었기에 더욱 그러했을 것이다. 게다가 덕혜마저 영친왕이 그러했듯이 일제의 강요에 의한 정략결혼이라는 원치 않는 결혼으로 말미암아 불행하게 된 것을 늘 자신의 탓인 양 괴로워했다.

그런 영친왕과 덕혜옹주는 지금 서로의 눈길을 마주할 수가 없게 되었다. 아무나가 할 수 있는 일도 왕족이라는 이유로 자신의 의지와 상관없는 세상을 산 사람들…….

"비전하께서 오셨사옵니다. 마마."

책을 보고 있던 윤비는 얼른 자세를 바로 한다. 문이 열리자 상궁들 사이로 한 여인의 서 있는 모습이 보인다. 영친왕비였다. 윤비의 눈은 한 곳에 머물러 있지 않았다. 영친왕은 보이지 않고 있다. 순간 방 안은 반가움과 안타까움이 밀려들었다. 누구의 잘못도 아니었다. 역사가 그토록 만들어 놓았다. 윤비의 체념의 눈빛은 곧 영친왕비에게로 옮아간다.

"어서 오시오."

윤비는 몸을 일으키며 몇 발짝 다가가 이방자의 손을 맞잡는다. 하지만 흡족한 손길은 아니었다. 안타까움이 밀려드는 걸 애써 참아내며 서로를 위로하는 순간이었다.

"잘 오셨소. 어서 앉으시오."

이방자는 윤비 앞에 다소곳이 앉는다.

"마마. 죄송하옵니다. 함께 이곳에 오고 싶었는데……."

"그래, 차도가 어떻소?"

윤비는 차마 묻고 싶지 않은 말인 것을 알면서도 묻지 않을 수 없었다. 그만큼 모든 관심의 대상은 오로지 영친왕인 것을 누가 모를까 싶었다.

"황공하옵니다. 그렇게도 고대하던 낙선재에 올 수가 없었사옵니다. 일어서는 것은 물론이요 말을 할 수가……."

이방자는 차마 입에서 떨어지지 않는 말을 해놓고 고개를 돌려 저만치 방바닥을 물끄러미 바라보고 있다. 육신은 성치 않더라도 말이라도 할 수 있었으면 싶었다. 바로 얼마 전 까지만 해도 몸은 성치 않았지만 말은 할 수 있었을 때, 그때 간호원이 부축해야 하는 몸으로는 갈 수 없노라고 할 때가 좋았던 것을, 영친왕은 지금처럼 될 줄은 미처 깨닫지 못한 게 회한으로 남아있다. 하지만 다시 깨어난다 해도 예전의 의식으로 되돌아온다는 보장은 없다.

고통의 세월은 너무 많은 시간동안 흘러갔다. 늘 우울하고 말이 없는 영친왕이었던 것을 이방자는 모를 리 없다. 하지만 조선에서 온 사람을 만날 때면 언제나 윤비의 안부를 묻곤 하던 영친왕이었기에, 상대적으로 윤비 또한 영친왕을 그 누구보다도 끔찍이 생각하지 않을 수 없었다.

이방자는 조선 왕가의 사정을 알게 되었고, 자신도 원하지 않았던 암울했던 시간들을 운명으로 받아들이는 것에 처음엔 익숙하지 않아 무진 애를 먹었다. 그때 수많은 밤을 눈물로 지새우다시피 했던 이방자였다.

둘의 결혼이라는 이면에는 시아버지 고종이 있었다. 세상은 군주 마음대로 되는 게 아니었다. 고종은 부인인 민비가 일본인의 칼에 맞아 처참히 살해된 마당에, 일본 황족의 딸을 며느리로 삼는다는 것은 참으로 가당치도 않은 거였다. 지독히도 일본을 싫어했던 고종이었지만 끝내 자식의 결혼을 묵인할 수밖에 없었던 것은, 자신이 완고한 입장을 고수하다가는 멀리 떠나보낸 아들의 신상에 무슨 나쁜 일이 있을까 싶은 생각이 들지 않을 수 없다. 그러기는 아들인 영친왕의 입장에서도 마찬가지였다. 자칫 자신이 일본 여자와의 결혼을 끝내 거절했다가는 고국에 있는 아버지 고종의 신변이 안전치 못한 것은 불을 보듯 뻔한 사실이란 걸 다 큰 영친왕은 모를 리 없을 거였다.

그러나 고종은 자식의 결혼을 일주일 앞두고 세상을 등졌다. 그것이 영친왕으로서는 맘에 걸렸다. 자신의 일로 그렇게 된 것 같아 늘 마음은 자유롭지 못했다. 결국 고종의 미심쩍은 주검 앞에 그 울분을 못이긴 민중들은 급기야 3·1운동이라는 분노의 깃발을 들고야 말았다.

"왕전하와 함께 이곳에서 살기를 바랐는데……."

그것은 윤비의 바람이요, 영친왕의 바람이었다.

"바로 병원으로 가지 않을 수 없었사옵니다."

하늘은 둘을 갈라놓고 있다. 이렇게 고국의 땅에 와서도 같이 살 수 없을 거라는 생각을 가져본 적이 없는 윤비였다. 윤비는 잠시 할 말을 잊은 듯 표정이 굳어있다.

일제의 잔재는 끝났다고 볼 수 없다. 낙선재의 하늘빛은 아직도 밝지 못하다.

"의술이 그래도 좋아졌으니 잘 치료를 해야지요."

윤비의 바람대로 둘은 고종의 선택으로 왕세자에 오른 영친왕의 모습을 보고 싶은 마음 간절했다. 절망의 끝에 천황의 모습이 보인다. 이방자에게 천황은 참으로 위대해 보였다. 이방자는 지금도 그 마음에는 변함없는 믿음을 가지려 한다. 하지만 세상 사람들은 그렇게 생각하지 않는다는 걸 배워야 하는지도 모른다. 세월은 많이 흘렀다. 그래도 조선의 사람들이 바라보는 천황의 모습도 조선의 아내로서는 헤아릴 줄 아는 영친왕의 아내가 되기를 바라고 있는지도 모른다. 천황이 조선의 많은 사람들에게 큰 죄를 지었다는 사실을 천황은 모른다 해도 이방자는 알아야 했다.

과거와 같은 일은 되돌아오지 않는다 해도, 거기에 바쳐진 고통과 피 흘림의 역사는 영원히 남게 마련이다. 조선사람 누구나가 이방자를 곱게 보려 들지 않는 다면 그 이유가 거기에 있는지 모른다.

"아무튼 왕전하를 잘 모셔야 하오."

"예, 마마."

"조선 사람들은 이제 다 용서할 것이며 비전하를 반갑게 맞이할 것이오. 국민들에게 조금의 한이 있다한들 원한으로 삼지 않을 것이오. 그러하니 맘 푹 놓고 사시오."

한때 조선에 오고 싶지 않았다. 지나간 일이건만 아직도 이방자의 가슴속에 지울 수 없는 아픈 상처로 남아있다. 누가 그랬을까. 그렇게도 우리 둘 사이에 원한을 품은 자가 있었고, 그런 영친왕과 이방자는 오래도록 자식을 잃은 슬픔을 감당하기 어려웠다.

사실 이방자는 결혼 후, 영친왕과 함께 인사차 한국에 들른 적이 있었다. 이미 둘 사이에는 생후 8개월 밖에 안 된 진(晉)이라는 아이가 있었다. 그때 이방자의 어머니는 너무 어리고 염려스러운 일이니 두고 가라고 했지만 부득이 이방자는 아이를 한국에 데리고 왔다. 며칠은 아이도 잘 놀았다. 궁녀들은 아이를 보며 귀여워 해주었고, 아이를 서로 안아주며 잘 놀아주는 것 같아 이방자는 잠시 경계의 눈빛을 풀고 있었다. 그러는 사이 이이는 뭘 잘못 먹었는지 울며 음식을 게우고 차츰 얼굴빛도 달라졌다. 그때서야 놀란 이방자는 급기야 일본에 있는 의사까지 불렀으나 그 의사가 도착하기도 전에 사랑하는 아이는 이미 세상을 떠난 뒤였다.

이방자는 망연자실한 채 다리가 후들거렸다. 앞이 캄캄했다. 왕권이 지속되었다면 영친왕에 이어 조선의 황태자가 될 자식이었다. 그 아이가 조선의, 자신의 뿌리인 이 땅에서 죽다니. 그 잘못은 피를 같이 섞은 자신에 있는 것 같아 무던히도 자신의 운명을 힐책했다. 그 후 절대로 조선에 안 오겠다고 다짐했다. 다시 자식을 낳더라도 조선의 땅을 밟지 않겠다는 약속을 그녀는 이구 탄생 이후, 30여 년을 지켜왔다.

창경궁에 빛살 하나 머물다

2000년 하고도 10여 년이 지난 어느 날, 향숙은 여느 때처럼 관람객을 모아 시간에 맞춰 앞장을 선다. 모두들 호기심 어린 눈빛으로 향숙을 따른다. 그녀의 말 한마디에 따라 궁궐의 역사는 새롭게 다시 태어난 느낌마저 들었다. 향숙의 늙은 얼굴에서 사람들은 옛것을 건지려 한다. 어느새 그런 일들은 향숙의 일상이 되었다.

오늘은 아무도 향숙의 뒤를 따르지 않고 있다.
야트막한 비석이 두 줄로 서있는 품계석을 뒤로하고, 향숙은 탑도가 있는 계단을 오른다. 바로 앞엔 높다란 명정전이 오색의 단청을 칠한 채 우뚝 서 있다. 창경궁의 봄은 예전과 달리 짐승들의 소리가 들리지 않아서 좋았다.

왼쪽으로 몇 발짝 옮기면 문정전이 보인다. 거기엔 끔찍한 역사가 묻혀있는 곳이기도 했다. 곧 뒤주 속에서 사도세자가 살려달라고 부르는 것만 같았다. 언젠가 김 상궁과 함께 이곳을 걸었던 적이 있었다. 그땐 동물들의 궁궐이었다. 모두의 눈은 동물의 움직임을 주시하고 있었다. 향숙은 김 상궁의 내키지 않던 걸음을 기억한다.

"와, 저렇게 크다니."

코끼리를 바라보며 김 상궁은 새삼 놀란다.

"저기, 새끼를 보아요. 어미 곁을 따라다니는 게 참 귀엽지 않아요."

향숙은 새끼에게 눈을 준다. 새끼는 코를 길게 늘어뜨리며 어미를 따르고 있다.

1980년이 채 되지 않은 창경원의 봄은 짐승들의 활동량을 늘리고 있었다. 저만큼 오른쪽으로 보이는 몇 개의 건각들의 모습은 부조화된 모습으로 묵묵히 버티고 서 있다. 원래의 창경궁의 모습은 아니었다.

김 상궁은 알고 있다. 순종 임금은 그때 온몸으로 버티며 수라상마저 거부했었다. 그 배경에 이등박문이 있었다. 그는 일찍이 이곳에다 동물원을 만들어 놓았다. 순종의 환심을 사기 위함이었다지만, 결국 민간에게 개방하여 하나의 놀이공간으로 자리매김하는 것을 목표로 삼았다.

그들은 실물교육과 백성위안이라는 명목 하에 그럴 듯한 공간을 만들었지만 사실은 왕실의 권위를 떨어뜨리기 위한 하나의 전략이었다. 모든 일에 쉽게 결정을 못 내리는 순종은 이등의 등쌀에 못 이겨 그만 개방을 했다.

밤이면 낙선재 너머에서 들려오던 짐승들의 울음소리가 더 슬프게 들려왔다. 김 상궁은 그 소리를 들으면서 때론 자신이, 그토록 울어대는 짐승들의 소리와도 어쩌면 다르지 않은 것만 같아 왠지 서글펐다. 궁궐을 마음대로 빠져나갈 수 없는 것이 그러했으며, 부모 형제를 만날 수 없음이 더 그랬다. 다만 그 곁에 윤비라는 높은 산이 있었기에 운명이려니 하며 하루하루를 살아왔다.

윤비는 지금 세상에 있지 않다. 그 모든 외로움을 떨쳐버리지 못한 채 세상을 등졌다.

윤비와의 인연으로 곁에 있는 향숙만이 김 상궁과 함께하고 있다. 윤비가 그러했듯 김 상궁도 짐승들을 그다지 좋아하지 않는다. 다만 창경궁으로 남아있기를 소망해서일까, 선뜻 동물들을 구경하러 오고 싶은 마음이 들지 않았던 게 사실이었다. 하지만 김 상궁은 이제 할 일이 없다.

한평생을 몸바쳐왔던 윤비가 세상에 있지 않으니 하루아침에 갈 곳도, 할 일도 마땅치 않았다. 세상의 할 일은 많다지만 모든 게 생경했고, 아무런 의미가 없는 것들이었다. 오로지 윤비만이 전부였던 시절이고 보면, 김 상궁의 삶은 이제 하나의 실체가 사라진, 그래서 오히려 자신의 삶이 아닌 것 같은 느낌마저 들었다.

그토록 끈질겼던, 한시도 따로 떨어져 생각할 수 없었던 궁궐 문화는 이제 기억의 저편에서 하나의 지나간 시절로밖에 기억되지 않고 있다.

"상궁님, 동물들도 이 땅에서 새 식구가 된 지 참 오래 되었지요?"

"음, 그땐 서슬이 퍼랬던 시절이었지."

70년의 세월이 여기까지 김 상궁을 데려다 놓았다. 요즈음 김 상궁은 마치 다른 세상에 온 것 같은 착각마저 들게 했다. 고개를 숙일 일이 없어졌다. 아무리 잘났어도 마마 앞에서 고개를 조아리는 모습이 궁녀들에겐 삶의 본연의 자세였다. 궁녀는, 상궁은 어쩌면 하늘에서 떨어진다, 라는 생각으로 살아야 했던 삶이었다.

김 상궁은 기억한다. 언제나 긴장을 먹고 살아왔다. 하루도 빼놓지 않고 뒤꿈치를 들고 마룻바닥을 종종걸음으로 오가며

시중을 들을 때가 그래도 살아 있음을 실감하는 세월이었다. 하지만 그 세월의 고난이 결코 쉬운 일이 아니었음을 떠올리면 괜스레 눈에 이슬이 비치는 것이었다.

김 상궁 앞에 언뜻 윤비의 모습이 떠올랐다. 그것을 헛것으로 보이기에는 너무나 현실감이 앞섰다. 바로 공작의 모습이었다. 우리 안에서 우아한 날개를 단 공작은 아직 활짝 날개를 열지는 않았지만 필연 윤비를 떠올리기에 충분해 보인다. 언뜻 꿩과 공작은 크게 다르지 않아보였다. 공작의 겉 문양이 윤비의 옷 문양을 빼닮았다.

윤비를 떠올리면 안타까움이 앞을 가린다. 지금까지 살았더라면 변하는 세상을 달가워하지 않을 게 뻔해 보인다. 늘 내가 죽으면, 내가 죽으면, 을 반복해 왔던, 아쉬움을 달고 살았던 삶이었다. 결코 궁궐은 죽지 않는다고 곁에서 위안 섞인 말들을 꺼내곤 했지만, 그럴 때면 눈을 지그시 감는 윤비의 모습에서 이젠 왕족이 궁궐에 살지 않을 것을 염려해서인지 한숨만을 내쉬곤 했다.

아무도 살지 않는다. 궁궐은 비어있다. 새들만이, 짐승만이 살아가는 궁궐은 필연 살아있는 궁궐의 모습은 아니었다. 사람이 살아가기 위하여 지어진 궁궐이었다. 궁궐 문화의 향기가 사라진 것에 김 상궁은 그저 무덤덤할 뿐이었다.

"저것 보아요. 날개가 너무 멋져요."

때마침 공작은 자신의 멋진 자태를 보란 듯이 뽐내고 있었다. 부챗살처럼 펼쳐 보인 자태가 한껏 돋보이는 순간이기도 했다. 윤비는 저렇게 활짝 핀 날개를 달지 못했다. 늘 외로움과 함께 가슴에 날갯죽지를 붙이고 살아왔다. 누구 앞에 자신을 뽐내며 살아가지 못함을 입으로 한탄하지 않았다. 김 상궁은 아마도 사속이 끊이지 않고 후사가 있었더라면 윤비의 삶은 어땠을까 하는 생각을 해본 적이 있었다. 공작의 화사한 날개처럼 아기 앞에 당당한 왕비로서 환한 웃음을 수없이 보였을 윤비인 것을, 볼 수 없음이 살아온 세월을 잿빛으로 만들었는지도 모른다.

"큭큭."

"왜 웃으세요."

"그냥."

"그냥은 아니겠죠."

김 상궁은 입을 가린 채 웃고 있다. 공작의 날개를 보며 가슴 저 밑바닥에 숨어 있던 기억 하나를 건져낸다. 그땐 정말 끔찍했다. 떠올리고 싶지 않은 기억은, 그러나 스스럼없이 대낮을 밝힌다. 콩밭에 있던 윤비를 꿩으로 착각했던 순간은 이제껏 살아오면서 윤비에게 가장 크나큰 실수로 각인되고 있다. 우여

곡절이란 말은 우거시절 정릉에서 체험했던 순간이기도 했다. 그때 곁에 있던 유 상궁마저 지금은 세상에 있지 않다. 이제 김 상궁도 세상에 남아있을 날이 많지 않아 보인다. 인간은 끝끝 내 지구상에 살아남지 못한다. 윤비도 그랬다.

"그런 일이 있었다. 이제 모실 사람도 없으니 실수할 일도, 그 렇다고 고개를 조아릴 일도 없으니 세상 좋아진 것인지 달라진 것인지, 그렇다고 기쁜 일만은 아닌 것 같고……"

김 상궁은 혼잣말처럼 지껄인다. 눈치가 빠른 향숙이었지만 김 상궁의 의중을 다 짚어낼 수 없었다. 수십 년을 한결같이 궁궐에서 살아온 사람은 아무나가 이해하지 못한다. 그 고충 은 말로서는 짐작되기 어려운 것들이었다. 그 고통을 먹고 살 아온 김 상궁이기에 오히려 궁궐의 것들을 쉽게 생각하려 들 지 않는다. 멋모르고 들어와 한평생을 살아왔던, 고난의 길이 기도 한 궁녀의 삶을 누구 앞에 드러내 보이고 싶지 않은 게 사실이었다.

동물들은 왠지 생생한 모습과는 조금은 달라보였다. 어슬렁 거림의 둔한 동작이 그러했고, 인간들을 그저 무덤덤하게 바 라보는 눈빛은 이미 야생성을 잃고 있었다. 움직이는 것에는 필연 활기가 넘쳐야 했다. 갇힌 궁궐. 백성들은 들로 산으로 맘 껏 누빌 수 있지만 왕이나 왕비는 그럴 수 없었다. 왕은 일 년

에 고작 한 번쯤 선조의 제사로 산에 오르는 게 전부가 되었
다. 그러기는 왕비도 다르지 않다.

윤비는 궁궐을 벗어나서 살았던 적이 있었다. 하지만 궁궐을
벗어나서의 삶은 언제나 고달팠다. 궁궐을 벗어나서는 안 된다
는 규율을 깨지 말아야 했다. 집을 잃은 왕비의 신세를 윤비
는 많은 시간을 겪어왔다. 그럴 때마다 그 곁을 지키는 궁녀들
도 어렵기는 마찬가지였다.

"저기엔 낙타가 있구나."

등이 산의 물결처럼 굴곡진 낙타는 허공에 시선을 두고 있었
다. 거긴 원래 장항아리가 있던 곳이기도 했다. 수십 개의 항아
리를 담당하는 궁녀의 자존심이 걸려있던 곳이었다. 거기에는
순종이 태어난 해에 담갔다는 간장이 있던 곳이기도 했다. 그
맛난 간장은 지금은 사라진 지 오래되었다. 6·25때 인민군들
이 모두 박살을 내 버렸다. 허물어지는 것에의 아쉬움 따위는
아랑곳하려 들지 않으려 하는 것은, 사람들의 옛것에의 향수
를 잊고자 하는 데서 오는 결핍에 다름 아닌지도 모를 일이다.

"저 낙타는 필연 다른 나라에서 왔겠지요?"

"건조한 먼지가 폴폴 날리는 저 먼 곳이겠지. 오죽이나 답
답할까."

김 상궁은 바꿔 생각하면 오고 싶어도 올 수 없었던 영친왕

의 사정도 저러했으리라는 생각이 들자 불현듯 살아있을 때의 영친왕의 모습이 떠올려졌다. 우리는 사육사에 의해서만이 문이 열린다. 조선의 영친왕도 주인의 허락 없이 조선에 올 수 없었다. 천황은 영친왕을 금쪽같은 자식인 양 달래고 달래며 더 큰 일본을 위해 희생양으로 키웠다.

둘은 몇 개의 우리를 둘러보고는 아까 왔던 쪽으로 발길을 옮긴다. 자리를 옮길 때마다 짐승들의 배설물에서 뿜어내는 냄새들이 각기 다르게 콧속으로 숨어들어 왔다. 냄새가 잦아들 즈음 높다란 건각이 눈에 들어왔다. 바로 앞엔 네모난 마당이 모래흙을 담은 채 덩그마니 놓여있다. 바로 문정전(文政殿)의 뜰이었다. 향숙은 감동 깊게 읽었던 기억을 새삼 떠올린다. 그 언제였던가. 한중록. 역사의 뒤편에 물러난 그 장면들은 그러나 보다 실체감 있게 다가왔다. 이 앞마당에서 있었던 일들의 참혹함은 아무나가 흉내 낼 수 없는 거였다.

어디선가 영조의 불호령이 들리는 듯했다. 역사는 죽은 듯이 보이지만 듣는 이로 하여금 역사 앞에 서게 한다. 어찌하여 사도세자의 어머니 영빈 이씨 선희궁은 남편인 영조에게 자식을 죽게 해달라고 부탁해야만 했던가. 사도세자의 행실에 앞서 그렇게 될 수밖에 없었던 두 부모에게 일말의 책임이 왜 없을까 싶다.

아, 섬뜩했던 순간들은 읽는 향숙에게도 소름끼치게 했다. 그러나 읽어내려 갈 수밖에 없었던 순간들. 죄 없는 궁녀와 장번내관 김한채를 칼로 목을 잘라 머리를 들고 다니던 사도세자의 흉악함은 궁궐을 더욱 무섭게 만들었다.

'아버님, 살려주옵소서. 다시는 그리 안 할 것이옵니다.' 자식은 부왕에게 살려달라고 울부짖었건만 70을 앞둔 불같은 성격의 소유자인 영조는 마침내 자식을 뒤주에 가두고 직접 대못을 박아버렸으니, 그 광경은 하늘도 놀랄 일이거늘, 그 속에 갇힌 당사자는 물론 부인인 혜경궁 홍씨의 심경 또한 어떠했을까 짐작이 간다.

더욱이 그 곁에 세손(후에 정조)이 함께 있었으니 못 볼 것을 보게 되는 어머니의 심경은 이루 말할 수 없었으리라. 그래서일까, 후에 정조는 아버지의 주검을 그냥 넘기려 들지 않았고, 결국 홍국영의 모략에 의한 밀고로 화살은 혜경궁 홍씨의 집안으로 튀게 되어 오명을 쓴 채 죽어간 아버지 홍봉한의 설움. 그리고 삼촌과 동생에 이르기까지 처참한 죽음에 이르게 되고, 그런 일들이 자신으로 인하여 그렇게 된 것 같아 죽는 순간까지도 회한으로 남아 자신의 심정을 손자인 순조에게 바치는 글이 되어버린 『한중록』. 목숨을 버리기 위해 칼도 들고 깊은 물에 빠지고도 싶었던 혜경궁 홍씨의 모진 삶은 목숨을 부지하기 위한 삶일 수는 없었다.

다만 한 가지 안타까운 일은 그 당시 영조가 아끼는 딸 화평옹주가 만약 살아있었더라면 과연 어떠했을까 싶어지기도 했다. 영조대왕 앞에 눈물을 보이는 온화하고 유순한 화평옹주. 그녀가 죽지 않았다면 동생인 사도세자의 주검을 옆에서 그냥 두고 보았을 리 없어 보인다.

'아바마마. 그리 마옵고, 제발 동생을 한 번만 용서하옵소서⋯⋯.'

그러나 귀여운 몸짓은 이미 세상을 등진 지 오래였다. 게다가 후원자처럼 늘 든든하게 세자를 아껴주던 조모인 인원왕후와 적모인 정성왕후마저 세상에 있지 않음이 안타까움을 더해주고 있다.

'아버님, 아버님, 잘못하였으니 이제는 하랍시라는 대로 하고, 글도 읽고 말씀도 다 들을 것이니 이리 말으소서.'

살고 싶어 몸부림치는 아들인 사도세자의 말을 들은 척도 하지 않은 채, 어서 자결하라, 하며 칼을 두드리며 불호령을 내린 영조. 선조인 세조도 조카인 단종을 자신의 손으로 죽이지 않았으며, 옹졸한 임금인 광해군도 눈 안에 가시 같던 이복동생인 영창대군을 직접 죽이지는 않았다.

지금 영조의 모습은 어디고 보이지 않고 있다. 그 터전만이 숨 쉬고 있을 따름이었다. 빈 집. 거기엔 그 핏줄인 왕족의 숨결이 필요한지도 모른다. 지켜주는 이 없는 이곳은 눈요기가 전부인 것이 되어버릴 것 같은 예감이 든다. 오래도록 궁궐을 지키는 왕족의 숨결을 느끼는 것 또한 작은 역사의 숨결이 아닐 수 없다.

향숙은 퍼뜩 정신을 되돌려 놓는다.

동물들의 울음소리가 저만치서 들려왔다. 둘은 궁궐의 옛 정취를 음미하려 한다. 김 상궁은 새로울 게 없어 보인다. 늘 살아왔던 곳이기도 했다. 이제 김 상궁은 이곳을 몇 번이나 오게 될지 알 수 없다. 이제는 혼자 살아남은 느낌이 들 때가 있고는 했다.

"이렇게 고풍스럽게 꾸며진 궁궐의 모습을 누군가 찾아와서 걸레질할 사람이라도 있을까?"

김 상궁은 괜스레 먼지라도 쌓일까봐 걱정하는 시어머니의 잔소리와도 같은, 조금은 궁상맞아 보이는 말들을 꺼낸다.

"제가 할까요?"

"그런 뜻은 아니지. 이젠 건물들의 보존만이라도 잘 된다면 그만인 거지."

"그래도 사람이 저 안으로 드나들지 않으면 그 의미도 그만큼 퇴색하기 마련 아니던가요?"

향숙은 시간이 흐를수록 빈 궁궐의 쓸쓸함을 무엇으로라도 달래고 싶은 마음 없지 않았다. 하지만 세상은 변하지 않는 게 없어 보인다. 사람이 살지 않게 되면 집은 그만큼 존재의 가치를 상실하게 마련이었다. 언제고 집은 사람 사는 것을 전제로 지어진다. 사람은 가고 없어도 집은 쓰러질 때까지 주인을 외면하지 않는다.

"어디 좀 쉬어가지?"

김 상궁은 힘에 부쳐한다. 그리 오래도록 걷지는 않았지만 그만한 나이에 여태껏 향숙을 쫓은 것만으로도 어딘가 싶었다.

살아온 세월 쉼 없이 걸었다 해도 과언은 아니었다. 아니, 걷는 것보다 서 있는 것이, 서 있는 것보다 시중을 들어야 했던 삶들은 어쩌면 자신을 지워내는 일과 다르지 않았음을 이제는 알 것 같았다. 윤비가 없는 삶은 힘줄 하나가 툭, 하고 끊어진 것과도 같은 나날이었다. 팽팽하던 고무줄 하나가 끊어지고 나서야 자신의 지나온 일들을 되돌아볼 수 있었다.

용마루와 기왓장이 웅장함을 더해주고 있다. 둘은 건물 아래 나지막한 자리에 걸터앉았다. 햇볕은 그다지 따사롭지 않아서 좋았다. 이따금 사람들의 모습이 보일뿐 새 소리조차도 들리지 않고 있다. 궁궐은 무슨 행사가 있지 않고는 조용한 곳이었다. 무릇 왕들은 궁궐에 아무나 들어올 수 없게 해 놓았다.

위엄은 지엄한 곳에서 생겨난다는, 그래서 함부로 범접할 수 없는 그들만의 성을 오랜 세월 동안 지켜왔다.

"자리가 편하지 않은 것 같아서……."

향숙은 노인이 앉기에는 아무래도 딱딱한 돌이어서 조금은 걱정이 앞섰다.

"그렇지 않아. 편한 걸. 이런 곳에 앉기는 첨이야."

서슬이 퍼렜던 시절엔 한가하게 아무 데나 걸터앉을 수 없었다. 윗대의 상궁들의 눈치 앞에 함부로 몸가짐을 놀릴 수는 없었다. 궁궐의 규범 속에서 삶이 존재했다. 이제 궁궐엔 늙은이뿐이었다. 덕혜옹주가 그러하며 이방자 여사가 그러했다. 궁궐을 떠난 김 상궁은 그저 멀찍이서 지켜볼 뿐이었다. 불이 꺼진 궁궐엔 새들만이 밤을 지킨다.

"마마님, 평생을 이곳에서 사셨는데 아쉬움이 밀려올 땐 어떤 맘이 드세요?"

"아쉬움? 아쉬움일 게 뭐 있나. 때론 홀가분해."

홀가분한 삶을 잊고 살았던 김 상궁이었다. 긴장을 먹고 살던 시절엔 당장만이 전부처럼 보였다. 모든 게 당위와 운명으로밖에 떠올려지지 않았다. 운비가 숨 쉬고 있는 한, 가림막이 되었고, 분부와 받듦만이 유일한 삶의 통로처럼 보였다.

"정말 애틋한 그 무엇이 없을까요? 진정 미련두 없단 말인가요?"

"뭐 나야 죽으면 그만이지. 뭔 미련이 있을까 싶구만."

"오늘은 마마님 같지 않으세요."

향숙은 조금은 서운한 속내를 드러내 보인다. 끈을 놓았다고 맘이 달라지는가 싶기도 했다. 몸이 시들어 가듯 마음 또한 시들어 가는 게 노인의 상정이라지만 예전의 김 상궁은 그렇게 보이지 않았었다.

"귀찮아져서. 모든 게……. 그러나 꿈을 꾸듯 지나온 과거는 정말 딴 세상과도 같은 거였지. 어떻게 헤쳐 나왔는지. 누가 알아주지도 않는 그런 삶을, 오로지…… 오로지……."

지금껏 오롯이 남아있는 것은 궁궐뿐이었다. 빈껍데기 궁궐은 오늘도 누구의 기다림도 없이 멀뚱히 서 있는 것만 같은 오후였다. 아까웠다. 버젓이 버티고 있는 것에의 예스런 모습이 전부가 아닌, 실생활에의 터전은 요원한 것인가. 궁궐을 아끼는 향숙은 어쨌든 아쉬움을 김 상궁 앞에서 토로한다.

"사실 조선왕조가 끝났다고 봄직한 지가 벌써 100여 년 가까이 된다고 봐도 무리는 아닐 듯싶어요."

홍경래 난을 거쳐 갑오경장 이후 조선왕조는 서서히 빛이 바래고 있었다. 외세의 대립 속에서 과거시험이 사라지고 빛나던 마패는 흙속에 묻히고, 점차 조선의 시국은 혼란스러워갔다.

결국 고종 대에서 임금이 퇴위되고, 일제는 허수아비 순종을 용상에 앉히게 했다.

"백성들을 안심시키기 위한, 어쩌지 못하는 약간의 배려의 자리에 다름 아니었지. 명분이나 실리를 챙기지 못한 채 그저 물길에 따라 흐르는 종이배라고나 할까? 그 안타까움이야 무엇으로……."

나라를 두고도 불안과 억압 속에서 설움을 떨쳐낼 수 없었던 조선. 그 끝은 갈수록 멀게만 느껴졌다.

"우리를 무너뜨린 일제는 아직도 왕이 건재해 있고 보면 우리는 뭔가요."

"무너진 자의 서글픔이겠지. 이제 와서 어쩌겠어."

"어쩌긴요. 우리도 지지 말아야죠. 그래서 말인데요, 우리도 풍습의 재현에 앞서 왕족에게 허무한 맘이 들지 않도록 실생활의 품계와 질서를 불러일으키는 것 또한 나쁘지 않다고 봐요. 그것이 미래에 해가 되지 않는다면 말이죠."

향숙은 가슴에 쌓였던 안타까움을 토로한다.

향숙으로서는 그 무엇보다 소중하게 여겨졌다. 이제껏 궁궐의 변방에 있었다면 이제는 그 쓸쓸함에 옷을 입히고 작은 호령을, 융화에의 선도에 서도록 해보는 것도 나쁘지 않아 보인다. 지금도 늦었다고 할 수는 없다. 적어도 실지로 윤비나 의친왕을 보아왔던 왕족이 엄연히 지금껏 존재해 있다. 왕족의 방이었던 낙선재는 어느 때고 황실의 아늑한 방으로 손색이 없어 보인다.

향숙은 세월의 흐름을 못내 아쉬워한다. 궁궐에 새 옷을 아직 입혀보지 못했다. 지금 궁궐은 크게 변하지 않았다. 기둥을 새로 세울 필요가 없다. 옷을 입히면 그 캐릭터에 맞게 연출도 못할 리 없어 보인다. 연출만이 아니다. 궁궐 한편에 역사의 숨결이 오롯이 살아 숨 쉬는 것만으로도 후대에게 자긍심이 될 수 있다.

나라가 바로서야 올바른 역사가 성립되는 거라면, 여태껏 미루어 왔다, 라고 생각하고 이제 서로의 화합의 장을 만들어 봄 직도 하다는 생각을 향숙은 해본다. 지금은 정치가 도와줘야 하는지도 모른다. 그렇게 되면 정치는 품위를 세우게 되고, 따라서 왕실과 함께 어떤 균형을 잡아갈 수 있으리라. 역사는, 현실을 바로잡을 수 있는 구실로서의 황실은 듣기만 해도 가슴이 뿌듯해질 수 있다. 구습을 그대로 밟을 수야 없지만, 또 그렇게 해서도 안 된다는 걸 왕족은 모를 리 없다.

"그럼 그만한 인물이 누가 있을까요?"

"글쎄? 마마께옵서는 이구를 꼽았지만……."

윤비는 살아있을 적 영친왕의 아들인 이구를 다음 후계자로

삼았지만 이구는 엄밀히 따진다면 일본의 피가 섞인, 왕족으로서 온전한 입장이 될 수 없음은 누구든 부인할 수 없을 것이다. 일본의 여성으로부터 씨를 물려받아 조선의 임금이 된다는 것에 박수를 칠 자 얼마나 될까 싶다. 게다가 이구는 민족의식이 부족해 보이는 것은 사실이었다. 쥬리아, 라는 자신보다 10살이나 많은 외국 여성의 배필이 말해주고 있다.

"왕족이라고 해서 아무나가 될 수는 없겠죠. 그리고 무엇보다 인품과 국민을 포용할 수 있는 그릇의 됨됨이가 갖춰져야 함은 물론이려니와 황실을 이끌어 갈 철학적인 가치관으로 명철한 판단과 함께 올바른 황실문화를 선도할 인물이 되어야 하지 않을까요."

"어디 그런 사람이 있을까?"

"우선 이우 황손 쪽으로도 있을 수 있겠고, 또 낙선재에 간혹 드나들던 의친왕의 아드님이신 이석 씨가 있겠죠."

"이석?"

김 상궁은 이석을 곁에서 몇 번 본 적이 있었다. 왕족으로서 그만한 인물도 흔치 않음을 알고 있다. 하지만 직업이 가수였던 점이 맘에 걸리긴 했다. 인품과 지식과 외모에서 풍겨 나오는 이미지 또한 누구도 흉내 낼 수 없을 만큼 귀티가 났다. 비교적 젊은 그는 무한한 비전을 제시할 꿈도 꿀 수 있는 능력 또한 기대할 만했다.

"저는 처음에 이석 씨를 보고 예사롭지 않다는 걸 직감적으로 느낄 수 있었죠. 함부로 범접키 어려운 외모에서 오는 어떤 고귀함이라고나 할까요?"

"잘났다고 임금은 아니지. 그 타고난 피는 인정할 수밖에 없다지만, 그래도 만인의 사랑을 받아야 하지 않을까 해."

"그야 물론이겠지요. 때론 궁궐을 혼자서 거닐다 보면 웅장한 건각들이 왕족과 아무런 인연이 없어 보이는 현실이 너무 쓸쓸하다고나 할까요, 아무튼 그래요."

향숙은 말을 해놓고 저만치에 건각을 배경으로 서 있는 나무들을 물끄러미 바라본다.

"너무 오래 끊겼다고 봐야지. 사실 황실의 존재를 찬성하는 쪽보다 반대하는 쪽이 더 많은지도 모르지. 먹고 살기 바쁜데 무슨, 하며 말이야."

"역사를 잊고서 어찌 나라의 미래를 논할 수 있을까 싶기도 해요. 지구상에 42개국이 황실문화를 가지고 있다 잖아요. 그들은 바보인가요? 조상들의 고귀한 문화유산을 제대로 복원해서 후손에게 물려주는 게 얼마나 뜻 깊은 일일까 싶기도 해요."

"그렇게 되려면 많은 국민들의 참여의식도 중요하지만, 그래도 역사의식이 투철한 대통령의 말 한마디가 필요한 것은 사실인데, 아직……."

모든 바람은 마음만으로 되는 것은 아니다. 왕이 스러지고, 대통령이 생겨났듯이 이제는 왕이 생겨나는 것이 아니라 상징적인 황실로서의 존재의 존립은, 그동안 스러졌던 황실문화의 자존심을 일으키는 것에 다름 아니라 보아진다. 빛은 작은 구멍에도 희망이라는 소망 하나를 품게 해준다.

"물 좀 있어?"

"내 정신 좀. 제가 가져온 따끈한 물이 있었죠. 여기다 커피를 타서 드릴까요?"

"그러지. 옛날 임금이 계실 때 커피 냄새가 그렇게도 향기롭더니만, 이젠 자주 마시니 숭늉이 되어버렸어."

향숙은 가방에서 보온병을 꺼낸다. 커피를 탄 종이컵을 김 상궁에게 건넨다. 커피향이 궁궐의 처마 밑으로 숨어든다.

향숙은 2000년 하고도 10여 년이 지난 어느 날, 관람객의 안내를 마치자 곧바로 한 여인이 향숙의 곁으로 다가온다. 향숙은 그녀가 건넨 커피 잔을 받아든다. 아까부터 향숙의 안내를 받아온 그녀인 것을 향숙은 안다.

"피곤하실 텐데 잠시만……."

향숙은 못이긴 척 한다. 이럴 즈음 간혹 한두 명씩 남아서 궁궐의 못 다한 얘기를 물어오곤 하던 터였다.

"저쪽으로 가서 앉읍시다."

궁궐의 처지는 기울어가는 석양도 못되건만, 아직 하늘은 오후였음에도 햇살을 지울 채비를 하지 않고 있다. 그렇다고 창창하지는 않으나, 물을 먹은 창호지처럼 힘없는 태양빛은 아니었다.

"관심이 있으신 모양이죠? 궁궐에……."

향숙의 친절은 몸에 배어있다.

"관심이 현실로 된다면 그보다 좋은 게 뭐 있을까요?"

50대 중반쯤 되어 보이는 여인은 어딘가 호기심어린 눈빛을 보였다.

"그래요. 뜻이 같은 이가 많기를 바라지요."

"하지만 주인 없는 궁궐은 왠지 쓸쓸해 보여요."

"집 안에 사람이 없다고 생각해 보세요. 밤엔 더하죠. 마지막 황후인 윤비가 살아계실 때도 그랬으니까."

"윤비를 보셨다고요? 굉장한 행운이 아닐까 싶네요. 전 그땐 역사를 알기엔 너무 어린 나이여서 안타깝네요. 저희 학교에 와 주셨음 해요. 몇 시간이라도 좋으니 제 대신 학생들에게 살아있는 역사를 들려주심이……."

"아, 선생님이시구먼. 이 늙은이가 뭘 안다고 그곳엘……."

"아니에요. 전 그러신 줄 모르고……."

"암튼 내가 젊었을 때 얘기라서. 어느덧 50년의 세월이 흘렀소. 세월이란 참……."

"그 빈 공간을 채운 것은 아무 것도 있지 않다는 게 어찌 보면 허무하지 않나 싶기도 해요."

"허긴 그렇기도 해요. 물론 우리의 잘못도 있겠지만, 그래도 우리 스스로가 무너진 거라고 말하기엔……. 조선은 외세에 의한 무너짐으로 복원할 수 없는 지경으로 살아왔죠. 먹고 살기도 바빴고."

"이젠 우리도 조금은 여유를 부리며 살아도 되지 않을까 싶어요. 일본이 우리보다 몇 배를 더 잘 사는 것도 아닌데. 문제는 쉬 잊으려 하는 데서 오는 어떤 복원에의 상실감이랄까, 그런 것의 결여가 아닐까 싶어요."

둘의 생각이 다르지 않아 보인다. 무엇 때문에, 왜, 조선의 궁궐 문화를 짓밟은 일본은 버젓이 임금의 위상을 갖고 있는데 우리는 그렇지 못했을까. 거기에 따른 제약은 있지 않다. 왕족은 지금껏 살아있다.

"나의 작은 꿈이 다른 사람에게도 다르지 않다는 걸 느낄 수 있어서 기뻐요."

이제껏 꿈꿔왔던 향숙의 바람이 헛되지 말란 법도 없다. 가해자인 일본의 위상 앞에 우리도 기죽지 말고 보란 듯이 옛 구습을 현대에 조화롭게 접목시켜 자연스런 궁궐 문화의 흐름을 왜 못 만들까 싶어졌다. 그런 것들은 두고두고 고전의 아름다움으로 남아있으리라 보아진다.

향숙은 가끔 생각했다. 이제 와서 무슨 권위를 앞세우려 들지 않을 거라는 믿음을 가지려 했다. 잃었던 것에의, 안타까운 명맥으로서의 구실이라도 나쁘지 않을 것 같았다. 명맥이라는 실타래를 멀리멀리 풀고도 싶었다. 거기에 용의 무늬를 넣어보면 어떨까 싶었다. 균형 잡힌 연은 절대로 고꾸라지지 않아 보인다.

"이기의 문명만을 쫓다 보면 그것이 전부인 양 세상을 보다 넓게 볼 수 없듯이 우리의 조상들의 여유를 한번 만끽해 보는 것도 나쁘지 않겠지요. 이만치 살아오니 현실만이 전부가 아닌 것이 훤히 보인다고 할까. 암튼 인간은 과거를 먹고 사는 그 무엇인가는 분명해 보여요. 다시 말하면 현실에의 염증이라도 느껴질 만할 때 손님처럼 우리 곁에 환기구 역할을 할 수 있고, 조상들의 임금을 섬기던 모습을 구체화 시킬 수 있으니, 엄연히 존재했던 조상들의 얼을 눈으로 본다는 것은 삶에의 어떤 안정감이 우리 곁에 자리하게 되어서 참 좋은 일이긴 해요. 하지만……."

"아, 알겠어요. 쉬운 일이 아니란 걸."

"쉽고 어려운 것에 앞서 무엇보다 새삼 생경할 수 있는 문화의 받아들임 자체에 과연 얼마나 많은 이의 동참 내지 호응을 해줄 수 있느냐가 관건이겠지요."

"하긴 제가 가르치는 고교생들도 역사공부에 흥미가 덜해서 고민이죠. 그래서 오늘처럼 자꾸 궁궐이라도 찾아오게 되나 봐요."

"혹자는 지금 임금이 존재한다면 구태의연한 발상이라고 거들떠도 보지 않을 게 뻔해 보여요. 하지만 우리만 있었던 문화가 사라진 거라 본다면 생각이 달라지겠지요. 이웃인 일본은 물론 지금도 떳떳하게 임금의 문화가 존재하는 나라는 알다시피 여럿이 되죠. 스페인, 네덜란드, 영국……. 그들은 우리보다 못나서 임금이 존재할까요. 그렇지는 않겠죠."

"사실 입헌군주제의 나라에서 임금이란 하나의 다스림이 아닌 버팀목과도 같은 어떤 구심점 역할을 할 수 있는, 말하자면 어른인 셈이라고나 할까요. 뭐 그런 거겠죠. 때론 부럽기도 해요. 우리도 그렇기만 한다면 얼마나 좋겠어요."

향숙은 옛 문화를 사실 잘 모른다. 겪어보지 않은 궁궐문화를 그저 어렴풋이 알 뿐이다. 아니, 역사를 사랑할 뿐인지도 모른다. 살아있을 적 김 상궁을 만난 게 전부인지도 모른다. 그럴 때마다 김 상궁은 달가워하지 않았다. 그저 옛 정으로서 만남일 뿐이었다. 궁궐이라는 시집살이에 진 빠진 꼴이 되어버린 김 상궁이었기에 애증의 감정들이 가슴속에 숨어 있다고 보아진다. 꿈결처럼 지나온 시절, 그 고통이 함께 했음을 그녀의 말투에서 읽어낼 수 있었다. 생각해보면, 긴 세월의 진저리쳐짐은 후에 사람을 질리게도 만들 거라는 믿음을 가지게 한다.

나쁜 징조

 윤비는 시들어가는 잎새처럼 생기를 시름시름 잃어갔다.

 "내 직감은 누구도 알지 못하느니라. 내 몸 어딘가 모를 그 깊은 곳에서 신호가 온다. 더 이상 살지 못하도록 어떤 생명의 방해물이 내 몸에 침입해 있구나. 아, 이젠……."

 벽을 향해 고개를 돌린 윤비의 표정에서 전에 없던 슬픈 그림자가 보일 듯 말 듯 어려 있는 것 같았다. 하지만 김 상궁은 머리를 조아리며 애써 태연한 척 해본다.

 "그래도 오래도록 살았느니라. 내 벌써 세상을 등져야 했거늘, 어찌하여 지금까지……. 다 하늘의 뜻이겠지만, 내려놓을 때를 하늘은 내 몸속에 명시라도 해야 하는 양 압박하듯 꿈틀거리고 있다. 잘 살아왔다, 라고 말할 순 없지만 하늘의 뜻을 스스로 거역하며 살지 않았던 게 어쩌면 다행인지도 모르지. 회한이야 누군들 없을 수 없는 일……."

그랬다. 게워내고 싶을 만큼 아니꼬움의 순간도 없지 않았다. 평범한 여자였더라면 그러려니 하며 더 쉽게 세상일에 밀려나려 애쓰지 않아도 될 성싶었다. 무릇 인간의 세계가 어떤 것인가를 다시금 알고 싶지도, 그렇다고 다시 살고 싶지도 않았다.

궁궐 속의 평화는 애당초 바라지 않았어야 했다. 권위와 위엄도 세월 앞에서 버티지 못함을 슬퍼하거나 연연하려 들면 그만큼 마음의 상처만 깊어진다는 사실을 알아내는 데 그다지 오래 걸리지 않았다. 마음을 비워내고 나니 이제는 누구 하나 찾아와서 왕족이라는 사실 하나만이라도 인정해 줄 때면 슬며시 고마운 마음이 드는 것이었다. 모든 게 세상을 뒤집어 놓으려는 것에서 사람의 분노와 상처는 생겨나게 마련이었다.

"하늘이 무너지면 무엇으로 가리옵니까, 마마. 소인에게 빛 아닌 어둠은 곧 세상 사라짐과 다르지 않사옵니다. 그러하오니 저희들을 봐서라도 마음의 끈을 놓지 마시옵소서, 마마."

윤비 혼자서의 생각이지만 때론 나 하나 때문에 이제껏 고생한 저들을 물끄러미 내려다 볼 때가 있었다. 제 아무리 궁궐의 규범을 먹고 사는 궁녀라지만 그들도 자유롭게 날 수 있는 새만도 못 한 신세인 것 같은 생각이 들 때면, 괜스레 맘이 언짢아질 때도 있었다. 처음엔 그런 맘이 들지 않았지만 차츰 살다보니 자연 그런 생각들이 윤비 마음 한편에 다가오는 것이었다.

"나도 노인이지만 이제 너희들도 노인이 아니냐? 그동안 잘 참아줬다."

그러면서 윤비는 무슨 회한에 잠기려는 듯 고개를 한쪽으로 돌리며 벽을 물끄러미 바라보고 있다. 겪어온 일을 헤아리자면 누구나의 생보다 처절하지 않았다고 말할 수는 없다. 무엇보다 자식 하나 손잡고 아지랑이 피어나는 봄 길을 정겹게 걸어보지 못한 것은 어찌 보면 천추의 한으로 남을 만했다. 하지만 겉으로는 태연한 척 해야 하는 윗대의 자리는 그만큼 인내의 자리이기도 했다. 언제까지나 윤비의 귓가에 자식으로부터 어마마마 소리를 단 한 번도 들을 수 없음이 무엇보다 서글펐다.

일제가 왕실의 정통을 궤멸시켜 왕을 없애버리려 하지 않았어도 윤비의 후대는 크게 달라질 리 없어 보인다. 조선이 스스로 무너지지 않은 것처럼, 윤비 또한 스스로 자식을 포기하려 하지 않았다.

세상을 접는 일에 누구의 도움이나 경험이 필요하지 않았다. 순리에 거역할 자신이 없는 자만이 선택받은 하나의 선물로 받아들임이 어쩌면 편했다.

　여름 한낮. 새들의 날음도 잠잠한, 하늘의 빈 공간은 마냥 높
아만 보였다. 윤비는 부채하나 들지 않고 높다란 취원정에 오
르려 한다. 그곳에 오르는 길은 약간의 더위를 동반한다 하더
라도 아래를 내려다보는 시원함과 넉넉한 시야는 마음의 답답
함을 씻기에 충분해 보인다.

　여름을 좋아하지 않아도 이겨내야 하는 게 왕비의, 인간의
상정인 만큼 여름을 미워할 필요는 없었다. 두 상궁이 윤비 곁
을 따르고 있다. 양산 하나 쓰지 않은 윤비의 머리 위엔 새파
란 하늘이 몇 점의 구름을 거느린 채, 그 사이로 뜨거운 햇살
을 쏟아내고 있다.

　"마마, 너무 덥사옵니다."

　뒤따르던 김 상궁은 마치 어린아이의 보드라운 살결이 햇볕
에 그을리기라도 하는 양 안타까운 마음을 전하고 있다.

　"괜찮다. 더울 땐 더워야 하느니라."

　윤비는 어린애가 아니었다. 더울 때는 나뭇잎도 헐떡거리며
햇빛에 안간힘을 써야 했다. 새들이 털갈이를 왜 하는지 여름
은 말해주고 있다. 윤비의 지나온 과거에 비하면 여름의 더위
는 한갓 사치에 지나지 않는지도 모른다.

계단을 오를 즈음 두 팔을 벌린 나무들 사이에서 아래를 향해 무언가 비행하듯 내려오는 물체가 보였다. 새였다. 크지도 그렇다고 작지도 않은 이름 모를 새였다. 아무도 그 새를 주시하지 않았다. 그냥 궁궐에서 노니는 뭇 새에 다름 아니었다. 새는 윤비의 머리 위로 무언가를 떨어뜨리고 유유히 아무 일도 없었던 양 가던 길로 날아갔다.

"이게 뭐냐!"

아무도 알지 못했다.

"마마, 무슨……."

고개를 숙이고 따라오던 두 상궁은 고개를 들어 윤비를 슬쩍 본다. 순간 두 상궁은 어쩔 줄 모르고 있다. 윤비는 머리에 묻었던 것을 쓸어내며 상궁 앞에 손바닥을 내민다. 분명 새똥이었다. 하늘은 막아주지 못했다. 두 상궁들은 자신의 머리에 떨어지지 않은 걸 원망이라도 하듯, 아니면 막아주지 못한 책임감에서 오는 어떤 죄책감이 온몸으로 밀려들었다. 하지만 묘안이 퍼뜩 떠오르지 않았다. 윤비의 머리는 머리를 빗길 때를 빼고는 단 한 번도 손을 댄 적이 있지 않았다. 감히, 라는 말은 아무나가 써서는 안 되는 말이란 걸 두 상궁은 모를 리 없다. 하지만 상황은 난처했다. 김 상궁이 용기를 낸다.

"마마, 고개를 좀……."

김 상궁이 옷고름을 들어 얼른 윤비의 머리에 묻은 새똥을 닦아낸다. 새들의 소리는 들리지 않고 있다. 하늘은 눈 하나 깜빡 않고 있다. 한낮을 비추는 눈은 무엇 때문에 달고 다니는가. 사물의 식별이 어려운 밤도 아닌데 웬 날벼락인가. 오늘의 운진이 좋지 않은 것은 어린아이라도 알고도 남았다. 재수가 없었다.

"새똥을 맞다니. 새가 죽을 사람을 알아본다는데……."

윤비는 취원정을 오르다 말고 잠시 하늘을 본다. 부르면 가야 했다. 조선의 어느 왕비도 끝까지 살아남지 못했다. 오래도록 사는 것은 귀신들만이 할 수 있는 일이라 여겨졌다.

"마마, 그건 아니 될 말씀이옵니다. 새똥은 새똥일 따름이옵니다. 하찮은 새똥이 무슨 대수이오니까. 닦아내면 지워지는, 거울에 묻은 입김 같은 것일 따름이옵니다."

김 상궁은 정초부터 꿈을 꾸었다. 길고도 지루한 꿈이 아니었다. 깨어나면 아무것도 아닐 거라는 믿음을 지워버린 아주 몹쓸 꿈이었다. 그 꿈도 껴안아야 하는 게 상궁의, 하인의 숙명이라면 굳건히 받아들일 수밖에 도리가 없었다. 윗니가 몽땅 빠지는 꿈은 뭔가 불결한 것에 앞서 분명 악몽이었다. 그런 꿈들은 누구든 달가워하지 않을 게 뻔해 보인다. 김 상궁은 혼자 뭔가를 예견한 것 같은 느낌을 지울 수 없었다.

"다리에 힘이 없구나. 다음에 오르자."

윤비는 아무래도 어딘가 모르게 찜찜한 모양이었다. 하늘이 구름을 적게도 달고 많이도 매다는 것 같이 사람의 기분도 그러하리라 맘먹다가도 왠지 오늘은 아니었다. 내키지 않는 발걸음은 또 다른 화를 부를 수 있다.

윤비는 좀 전에 걸었던 길을 되돌아간다. 이러긴 처음이었다. 아기도령 영창대군이 강화도로 잡혀가다 이렇듯 되돌아오는 거라면, 세상은 살 만한 거라 느끼지 않을 수 없었던 하루인 것에, 감사할 수 없는 고약한 하루가 창창하게 버티고 있다.

"좀 누워야겠다. 기분이 그러니 몸도 편치 않구나. 옛 조상들의 가르침이 하나도 그른 게 없지."

오늘따라 윤비가 예전 같지가 않아 보인다. 굳건하던 믿음마저 어디로 빠져나간 걸까. 아까 날아간 새는 윤비라는 늙어가는 한 존엄한 존재의 머리 위에 하찮은 새의 이물질을 떨어뜨림으로써, 삶의 갈피를 달리하려드는 악마와도 같은 손길이라도 된단 말인가. 새의 떠도는 혼령을 막을 재간은 인위적이지 않다. 새들은 제멋대로 산다는 말을 누군가에 의해서 세상에 널리 널리 퍼져서 새를 통해 전해주는 작은 불씨들도 곧 깨진다는 믿음으로 바뀌길 두 상궁들은 지금 바라고 있는지도 모른다. 하지만 두 상궁은 베개를 베고 보료 위에 드러눕는 윤비 앞에 그저 고개 숙인 채 가만히 있을 뿐이다.

윤비는 그렇게 며칠을 시름시름 기운 없어 했다. 갈수록 드러눕는 일이 잦아졌고, 그럴 때마다 눈을 감으면 지난 유년의 기억으로부터 이런저런 살아온 아련한 추억의 갈피들이 들추어졌다.

윤비에겐 오라버니가 있었다. 무섭게만 보였던 오라버니도 동생인 윤비가 궁궐에 들자 오히려 머리를 조아리는 처지가 되었을 때, 처음에 윤비는 멋쩍었고 한편으로는 미안한 감정들이 밀려왔다. 하지만 곧 궁궐의 규범이 그러한 감정들을 단숨에 삼켜버렸다.

사실 오라버니는 윤비 보다도 더 많은 공부를 했다. 윤비는 오라버니만큼 공부를 하고 싶었지만 남아 사상이 우선했던 조선의 땅에서 여자인 윤비는 공부를 하고 싶어도 할 수 없었다. 욕심을 키우기에는 한계가 있다, 라고 느껴질 즈음 윤비는 궁궐의 초대 아닌 초대를 받았다.

그런 윤비를 부럽게 했던, 남자이기에 공부를 할 수 있었던 학문들을 윤비는 기억해낸다. 기본적으로 한문은 물론이고 논어, 맹자, 중용, 고문 진보, 전집, 사략 조권 하편 같은 것도 읽으며 공부했다. 어디 그뿐인가. 육갑도 배우고 갑기지년에 병인두, 을경지년에 무인두며, 갑기야반에 생갑자, 을경야반에 생병자하는 것은 물론 사례도 배워서 축문도 쓰는 통에 윤비는 오라버니로부터 여간 샘이 나는 게 아니었다. 여자들이라고 무엇이 다를까 싶기도 했다. 그만큼 윤비는 당돌했다.

그래도 윤비의 유년엔 어머니가 있었다. 하지만 더 오래도록 모녀간의 애틋한 정을 이어 갈 수 없음은 지금도 안타까움으로 남아있다. 13살 이후로의 추억은 아무도 보상해주지 않는다. 어머니가 없는 빈 공간을 궁궐은 채워주지 못했다. 언제였더라? 아득히 먼 지난 날 어머니는 슬며시 궁궐에 들기 전, 한 소녀인 딸에게 여자로서 지켜야 할 것들을 살며시 일러 주었다.

뒤란에 달린 앵두를 따먹으며, 이렇게 예쁜 입술로 피어오르면 뭇 남성들의 시선을 의식해야 함은 물론 몸가짐을 잘 해야 한다, 라며 차분한 어조로 말했다. 그리고 곧 있을 달거리를 성스러이 받아들이라는 가르침을 넌지시 귀띔해주었다. 어머니만이 딸에게 해줄 수 있는 유일한 밀어를 한 소녀는 마다 않고 받아들였던 기억. 그땐 부끄럽고 조금은 두렵기까지 했던 기억들은, 그러나 지금 어머니와의 하나의 은밀한 추억으로 남아있다.

지금은 남편인 순종과의 관계를 그저 궁궐 문화의 한 유산으로 생각한 적이 있고는 했다. 모름지기 왕비는 곧고, 하찮아 보이는 사랑 따위에 얼핏 내색을 할 수가 없었다. 윤비 주위를 맴도는 고개 숙인 궁녀 앞에서 체통을 지키는 일이란 여간 쉽지 않았다. 왕비는 애정을 먹고 사는 장희빈 같은 존재가 될 수 없었다. 무릇 존귀한 존재로의 우뚝 서있는 기상이 엿보여야만 될 것 같은, 지구상에서 가장 존엄심이 꺾이지 않기를 하늘에 맹세하며 살기를 소망했는지도 모른다.

안개가 걷히지 않은 새벽. 뿌연 안개들은 하나같이 앞을 볼 수 없게 만들고 있다. 하지만 안개를 거쳐 온 소리의 흐느낌은 누구도 막을 수 없는 거였다.

천지간에 어명이 사라진 날, 상궁들은 누구의 말이라도 들을 수 없게 되었다. 하늘에서 내린 청천벽력이 따로 없었다. 명령을 들을 수 없을 때의 절망감이란 아무나가 겪을 수 있는 성질의 것은 아니었다.

누가 누구에게 그만 진정하자는 말을 건넬 수 없었다. 서로가 서로의 등을 다독이며 산다 해도, 이제껏 단 한 사람을 위하여 살아온 지난날의 한평생은 꿈결처럼 흘러왔다.

김 상궁은 다른 상궁들과 한참을 윤비 곁을 지키고 있다. 대청마루까지 밀려든 안개는 마치 앞으로 살아갈 상궁들의 앞날처럼 아무것도 일러주지 못하고 있다.

윤비의 끝은 너무 허무했다. 생명이 다한 오늘, 윤비는 홀연히 상궁들만을 남겨둔 채 하늘로 영원히 떠났다. 다시 낙선재에 들어와 산 지 6번째 봄은 윤비를 가만히 내버려 두지 않았다. 아무도 붙잡을 수 없었다.

윤비의 발길이 멈추던 날, 하늘은 언제나처럼 조용했다. 500년의 역사는 이제 다시 돌아오지 않게 되었다.

윤비는 가만히 손을 내밀어 김 상궁의 손을 잡는다. 윤비의 손은 보드랍지도 그렇다고 따스하지도 않았다. 소반처럼 온기가 없는, 마치 나무껍질을 만진 듯했다.

윤비의 작은 입이 겨우 열린다.

"너희들을 남기고 떠나가게 돼서 미안하다. 수, 고, 많, 이, 했, 다."

"마마! 마마! 이러시면, 이러시면……."

윤비가 다시 입술을 움직이려 하고 있다.

"아, 조선에 더 이상 왕비는 존재하지 않게 되는구나. 하늘이 준 시간이 너무 속절없이 흘렀어. 이제 조선엔 영원히 왕비는 없게 되는 것인가. 어쩌다 내가 조선의 마지막 왕비가 되었어. 이젠 왕비가 없는 조선, 난 이렇게 마지막을 마치는 왕비가 되고 싶지 않았는데……."

곁에 있던 상궁들은 점점 기어들어가는 작은 소리에 귀를 기울이며, 고개를 숙인 채 윤비 곁에 둘러앉아 있다. 이제껏 한 많은 삶이라 해도 과언이 아닐 성싶은 윤비의 삶은, 그러나 아무나 갈 수 없는 길이기도 했다. 참으로 하늘이 내려준 비단길이어야 했다. 하지만 사람과 사람 사이에는 늘 윤비를 그냥 내버려 두지 않았다. 때론 지배할 수 있는 입장이었음에도, 지배당하기 일쑤인 삶의 연속이었다 해도 틀린 말은 아니었다. 다시 오지 않는다. 하늘은 한 역사를 접는다 해서 놀라거나 하늘빛이 달라지지 않는다. 언제고 구름은 하늘 아래 유유히 떠갈 뿐이다.

"이것만은……, 이것만은……."

윤비의 작은 음성이 상궁들의 흐느낌을 가다듬게 만든다.

"선조 앞에 너무 부끄럽구나……. 결연한 의지를 보여주지 못하고 너무 오래도록 살아서……. 하늘과, 존엄한 선조의 뜻이, 이제 이 한 몸 넋이 되어 조금이나마……."

"마마, 마마. 아니옵니다. 아니옵니다."

상궁들은 윤비의 지나온 일들을 정당화하려 한다. 어쩔 수 없는 삶을 윤비 또한 어찌지 못하고 떠밀려 왔다. 500년의 역사는 길고도 짧았던 시간의 흐름이었다. 윤비는 잠시 말이 없다. 아니, 말할 기운이 없어 보인다. 눈을 겨우 떴다가는 다시 감고 있다. 기력은 다 타버린 촛불처럼 힘없이 스러질 게 뻔해 보인다. 그 촛불 아래 상궁들은 그저 윤비를 지켜볼 뿐이었다.

저세상에 꽃길처럼 한발 한발 내딛어, 이승에서 못 이루었던 일들일랑 어린애 꿈꾸듯 해주길 남아있는 상궁들은 손 모아 빌어줘야 할 것 같은 시간들은 속절없이 흐르고 있다.

윤비를 향한 일편단심. 끝없이 이어질 줄 알았던 윤비의 삶은 그러나 영원하지 않았다.

"마마! 마마!"

이 구석 저 구석에서 상궁들의 흐느낌이 들려온다.

세상 사람이 아닌 윤비. 영원히 아무것도 볼 수 없음이 상궁들을 흐느끼게 만들고 있다. 어린 아이만을 남겨두고 떠나는 심정이 이러할까? 하늘은 무너지지 않았지만 마음속의 하늘은 상궁들의 가슴속에서 무너지고 있다. 어떤 삶이었던가. 언제고 느슨함이 없었던 상궁들의 발걸음이었다. 그렇게 해야만 했다. 아니 그렇게 만들었다. 끝내 뒤꿈치가 바닥에 닿게 되리라는 생각을 가져본 적이 없는 상궁들이었다. 모두 윤비를 위함이었다. 받듦을 위함이었다. 받듦은 곧 하늘과도 같았다.

이제 윤비 곁에 아무도 있지 않다. 홀로 가는 저승길은 이렇듯 쓸쓸하다. 누가 마른 꽃잎 한 점 들고, 가는 길 동행해 줄 사람 있지 않다.

윤비는 역사였다. 한 여성이기 이전에 하늘이 내려준, 상궁들에 둘러싸인, 한 많은 삶을 살다간 왕의 아내. 조선의 왕비

였다. 조선의 왕비는 이제 영원히 존재하지 않게 되었다. 저기 안개는 서서히 걷히고 있다. ❦

조선의 마지막 황후

윤비